GOLDMANN

Buch

Das gesamte Charakteristikum englischer Erzählkunst ist in diesem Band vertreten: Tragik, Mitgefühl für menschliche Schicksale, beißender Hohn gegenüber gesellschaftlichen Schwächen und natürlich der kühle viktorianische Mutterwitz. Dieser Band enthält Erzählungen von Forster, die zwischen 1904 und 1912 entstanden sind. Sie alle zeugen von Forsters erzählerischem Talent, fein nuancierte Charakterskizzen zu schaffen, die in ihrem Glauben an das Gute im Menschen zugleich komisch wie tragisch wirken. Forsters gepflegte präzise Sprache läßt dabei das ganze Spektrum seines literarischen Könnens aufscheinen.

Autor

Edward Morgan Forster (1968–1970) gilt als einer der bedeutendsten englischen Prosaisten des 20. Jahrhunderts und wird längst zu den Klassikern der Moderne gezählt. Forster studierte klassische Philologie und Geschichte in Cambridge. Nach seinem Studium bereiste er den Mittelmeerraum, den Nahen Osten und Indien. Während des Ersten Weltkriegs hielt er sich in Ägypten auf. Seine Reiseeindrücke spiegeln sich ebenso in seinen Werken wie sein Einsatz für geistige Freiheit und Toleranz im englischen Bürgertum während des viktorianischen Zeitalters. Der ständige Kampf zwischen philisterhaften Menschen, deren Herz »unterentwickelt sei«, und lebendigen einfühlsamen Naturen, zieht sich wie ein roter Faden durch all seine Werke. In Deutschland wurde er vor allem durch die Verfilmung seiner Romane »Auf der Suche nach Indien«, »Zimmer mit Aussicht« und »Maurice« bekannt.

Von E. M. Forster sind als Goldmann-Taschenbuch bereits folgende Titel lieferbar:

Zimmer mit Aussicht. Roman (8879)
Maurice. Roman (9620)
Wiedersehen in Howards End. Roman (9284)

E. M. FORSTER

AUGENBLICK DER EWIGKEIT

Aus dem Englischen von
Nils-Henning Hugo

GOLDMANN VERLAG

Eine Auswahl aus der englischen Originalausgabe:
The New Collected Short Stories

Umwelthinweis:
Alle bedruckten Materialien dieses Taschenbuches
sind chlorfrei und umweltschonend.

Der Goldmann Verlag
ist ein Unternehmen der Verlagsgruppe Bertelsmann

Made in Germany · 1. Auflage · 3/93
Genehmigte Taschenbuchausgabe

Umschlaggestaltung: Design Team München
Umschlagmotiv: Artothek/Westermann, Peißenberg
Druck: Elsnerdruck, Berlin
Verlagsnummer: 9704
UK · Herstellung: Heidrun Nawrot
ISBN 3-442-09704-5

Der Augenblick der Ewigkeit

1.

»Sehen Sie jenen Berg genau hinter Elizabeths Hut? Dort verliebte sich vor zwanzig Jahren ein junger Mann auf eine ganz reizende Art in mich. Bitte, Elizabeth, nimm deinen Kopf doch einen Augenblick lang zur Seite, sei so nett.«

»Ja, M'am«, sagte Elizabeth und ließ sich wie eine schlaffe Puppe auf den Kutschkasten fallen. Colonel Leyland setzte sein Lorgnon auf und sah zu dem Berg hin, wo sich der junge Mann verliebt hatte.

»War es ein netter junger Mann?« fragte er und lächelte, freilich senkte er seine Stimme wegen des Mädchens ein wenig.

»Ich habe es niemals erfahren. Aber in meinem Alter ist es sehr befriedigend, sich an ein derartiges Ereignis zu erinnern. Danke, Elizabeth.«

»Darf man fragen, wer es war?«

»Ein Gepäckträger«, erwiderte Miß Raby in ganz normalem Tonfall. »Nicht einmal ein amtlich zugelassener Führer. Einfach ein männliches Wesen, das unser Gepäck tragen sollte, das er prompt fallen ließ.«

»Hm! Hm! Und was taten Sie?«

»Was einer jungen Dame ziemt. Laut schreien und ihn anflehen, mich nicht zu beleidigen. Fortrennen, was absolut unnötig war, hinfallen, mir meine Knöchel verstauchen, erneut schreien; er mußte mich einen halben Kilometer weit tragen, und er war dabei so zerknirscht, daß ich dachte, er würde mich über eine Klippe in den Abgrund fallen lassen. In diesem Zustand trafen wir auf eine gewisse Mrs. Harbottle, bei deren Anblick ich in Tränen ausbrach. Aber sie war noch um ein Vielfaches törichter als ich, so daß ich mich rasch erholte.«

»Sie haben ihr natürlich gesagt, es sei alles Ihr Fehler gewesen?«

»Das habe ich wohl«, erwiderte Miß Raby, ernster werdend. »Mrs. Harbottle, die, wie die meisten Menschen, immer recht hatte, hatte mich vor ihm gewarnt; wir hatten uns seiner Hilfe schon für andere Ausflüge versichert.«

»Oh! Ich verstehe.«

»Das bezweifle ich. Bis zu diesem Augenblick hatte er gewußt, wo sein Platz war. Aber er hatte sich zu billig verdingt. Er leistete zuviel für den Gegenwert unseres Geldes. Das ist, wie Sie wissen, ein bedenkliches Zeichen bei einem Angehörigen des gemeinen Volkes.«

»Aber wieso war es dann Ihr Fehler?«

»Ich habe ihn ermutigt: Ich habe ihn Mrs. Harbottle bei weitem vorgezogen. Er sah gut aus und hatte ein angenehmes Wesen, so will ich es einmal nennen; und er trug hübsche Sachen. Wir blieben zurück, und er pflückte mir Blumen. Ich streckte meine Hand nach ihnen aus – doch statt dessen ergriff *er* sie und ließ eine feierliche Liebeserklärung vom Stapel, die er wohl nach der Lektüre von *I promessi sposi* auswendig gelernt hatte.«

»Ah! Diese Italiener.«

In diesem Augenblick passierten sie die Grenze. Auf einer kleinen Brücke inmitten von Tannenbäumen standen zwei Pfosten, der eine rot-weiß-grün bemalt, der andere schwarz-gelb.

»Er lebte in der Republik Italien«, sagte Miß Raby. »Und wir waren drauf und dran, ins Königreich Italien zu fliehen. Ich frage mich, was passiert wäre, wenn wir es getan hätten.«

»Guter Gott!« sagte Colonel Leyland in plötzlichem Abscheu. Elizabeth, auf dem Kutschkasten oben, erschauerte.

»Vielleicht wäre es eine höchst erfolgreiche Verbindung geworden.«

Miß Raby hatte die Angewohnheit, in diesem leichten, unkonventionellen Tonfall zu plaudern. Colonel Leyland, der ihrer aufgekratzten Art Rechnung tragen wollte, gelang es auszurufen: »Sehr wahrscheinlich! Ja, sehr wahrscheinlich!«

Sie wandte sich zu ihm um: »Glauben Sie etwa, ich mache mich über ihn lustig?«

Colonel Leyland machte einen etwas verwirrten Eindruck, lächelte und antwortete nicht. Ihre Kutsche kroch jetzt mühsam um den Fuß des berüchtigten Berges herum. Die Straße war über das Geröll gebaut worden, das von den Abhängen heruntergekommen war und immer noch herunterkam; und sie hatte den Pinienwäldern eine verheerende Wunde durch Sturzfluten weißen Gesteins beigebracht. Doch weiter oben, erinnerte sich Miß Raby, an seinem sanfteren, östlichen Abhang, konnte der Berg mit ruhigen Mulden und blumenübersäten Felsen und einem überwältigenden Blick aufwarten. Sie war bei weitem nicht so aufgekratzt, wie ihr Gefährte vermutete. Natürlich, der Vorfall war grotesk gewesen. Aber sie war in gewisser Weise in der Lage, über ihn zu lachen, ohne sich gleichzeitig allzu sehr über die Schauspieler oder die Bühne zu amüsieren.

»Ich zog es jedenfalls unbedingt vor, mich von ihm zur Närrin machen zu lassen, als denken zu müssen, er sei der Narr«, meinte sie nach einer langen Pause.

»Hier kommt das Zollhaus«, sagte Colonel Leyland und wechselte das Thema.

Sie waren in das Land der ›Achs‹ und ›Jas‹ gekommen. Miß Raby seufzte; sie liebte die Südländer, wie alle, denen es nicht so furchtbar auf die Zeit ankommt. Colonel Leyland hingegen hatte als Soldat Hochachtung vor allem Teutonischen.

»Man spricht noch etwa zehn Kilometer weit Italienisch«, sagte sie und tröstete sich damit wie ein Kind.

»Deutsch ist die Sprache der Zukunft«, erwiderte Colonel Leyland. »Alle wichtigen Bücher über jedes x-beliebige Thema sind in ihr geschrieben.«

»Aber alle Bücher über jedes wirklich wichtige Thema sind italienisch geschrieben. Elizabeth – nenn mir ein wichtiges Thema.«

»Die menschliche Natur, M'am«, erwiderte das Mädchen, halb schüchtern, halb vorlaut.

»Elizabeth ist eine Romantikerin, ebenso wie ihre Herrin«, erklärte Colonel Leyland. Er wandte sich ab, um die Aussicht zu betrachten, da er nur ungern in eine Unterhaltung zu dritt verwickelt wurde. Er bemerkte, daß die Bauernhöfe hier wohlhabender aussahen, daß die Bettelei aufgehört hatte, daß die Frauen häßlicher und die Männer dicker waren, daß in den Gaststätten draußen am Wegesrand nahrhaftere Dinge verzehrt wurden.

»Colonel Leyland, sollen wir im *Grand Hôtel des Alpes,* im *Hôtel de Londres,* in der *Pension Liebig,* in der *Pension Atherley-Simon,* in der *Pension Belle Vue,* in der *Pension Old-England* oder im *Albergo Biscione* absteigen?«

»Sie ziehen wahrscheinlich das *Biscione* vor.«

»Im Grunde genommen habe ich nichts gegen das *Grand Hôtel des Alpes.* Ich habe gehört, daß den Leuten vom *Biscione* beides gehört. Sie sind ziemlich reich geworden.«

»Wenn solche Leute wüßten, was Dankbarkeit ist, müßten Sie Ihnen eigentlich einen glänzenden Empfang angedeihen lassen.«

Denn Miß Rabys Roman, *Der Augenblick der Ewigkeit,* der ihren Ruhm begründet hatte, hatte auch Vortas Ruhm begründet.

»Oh, mir wurde auf eine sehr anständige Weise gedankt. Signor Cantù schrieb mir etwa drei Jahre nach der Veröffentlichung meines Romans. Auch wenn der Brief von beträchtlichem Erfolg kündete, kam er mir damals ein wenig übertrieben vor: Ich verändere das

Leben von Menschen nicht so gerne. Ich frage mich, ob sie noch in ihrem alten oder in dem neuen Haus wohnen.«

Colonel Leyland war nach Vorta gekommen, um seine Zeit in Gesellschaft von Miß Raby zu verbringen; aber er wollte unbedingt, daß sie in verschiedenen Hotels abstiegen. Sie war angesichts solch subtiler Fragen eher gleichgültig und sah keinen Grund, warum sie nicht unter demselben Dach wohnen sollten, genauso wie sie nicht einsehen konnte, warum sie nicht in derselben Kutsche reisen sollten. Auf der anderen Seite haßte sie alles Geschniegelte. Er hatte sich für das *Grand Hôtel des Alpes* entschieden, und sie neigte eindeutig dazu, im *Biscione* abzusteigen, als die ein wenig ermüdende Elizabeth plötzlich sagte: »Die Herrin meiner Freundin wohnt im *Alpes*.«

»Oh! Wenn Elizabeths Freundin dort wohnt, dann ist die Sache entschieden. Wir werden allesamt dort absteigen.«

»Sehr wohl, M'am«, sagte Elizabeth und war eifrig darauf bedacht, nicht einmal den Anschein von Dankbarkeit zu erwecken. Colonel Leylands Gesichtszüge nahmen angesichts dieses Mangels an Disziplin einen strengen Ausdruck an.

»Sie haben das Mädchen verdorben«, murmelte er, als sie am Fuße einer Steigung ausgestiegen waren, um den Hügel raufzugehen.

»Da spricht der Soldat.«

»Wahrscheinlich habe ich zuviel mit einfachen Landsern zu tun gehabt, um das zu pflegen, was Sie

›menschliche Beziehungen‹ nennen. Auch nur einen Anflug von Sentimentalität, und die ganze Armee ginge zum Teufel.«

»Ich weiß; aber die Armee ist nicht die Welt. Warum sollte ich also so tun, als sei ich ein Offizier. Sie erinnern mich an meine englischen Freunde in Indien, die furchtbar schockiert darüber waren, als ich mich irgendwelchen Eingeborenen gegenüber freundlich zeigte. Sie bewiesen mir – übrigens durchaus schlüssig –, daß diesen Leuten eine derartige Einstellung nie und nimmer guttun würde, und sie haben niemals verstanden, daß ihre Argumente nicht stichhaltig sind. Die unglücklichen Menschen versuchen immer, die glücklichen herumzukommandieren; das muß einmal aufhören. Sie waren unglücklich; Sie mußten Ihr ganzes Leben lang Männer befehligen und unbedingten Gehorsam und andere überflüssige Tugenden fordern. Ich bin glücklich: Ich brauchte nichts dergleichen zu tun – und ich will es auch in Zukunft nicht.«

»Dann sollen Sie es auch nicht tun«, sagte er lächelnd. »Doch passen Sie auf, daß die Welt nicht irgendwann eine Armee ist, und passen Sie außerdem auf, daß Sie den unglücklichen Menschen gegenüber nicht ungerecht sind: Wir sind zu Ihren geliebten kleinen Leuten zum Beispiel durchaus sehr nett.«

»Natürlich«, sagte sie ein wenig abwesend, als habe er ihr überhaupt kein Zugeständnis gemacht. »Das kommt allmählich in Mode. Aber die kleinen Leute durchschauen es. Sie wissen genau wie wir, daß es nur auf eins in der Welt ankommt.«

»Ach, ja«, seufzte er, »wir leben in einem durch und durch materiellen Zeitalter.«

»Nein«, rief Miß Raby so gereizt, daß Elizabeth sich umdrehte, um zu sehen, was los sei. »Sie sind wirklich töricht. Freundlichkeit und die Güter der Welt zu teilen ist nicht schwer. Das einzige, was zu verschenken wert ist, ist man selbst. Haben Sie sich jemals selbst weggeschenkt?«

»Schon häufig.«

»Ich meine, haben Sie sich jemals absichtlich vor Ihren Untergebenen zum Narren gemacht?«

»Absichtlich, nein, niemals.« Er erkannte endlich, worauf sie hinauswollte. Es machte ihr Spaß zu behaupten, eine derartige Selbstpreisgabe sei die einzig mögliche Basis eines wahren Miteinanders, das einzige Tor in der geistigen Barriere, die die gesellschaftlichen Klassen voneinander trennt. Eines ihrer Bücher hatte sich mit dem Thema befaßt; und es war eine sehr sympathische Lektüre gewesen. »Wie steht es mit Ihnen?« fügte er aufgeräumt hinzu.

»Ich habe es noch nie so richtig getan. Bis heute habe ich mich noch nie wirklich als Närrin gefühlt; doch wenn ich es einmal tue, dann hoffe ich, es auch offen zu zeigen.«

»Hoffentlich bin ich Zeuge.«

»Das würden Sie vielleicht gar nicht mögen«, erwiderte sie. »Es könnte mich jeden Augenblick und durchaus auch in gemischter Gesellschaft überkommen. Jedes beliebige Ereignis könnte der Auslöser sein.«

»Dort liegt Vorta!« rief der Kutscher und unterbrach die angeregte Unterhaltung. Er und Elizabeth und die Kutsche hatten den Gipfel der Anhöhe erreicht. Die schwarzen Wälder hörten unvermittelt auf; und ein Tal tauchte vor ihnen auf, dessen Abhänge aus smaragdgrünen Wiesen wogend einander ablösten und ineinander übergingen, jedoch immer mit einer aufwärtsgerichteten Bewegung, wobei die Felsen in siebenhundert Meter Höhe aus dem Grün hervorbrachen und sich zu mächtigen Bergen auftürmten, deren Gipfel in der Reinheit des Abends beinahe grazil wirkten.
Der Kutscher, der die Angewohnheit hatte, stets alles zu wiederholen, rief: »Vorta! Vorta!«
Weit oben im Tal lag ein großes, weißes Dorf, das auf den wogenden Wiesen wie ein Schiff auf dem Meer hin und her schwankte, und an seinem Bug ragte – sich trotzig gegen einen steilen Hang stemmend – ein mächtiger Turm aus neuen, grauen Steinen empor. Und als sie jetzt zu dem Turm blickten, ließ sich dieser vernehmen und hielt eine pompöse Ansprache an die Berge ringsum, und diese antworteten ihm.
Sie wurden noch einmal darüber informiert, daß dies Vorta sei und jenes dort der neue Kampanile – genau wie der Kampanile von Venedig, nur schöner – und daß das Läuten von der neuen Glocke des Kampanile stamme.
»Ganz recht, wir danken Ihnen«, sagte Colonel Leyland, während Miß Raby hoch erfreut darüber war, daß das Dorf einen derartigen Gebrauch von seinem

Wohlstand gemacht hatte. Sie hatte Angst davor gehabt, an einen Ort zurückzukehren, den sie einst so sehr geliebt hatte, Angst, dort irgend etwas Neues vorzufinden. Es war ihr niemals in den Sinn gekommen, daß das Neue auch etwas Schönes sein könnte. Der Architekt hatte sich tatsächlich von südlichen Gefilden inspirieren lassen, und der Turm, der hier zwischen den Bergen stand, ähnelte dem Turm, der einst an der Lagune gestanden hatte. Es war allerdings unmöglich, den Herkunftsort der Glocke zu bestimmen, denn Glockengeläut hat keine nationale Eigenart.

Angenehm berührt fuhren sie schweigend weiter in die liebliche Szenerie hinein. Touristen musterten sie beifällig und hielten sie für ein glücklich verheiratetes Paar. Und es gab in Miß Rabys freundlichem, hageren Gesicht tatsächlich keine Anzeichen für einen irgendwie gearteten literarischen Hochmut; und Colonel Leylands Beruf hatte ihn eher freundlich als aggressiv werden lassen. Sie konnten sehr gut als gebildetes und vornehmes Ehepaar gelten, das seine Jahre damit verbracht hatte, schöne Dinge zu bewundern, von denen die Welt so voll ist.

Als sie näher kamen, antworteten die Glocken anderer, bisher von ihnen nicht bemerkter Kirchen – winzige Kirchen, häßliche Kirchen, rosafarben angemalte Kirchen mit Türmen wie Kürbisse, weiß angemalte, mit Schindeln gedeckte Kirchen, Kirchen, die sich in der Lichtung des Waldes oder der Senke einer Wiese verbargen –, bis die Abendluft erfüllt war von zarten Stimmen, übertönt von der mächtigen Stimme in

ihrer Mitte. Nur die englische Kirche, die vor kurzem in frühgotischem Stil erbaut worden war, schwieg züchtig.
Die Glocken verstummten, und all die kleinen Kirchen wichen in die Dunkelheit zurück. Statt dessen ertönte das Geräusch von Ankleidegongs, und man sah müde Touristen, die zum Dinner nach Hause eilten. Ein Landauer mit der Beschriftung *Pension Atherley-Simon* rollte rasch dahin, um noch rechtzeitig zur Ankunft der Postkutsche zu kommen. Eine Dame sprach mit ihrer Mutter über ein Abendkleid. Junge Männer mit Tennisschlägern sprachen mit jungen Männern mit Alpenstöcken. Dann schrieb ein glutroter, feuriger Finger quer durch die Dunkelheit: *Grand Hôtel des Alpes.*
»Sehen Sie nur, das elektrische Licht!« sagte der Kutscher, als er hörte, wie seine Passagiere in erstaunte Rufe ausbrachen.
Pension Belle Vue stach es grell gegen den Hintergrund eines Pinienwaldes ab, und vom Ufer des Flusses her antwortete das *Hôtel de Londres.* Die Pensionen *Liebig* und *Loreley* wurden in grüner und bernsteinfarbener Schrift angekündigt. Das *Old-England* glühte lila. Die verschiedenen Leuchtschriften verteilten sich auf ein weites Gebiet, da sich die besten Hotels außerhalb des Dorfes in erhöhter und malerischer Lage befanden. Diese Zurschaustellung fand während der Saison jeden Abend statt, jedoch nur bei der Ankunft der Postkutsche. Sobald der letzte Tourist untergebracht worden war, gingen die Lichter aus,

und die Hotelbesitzer zogen sich, fluchend oder zufrieden die Hände reibend, zu ihren Zigarren zurück.

»Gräßlich!« meinte Miß Raby.

»Gräßliche Menschen!« meinte Colonel Leyland.

Das *Hôtel des Alpes* war ein riesiges Gebäude, das – da es aus Holz erbaut war – den Eindruck einer aufgeblähten Sennhütte machte. Doch dieser Eindruck wurde von einer aufwendigen und prächtigen Aussichtsterrasse korrigiert, deren quadratische Platten kilometerweit zu erkennen waren und von der Asphaltwege wie von einem großen Staubecken aus quer durch das umliegende Land sickerten. Ihre Kutsche, die einen Privatweg heraufgekommen war, fuhr unter einem überdachten Säulengang aus Pechkiefern vor, der sich auf der einen Seite zur Terrasse hin und auf der anderen zu dem überdeckten Foyer hin öffnete. Ein ganzer Schwarm von Bediensteten empfing sie – Männer mit goldenen Tressen, schneidigere Männer mit noch mehr goldenen Tressen und noch schneidigere Männer ohne goldene Tressen. Elizabeth setzte eine hochmütige Miene auf und schleppte mit großer Mühe einen kleinen Strohkorb. Colonel Leyland wurde mit jedem Zoll Soldat. Miß Raby, die sich trotz langjähriger Erfahrungen von großen Hotels immer wieder nervös machen ließ, wurde in ein teures Schlafzimmer genötigt, und man empfahl ihr, sich sofort umzuziehen, falls sie noch an der *table d'hôte* teilnehmen wolle. Als sie die Treppe hinaufstieg, hatte sie gesehen, wie sich der Speisesaal mit Engländern und Amerikanern und reichen, hungri-

gen Deutschen füllte. Sie fühlte sich eigentlich recht wohl in Gesellschaft, heute abend jedoch empfand sie eine eigenartige Bedrücktheit. Sie schien mit einer unangenehmen Aussicht konfrontiert zu sein, deren Umrisse noch im dunkeln lagen.
»Ich möchte in meinem Zimmer essen«, sagte sie zu Elizabeth. »Gehe du nur ruhig zum Dinner: Ich übernehme das Auspacken.«
Sie wanderte umher, überflog die Hausordnung, die Preisliste, das Angebot mit den Ausflügen, betrachtete das rote Plüschsofa, die Krüge und Waschschüsseln mit den Steindrucken verschiedenster Bergansichten. Wo sollte inmitten all dieser Pracht noch ein Platz für Signor Cantù mit seinem porzellanenen Pfeifenkopf und für Signora Cantù mit ihrem tabakfarbenen Schal sein?
Als der Kellner ihr schließlich das Abendessen brachte, fragte sie ihn nach ihrem Gastgeber und ihrer Gastgeberin.
In weltgewandtem Englisch erwiderte er, es ginge ihnen beiden gut.
»Wohnen sie hier oder im *Biscione?*«
»Hier natürlich. Nur mittellose Touristen steigen im *Biscione* ab.«
»Aber wer wohnt denn dann dort?«
»Die Mutter von Signor Cantù. Es besteht keine Verbindung mehr«, fuhr er fort, wie einer, der eine Lektion auswendig gelernt hat, »es besteht absolut keine Verbindung mehr zwischen ihr und uns. Vor fünfzehn Jahren, ja, aber inzwischen, was ist denn schon das

Biscione? Ich bitte Sie, den Leuten zu widersprechen, falls sie es in einem Atemzug mit uns erwähnen.«

Miß Raby sagte ruhig: »Ich habe mich geirrt. Würden Sie bitte Bescheid sagen, daß ich auf mein Zimmer verzichte und daß das Gepäck sofort zum *Biscione* gebracht werden soll.«

»Gewiß! Gewiß!« erwiderte der guterzogene Kellner. Mit einem boshaften Schnauben fügte er jedoch hinzu: »Sie werden es aber bezahlen müssen.«

»Zweifellos«, sagte Miß Raby.

Die kunstvolle Maschinerie, die sie sich vor kurzem einverleibt hatte, begann sie wieder auszuspeien. Schrankkoffer wurden hinuntergetragen, die Kutsche, in der sie angekommen war, wurde erneut gerufen. Elizabeth erschien bleich vor Entrüstung in der Halle. Sie bezahlte für Betten, in denen sie nicht geschlafen hatten, und für Essen, das sie nie verzehrt hatten. Inmitten des Schwarms goldbetreßter Bediensteter, die sich der Hoffnung hingaben, sogar in dieser kurzen Zeit einen Anspruch auf Trinkgeld erworben zu haben, bewegte sie sich in Richtung auf die Tür. Die Gäste in der Halle beobachteten sie amüsiert und zogen den Schluß, sie habe das Hotel wohl als zu kostspielig empfunden.

»Was ist passiert? Was um Himmels willen ist passiert? Sind Sie nicht bequem untergebracht?« Colonel Leyland eilte in seinem Abendanzug hinter ihr her.

»Nein, das nicht; ich habe mich geirrt. Dieses Hotel gehört dem Sohn. Ich muß im *Biscione* absteigen. Der

Mann liegt im Streit mit den alten Leuten; ich glaube, der Vater ist gestorben.«

»Aber, ich bitte Sie – wenn Sie hier bequem untergebracht sind ...«

»Ich muß heute abend noch herausfinden, ob es stimmt. Außerdem muß ich ...«, ihre Stimme zitterte, »herausfinden, ob es meine Schuld ist.«

»Wie sollte das denn um Himmels willen ...«

»Ich werde es ertragen, falls es so ist«, fuhr sie freundlich fort. »Ich bin zu alt, um als Tragödin oder als böser Geist aufzutreten.«

»Was meint sie damit? Was um Himmels willen meint sie damit?« murmelte der Oberst, als er beobachtete, wie die Lichter der Kutsche den Hügel hinabglitten. »Wem hat sie denn etwas zuleide getan? Was ist denn Schlimmes passiert? Hotelbesitzer streiten sich doch dauernd: Was geht uns das an?« In sich gekehrt, nahm er ein gutes Dinner zu sich. Dann traf die Post ein, und seine Gedanken wanderten in eine andere Richtung.

Liebster Edwin,
ich schreibe Dir mit der größten Zurückhaltung, und ich weiß, daß Du mir glauben wirst, wenn ich Dir versichere, daß mir keineswegs Neugier die Feder geführt hat. Ich erwarte nur eine Antwort auf eine einfache Frage. Bist Du mit Miß Raby verlobt oder nicht? Die Sitten haben sich seit meiner Jugend geändert. Trotz allem ist eine Verlobung aber immer noch eine Verlobung und sollte umgehend bekanntgegeben werden, um allen Beteiligten Unannehmlichkeiten zu erspa-

ren. Auch wenn Deine Gesundheit ruiniert ist und Du Deinen Beruf aufgegeben hast, bist Du doch immer noch imstande, die Familienehre zu schützen.

»Dummes Geschwätz!« rief Colonel Leyland. Die Bekanntschaft mit Miß Raby hatte seine Ansichten geschärft. Er vermochte in diesem Teil des Briefes seiner Schwester nur konventionelle Floskeln zu erkennen. Beim Lesen dieser Passage wurde er nicht mehr bewegt als sie durch das Aufsetzen dieser Zeilen.

Was das junge Mädchen anbetrifft, das die Bannons mir gegenüber erwähnt haben, so ist sie keine Anstandsdame – sondern lediglich ein Täuschungsmanöver, um die Leute hinters Licht zu führen. Ich will damit nichts gegen Miß Raby sagen, deren Bücher wir stets gelesen haben. Literaten sind immer weltfremd, und wir sind der festen Überzeugung, daß sie nichts davon weiß. Vielleicht glaube ich nicht, daß sie die richtige Frau für Dich ist; aber das steht auf einem anderen Blatt.

Meine Kleinen, die Dich alle herzlich grüßen lassen (dies gilt auch für Lionel), sind im Augenblick eine ungetrübte Freude. Die einzige Sorge gilt der Zukunft, wenn die drückenden Ausgaben einer guten Erziehung ins Kalkül gezogen werden müssen.

Deine Dich liebende Nelly

Wie könnte er den besonderen Zauber der Beziehung zwischen sich und Miß Raby erklären? Es war niemals von Heirat die Rede gewesen, und das gleiche galt wahrscheinlich für die Liebe. Falls sie sich, statt sich häufig zu sehen, dazu entschließen sollten, sich immer zu sehen, würden sie dies als verständige, mit dem Leben vertraute Kameraden tun, nicht als selbstsüchtige Liebende voller Verlangen nach heftigen Leidenschaften, die zu fordern sie nicht das Recht, und die zu befriedigen sie nicht die Macht hatten. Außerdem erhoben sie keinen Anspruch darauf, jungfräuliche Seelen ihr eigen zu nennen oder die Grenzen und Widersprüche des anderen zu kennen. Sie nahmen nicht einmal groß Rücksicht aufeinander. Toleranz setzt Zurückhaltung voraus; und der wichtigste Garant für ein störungsfreies Verhältnis ist, den anderen zu kennen. Colonel Leyland war äußerst mutig: Er kümmerte sich kaum um die Meinung von Menschen, deren Motive er verstand. Nelly und Lionel und ihre Kleinen konnten von ihm aus gerne schockiert oder ungehalten sein. Miß Raby war eine Autorin, eine Art Radikale; und er war ein Soldat, eine Art Aristokrat, aber die Zeit für ihre Aktivitäten war allmählich vorbei: Er hörte auf zu kämpfen, sie zu schreiben. Sie konnten den Herbst ihres Lebens auf angenehme Weise miteinander verbringen. Zudem erwiesen sie sich vielleicht nicht als die schlechtesten Gefährten für einen gemeinsamen Winter.

Er war zu taktvoll, um – sogar vor sich selbst – zuzugeben, wie wünschenswert es war, zweitausend Pfund im Jahr zu heiraten. Aber diese Tatsache verlieh seinen Gedanken einen uneingestandenen angenehmen Beigeschmack. Er zerriß Nellys Brief in kleine

Stücke und warf die Schnipsel aus dem Schlafzimmerfenster in die Dunkelheit.

»Merkwürdige kleine Frau!« murmelte er, als er in Richtung Vorta blickte und versuchte, in dem heller werdenden Licht des Mondes den Kampanile zu entdecken. »Warum hast du die Unbequemlichkeit gewählt? Warum willst du dich in den Streit von Menschen einmischen, die dich nicht verstehen können und die du nicht verstehst? Wie töricht du doch bist, zu glauben, du seist Schuld an diesem Streit. Du glaubst, ein Buch geschrieben zu haben, das den Ort verdorben und die Einwohner korrupt und gemein gemacht hat. Ich kann deine Gedankengänge nachvollziehen. Du wirst dich unglücklich machen und den Versuch unternehmen, etwas in Ordnung zu bringen, was noch nie in Ordnung war. Merkwürdige kleine Frau!«

Dicht unter ihm konnte er jetzt die weißen Schnipsel des Briefes seiner Schwester erkennen. Im Tal wurde der Kampanile sichtbar: ganz allmählich tauchte er aus den Streifen silbernen Nebels auf.

»Liebe kleine Frau!« flüsterte er und machte eine unbestimmte Handbewegung in Richtung auf das Dorf.

2.

Miß Rabys erster Roman, *Der Augenblick der Ewigkeit*, drehte sich um die Vorstellung, daß das Maß des Menschen nicht allein die Zeit ist, daß ein entschwundener Abend vor dem Richterstuhl Gottes zu tausend Ewigkeiten werden kann – eine Vorstellung, die später auf mehr philosophische Weise von Maeterlinck ausgeführt worden war. Sie selbst erklärte inzwischen, es sei ein ermüdendes, gekünsteltes Buch und der Titel wecke Erinnerungen an den Zahnarzt. Aber sie hatte es geschrieben, als sie sich jung und glücklich fühlte; und das ist die Zeit, in der man – eher als in reiferem Alter – sein Glaubensbekenntnis formuliert. Wenn die Jahre vergehen, mag der Lebensentwurf solider werden, doch im gleichen Maße werden das Verlangen und die Kraft schwächer, ihn anderen Menschen zu vermitteln. Im großen und ganzen mißfiel es Miß Raby nicht, daß ihr erstes Werk auch ihr ehrgeizigstes war.

Durch einen merkwürdigen Zufall erregte das Buch großes Aufsehen, vor allem bei phantasielosen Menschen. Müßige Leute interpretierten es dahingehend, daß nichts Schlimmes daran sei, Zeit zu vergeuden, ordinäre dahingehend, daß nichts Schlimmes daran sei, wankelmütig zu sein, fromme Leute interpretierten es als Angriff auf die Moral. In der guten Gesellschaft, wo die Begeisterung der Autorin für das gemeine Volk ihr nur zusätzlichen Reiz verlieh, wurde Miß Raby recht populär. In demselben Jahr drangen Lady Anstey, Mrs. Heriot, der Marquis Bamburgh und viele andere bis nach Vorta vor, wo das Buch spielte. Sie kehrten begeistert zurück. Lady Anstey stellte ihre Aquarelle aus, und Mrs. Heriot, eine begeisterte Fotografin, veröffentlichte einen Artikel in der Zeitschrift *Das Gestade;*

während die Zeitschrift *Das 19. Jahrhundert* eine ausführliche Beschreibung des Ortes aus der Feder des Marquis Bamburgh unter dem Titel ›Der Bauer in heutiger Zeit und sein Verhältnis zum römischen Katholizismus‹ veröffentlichte.
Dank dieser Bemühungen wurde Vorta ein aufstrebender Ort, und Leute, die sich gerne abseits von vielbefahrenen Straßen bewegten, besuchten ihn und erläuterten anderen den Weg dorthin. Miß Raby kehrte durch eine Reihe trivialer Umstände niemals in das Dorf zurück, dessen Aufstieg so unmittelbar mit ihrem eigenen zusammenhing. Sie hatte von Zeit zu Zeit von seinem Aufblühen gehört. Man erzählte sich außerdem, eine billigere Sorte Touristen habe es ebenfalls entdeckt, und da Miß Raby fürchtete, Vorta verschandelt vorzufinden, hatte sie schließlich eine gewisse Scheu davor, in eine Szenerie zurückzukehren, die ihr einst so gefallen hatte. Colonel Leyland überredete sie; er war auf der Suche nach einem nicht zu heißen, gesunden Ort für den Sommer, wo er lesen und sich unterhalten konnte und wo er Spazierwege vorfand, die sich für einen agilen Pensionär eigneten. Ihre Freunde freuten sich; ihre Bekannten ergaben sich dem Klatsch; ihre Verwandten waren wütend. Aber er war beherzt und sie unbekümmert. Sie hatten die Reise unter der unzulänglichen Schirmherrschaft von Elizabeth durchgeführt.
Ihre Ankunft stimmte Miß Raby traurig. Es mißfiel ihr, wie die großen Hotels in einem weiten Kreis um das Dorf herumgebaut waren, wo sich doch alles Leben in

ihm konzentrieren sollte. Die auf den friedlichen, abendlichen Abhängen eingebrannten Leuchtschriften tanzten immer noch vor ihren Augen. Und das gräßliche *Hôtel des Alpes* verfolgte sie wie ein Alptraum. Immer wieder traten ihr der Säulengang, die protzige Halle, die gewienerte Empfangstheke aus Walnußholz, das Brett für die Zimmerschlüssel, das Steingutgeschirr ihres Schlafzimmers mit den Panoramaansichten, die Uniformen der Bediensteten und der Geruch von geschniegelten Menschen – der für manche Nasen mindestens so deprimierend ist wie der Geruch armer Leute – vor ihr inneres Auge. Sie war angesichts des Fortschritts der Zivilisation alles andere als begeistert, da sie aufgrund fernöstlicher Erfahrungen wußte, daß Zivilisation selten etwas Positives bewirkt und eher dazu neigt, die Barbaren unmoralisch und lasterhaft werden zu lassen, bevor sie ausgleichende Qualitäten entwickelt. Und in diesem Falle gab es bezüglich des Fortschritts gar keine Frage: Die Welt konnte mehr von dem Dorf lernen als das Dorf von der Welt.

Im *Biscione* hatte sich tatsächlich kaum etwas verändert – überall traf man auf die bröckelnde Pracht einer entschwundenen Welt. Der alte Gastwirt war gestorben, und die alte Gastwirtin lag krank zu Bett, aber der ursprüngliche Geist hatte sich noch nicht verflüchtigt. Auf der in Fachwerk ausgeführten Vorderseite des Hauses konnte man immer noch das Bild des Drachens bewundern, der ein Kind verschlang – das Wappen der Mailänder Familie Visconti, von denen die Cantùs gut hätten abstammen können. Denn es war etwas an dem kleinen Hotel, das einen dafür empfänglichen Gast – zumindest zeitweise – nötigte, an eine aristokratische Vergangenheit zu glauben. Überall herrschte eine distinguierte Atmosphäre, die man niemals absichtlich erzeugen kann. In jedem der Schlafzimmer befanden sich drei oder vier schöne Dinge – eine Seidentapete, das Fragment einer Holzschnitzerei aus dem Rokoko, einige blaue Fliesen, die gerahmt an der geweißelten Wand aufgehängt waren. Im Treppenhaus und in den Wohnzimmern hingen Gemälde – Gemälde aus dem 18. Jahrhundert im Stil von Carlo Dolce und den Caracci –, eine blaugekleidete Mater Dolorosa, die bewegende Darstellung eines Heiligen, ein edler Alexander mit fliehendem Kinn. Alles in einem minderwertigen Stil – dies behaupteten jedenfalls irgendwelche überheblichen Leute und die Reiseführer. Und doch können solche Bilder bisweilen mehr Frische und tiefere Bedeutung ausstrahlen als ein kürzlich erworbener Fra Angelico. Miß Raby, die ohne besondere Ehrfurcht Herzöge in deren Residenzen aufgesucht hatte, empfand sich als aufdringlich und fehl am Platz, als sie das *Albergo Biscione* betrat. Die gewöhnlichsten Dinge, Sofakissen, Tischdecken, die Überzüge der Polstermöbel – selbst wenn sie aus billigen Materialien hergestellt und ästhetisch zweifelhaft sein sollten – flößten ihr Ehrfurcht und Demut ein. Durch diese saubere, freundliche Welt hatte sich einst Signor Cantù mit seiner Porzellanpfeife bewegt, Signora Cantù in ihrem tabakfarbenen Schal und auch Bartolommeo Cantù, der neue Eigentümer des *Grand Hôtel des Alpes*.

Am nächsten Morgen ließ sich Miß Raby in einer Laune zum Frühstück nieder, die sie ihrer schlechten Nacht und ihrem fortgeschrittenen Alter zuzuschreiben versuchte. Noch niemals, so dachte sie, hatte sie weniger anziehende und würdelosere Menschen gesehen als die übrigen Gäste. Eine mürrische Frau verbreitete sich über den Patriotismus und die Pflicht englischer Touristen, sich Angehörigen fremder Nationen gegenüber einig zu sein. Eine andere Frau ließ ein ständiges, leises Klagelied hören, wie ein tropfender Wasserhahn, der niemals zu einem richtigen Strahl anwächst und doch auch niemals ganz versiegt: Sie beklagte sich über das Essen, die Preise, den Lärm, das Wetter, den Staub. Sie sagte, sie selbst käme ja gerne her; aber sie empfehle das Hotel nur ungern ihren Freunden: Es gehöre nun einmal zu der Art von Häusern, die einem derartige Empfindungen einflößten. Männer waren rar und sehr gefragt; ein ziemlich junger beschrieb inmitten von Lachanfällen, was er alles getan hatte, um die Eingeborenen zu verblüffen.

Miß Raby saß einem berühmten Wandgemälde, das den einzigen Schmuck des Raumes bildete, gegenüber. Es war im Verlauf von Renovierungsarbeiten entdeckt worden; und obwohl es an einigen Stellen beschädigt worden war, besaßen die Farben noch immer eine große Leuchtkraft. Signora Cantù schrieb es einmal Tizian, dann wieder Giotto zu und erklärte, niemand sei imstande, seinen Sinn zu deuten; Professoren und Künstler hätten sich vergeblich den Kopf darüber zerbrochen. Dies sagte sie nur, weil es ihr Spaß machte, so zu reden. Der Sinn war vollkommen klar, und er war ihr auch oft genug erklärt worden. Jene vier Gestalten waren Sibyllen, die in dem Augenblick, den der Künstler festgehalten hatte, die Geburt Christi weissagten. Es war ungewiß, aus welchem Grund sie einst hoch oben in den Bergen, an der äußersten Grenze zur italienischen Kunst, gemalt worden waren. Inzwischen stellten sie jedenfalls eine unschätzbare Quelle der Konversation dar; durch ihre erfreuliche Anwesenheit an der Wand waren viele Bekanntschaften geschlossen und mancher Streit verhütet worden.

»Sind diese Heiligen nicht entzückend!« meinte eine amerikanische Lady und folgte Miß Rabys Blick.

Der Vater der Lady murmelte etwas von Aberglauben. Die beiden bildeten ein klägliches Paar: Sie waren kürzlich aus dem Heiligen Land zurückgekehrt, wo man sie schändlich betrogen hatte; als Konsequenz daraus hatte ihre Einstellung gegenüber der Religion gelitten.

Miß Raby sagte ziemlich scharf, die Heiligen seien Sibyllen.

»Aber ich erinnere mich an keine Sibyllen«, meinte die Dame, »weder im Neuen noch im Alten Testament.«

»Erfindungen der Priester, um die Bauern hinters Licht zu führen«, behauptete der Vater verbittert. »Es ist dasselbe wie mit ihren Kirchen; Flitterkram, der so

tut, als sei er Gold; Baumwolle, die so tut, als sei sie Seide; Stuck, der so tut, als sei er Marmor; dasselbe wie mit ihren Prozessionen, dasselbe wie mit ihren – (er fluchte) – Kampanilen.«
»Mein Vater«, erzählte die Lady und beugte sich vor, »leidet unter Schlaflosigkeit. Stellen Sie sich vor, die Kirchenglocken läuten jeden Morgen um sechs!«
»Ja, M'am; Sie haben es gut. Wir haben dieser Unsitte Einhalt geboten.«
»Sie haben dem morgendlichen Kirchenläuten Einhalt geboten?« rief Miß Raby.
Leute blickten auf, um zu sehen, wer sie sei. Man flüsterte, sie schreibe.
Der Mann erwiderte, er sei den ganzen Weg hier heraufgekommen, um seine Ruhe zu finden, und er werde, falls er sie nicht bekäme, woanders Quartier nehmen. Die englischen und amerikanischen Touristen hatten sich zusammengetan und die Hotelbesitzer gezwungen, die Initiative zu ergreifen. Jetzt veranstalteten die Priester ein Abendläuten, und das sei vertretbar. Der alte Mann gab seiner Überzeugung Ausdruck, »Kooperation« könne alles bewirken: Mit den Bauern sei es genauso gewesen.
»In welche Angelegenheiten der Bauern haben sich die Touristen denn eingemischt?« fragte Miß Raby, der heiß wurde und die am ganzen Körper zitterte.
»Wir haben dasselbe gesagt; wir seien gekommen, um unsere Ruhe zu finden, und wir wären entschlossen, sie auch zu bekommen. Einmal in der Woche haben sie sich betrunken und bis zwei Uhr morgens gesun-

gen. Wie kann man sich denn überhaupt derart aufführen?«
»Ich erinnere mich«, sagte Miß Raby, »daß sich einige betrunken haben. Aber ich erinnere mich auch daran, wie sie gesungen haben.«
»Eben, bis zwei«, erwiderte er.
Sie trennten sich in gereizter Stimmung. Miß Raby verließ den Raum, als er sich über die Notwendigkeit einer neuen, universalen Religion der Freiluftaktivitäten verbreitete. Über seinem Kopf standen die vier Sibyllen, voller Anmut, trotz all ihrer Schwerfälligkeit und Grobheit, und jede von ihnen hielt dem Betrachter eine Tafel entgegen, auf der das präzise Versprechen der Empfängnis eingemeißelt war. Wenn die alten Religionen der Menschheit wirklich nicht mehr genügten, schien es nicht sehr wahrscheinlich, daß ein adäquater Ersatz aus Amerika kommen sollte.
Es war noch zu früh, um Signora Cantù den versprochenen Besuch abzustatten. Und auch Elizabeth, die den ganzen gestrigen Abend über schlechte Laune gehabt hatte und jetzt auf eine angestrengte Weise zerknirscht war, war nicht gerade eine angenehme Gefährtin. Vor dem Gasthof standen wenige Tische, an denen einige Frauen saßen und Bier tranken. Beschnittene Kastanienbäume spendeten ihnen Schatten; und eine niedrige, hölzerne Balustrade bildete eine Abgrenzung zur Dorfstraße hin. Auf diese Balustrade hockte sich jetzt Miß Raby, da sie von hier aus einen Blick auf den Kampanile werfen konnte. Ein kritisches Auge hätte eine ganze Reihe von Mängeln in

seiner Konstruktion entdecken können. Doch sie betrachtete ihn mit wachsender Freude, in die eine gewisse Dankbarkeit gemischt war.

Die deutsche Kellnerin kam heraus und regte sehr höflich an, sich doch vielleicht nach einer bequemeren Sitzgelegenheit umzusehen. Dies sei der Ort, wo das gemeine Volk äße; ob sie nicht lieber in den Salon gehen wolle?

»Danke, nein; wie lange klassifizieren Sie Ihre Gäste schon nach ihrem Herkommen?«

»Schon seit vielen Jahren. Es war nicht mehr anders möglich«, erwiderte die imposante Frau. Wohlgenährt und strotzend von gesundem Menschenverstand, kehrte sie in das Haus zurück, eines der vielen Anzeichen dafür, daß das teutonische Element in diesem umstrittenen Tal dabei war, über das lateinische die Oberhand zu gewinnen.

Dann trat eine grauhaarige Dame nach draußen, legte eine Hand vor die Augen, um sie vor der Sonne zu schützen, und raschelte mit der *Morning Post*. Sie sah freundlich zu Miß Raby hinüber, blähte die Nüstern, bat um Entschuldigung, daß sie sie anspreche, und hielt folgende Rede:

»Ich weiß nicht, ob Sie wissen, daß heute abend ein Benefizkonzert zugunsten der Glasfenster der englischen Kirche stattfindet. Ob ich Sie wohl dazu überreden kann, Eintrittskarten zu kaufen? Man hat ja ganz zu Recht gesagt, wie wichtig es ist, daß die Engländer einen Treffpunkt haben, finden Sie nicht auch?«

»Ungemein wichtig«, entgegnete Miß Raby; »aber ich

wünschte, der Treffpunkt befände sich in England.«
Die grauhaarige Dame lächelte. Dann machte sie einen verwirrten Eindruck. Und schließlich wurde ihr klar, daß sie beleidigt worden war, und mit der *Morning Post* raschelnd verschwand sie.
»Ich war ziemlich grob«, dachte Miß Raby deprimiert. »Grob einer Dame gegenüber, die genauso töricht und grauhaarig ist wie ich selbst. Dies ist kein Tag, an dem ich mit Menschen sprechen sollte.«
Ihr Leben war erfolgreich, und im großen und ganzen glücklich gewesen. Sie war nicht an jene Laune gewöhnt, die man Depression nennt, die jedoch sicherlich den Ausblick auf weitere, wenn auch grauere Horizonte ermöglicht. An diesem Morgen änderte sich ihre Sicht. Sie ging durch das Dorf und bemerkte kaum die Berge, von denen es nach wie vor umgeben war, oder den unveränderten Glanz der Sonne. Aber ihr war deutlich bewußt, daß es da etwas Neues gab; war sich der undefinierbaren Korruption bewußt, die durch Schwärme von Touristen verursacht wird.
Selbst um diese Tageszeit war die Luft schwer von dem Gestank nach Fleisch und Bier, wozu sich noch Staub und Tabakrauch gesellten und der Geruch nach erschöpften Pferden. An der Kirche drängten sich die Kutschen, und unterhalb des Kampanile bewachte eine Frau einen Haufen Fahrräder. Die Saison war schlecht für das Bergsteigen gewesen; und junge Männer in schicken Norfolk-Anzügen gingen müßig auf und ab und warteten darauf, als Führer engagiert zu werden. Gegenüber vom Postamt standen zwei

große, preiswerte Hotels; und vor ihnen drängten unzählige, kleine Tische auf die Straße hinaus. Hier hatte es schon von früh an Essen gegeben, und es würde bis spät in die Nacht hinein so weitergehen. Die Gäste, in der Hauptsache Deutsche, delektierten sich an ihrem eigenen Gekreisch und Gelächter, wobei sie den Arm um die Taillen ihrer Frauen legten. Dann erhoben sie sich schwerfällig und verschwanden im Gänsemarsch zu irgendeiner Sehenswürdigkeit, woraufhin eine rote Flagge auf die Möglichkeit einer weiteren Mahlzeit hinwies. Die gesamte Bevölkerung war auf Trab, bis hinunter zu den kleinen Mädchen, die die Gäste bedrängten, Ansichtspostkarten und Edelweiß zu kaufen. Vorta hatte sich ganz und gar dem Tourismus ergeben.

Ein Dorf muß Handel treiben; und dieses Dorf hatte stets aus dem vollen geschöpft. Unauffällig und erfolgreich hatte es sich in strotzender Energie damit begnügt, seinen Lebensunterhalt aus der Erde zu ziehen, und daraus eine gewisse Würde und Freundlichkeit und Liebe für andere Menschen entwickelt. Die Zivilisation laugte diese Energie zwar nicht aus, aber sie hatte sie in andere Bahnen gelenkt; und all die kostbaren Eigenschaften, die vielleicht dabei hätten helfen können, die Welt gesunden zu lassen, waren zerstört worden. Der Familiensinn, der Sinn für die Gemeinschaft, die gesunden, ländlichen Tugenden – all dies war verschwunden, während der Kampanile, der sie verkörpern sollte, gebaut worden war. All dies war nicht von irgendeinem Schurken bewerkstelligt worden: Es war das Werk von Damen und Herren, die anständig und reich und oft auch klug waren – und die, falls sie überhaupt darüber nachdachten, der Meinung waren, daß sie jedem Ort, in dem sie sich aufzuhalten beliebten, nicht nur eine moralische, sondern auch eine materielle Wohltat erwiesen.

Noch nie zuvor war Miß Raby sich eines derart universalen Vergehens bewußt geworden. Verstört und erschöpft kehrte sie in die Pension *Biscione* zurück und mußte an jenen schrecklichen Satz denken, in dem so viel Wahrheit zu liegen scheint: »Doch wehe dem Menschen, durch welchen Ärgernis kommt.«

Signora Cantù, die gewissermaßen überreizt war, lag in einem abgedunkelten Raum im Erdgeschoß. Die Wände waren kahl, denn alle schönen Gemälde hingen in den Zimmern ihrer Gäste, die sie so liebte, wie eine gute Königin ihre Untertanen lieben mochte – ja, die Wände waren sogar schmutzig, denn dies war Signora Cantùs eigenes Zimmer. Doch kein Palast der Welt wies eine so hübsche Zimmerdecke auf; denn an den Balken hing eine ganze Batterie von Kupfergefäßen – Kübel, Kessel, Wassertöpfe, in allen Farben von schimmerndem Schwarz bis zu blassestem Rot. Es machte der alten Dame Spaß, zu diesen Zeichen ihres Wohlstandes aufzublicken. Eine amerikanische Dame war kürzlich ohne die Töpfe abgereist, eher verwundert als ärgerlich.

Die beiden Frauen hatten wenig gemein; Signora Cantù war eine unbeugsame Aristokratin. Wäre sie eine große Dame des großen Jahrhunderts gewesen,

wäre sie schnurstracks auf die Guillotine geklettert, und Miß Raby wäre in hysterischen Beifall ausgebrochen. Jetzt, mit den spärlichen Haaren in weißen Papierwickeln und ihrem tabakfarbenen Schal über den Schultern, unterhielt Signora Cantù die vornehme Autorin mit Erzählungen über andere vornehme Menschen, die im *Biscione* abgestiegen waren und vielleicht wieder absteigen würden. Zuerst war ihr Tonfall voller Würde. Doch nach kurzer Zeit wechselte sie zu Dorfklatsch über, und eine gewisse Bitterkeit begann sich in ihr breitzumachen. Mit einer Art melancholischem Stolz berichtete sie von diesen oder jenen Todesfällen. Da sie selbst alt war, meditierte sie gerne über die Gerechtigkeit des Schicksals, das ihre Altersgenossinnen, ja oft sogar Jüngere als sie, nicht verschont hatte. Miß Raby war es nicht gewohnt, aus derlei Vorstellungen Trost zu ziehen. Auch sie wurde allmählich alt, aber es hätte ihr besser gefallen, wenn andere hätten jung bleiben können. Sie erinnerte sich nur an wenige dieser Menschen, aber ihr Tod war für sie ein Symbol, genauso wie der Tod einer Blume unter Umständen das Vergehen des gesamten Frühlings symbolisieren kann.
Dann kam Signora Cantù auf ihr eigenes Mißgeschick zu sprechen, sie begann mit einem Bericht über einen Erdrutsch, der ihren kleinen Bauernhof zerstört hatte. Ein Erdrutsch ereignete sich in jenem Tal niemals ganz plötzlich. Unter dem grünen Mantel des Rasens sammelte sich allmählich das Wasser, so wie sich ein Abszeß unter der Haut bildet. Auf der Wiese am Ab-

hang entstand eine Schwellung, dann brach die Schwellung auf und gab einen sich langsam talwärts bewegenden Strom von Schlamm und Steinen von sich. Schließlich schien das ganze Gebiet unterspült zu sein; überall riß die Grasnarbe auf und warf phantastische Falten, die Bäume standen schief und schiefer, die Ställe und Scheunen stürzten ein, all die Schönheit verwandelte sich allmählich in eine ununterscheidbare breiige Masse, die sich talwärts wälzte, bis sie von irgendeinem Fluß fortgeschwemmt wurde.

Vom Bauernhof ging Signora Cantù zu anderen Mißständen über, die Miß Raby beinahe zu sehr deprimierten, um Mitgefühl aufbringen zu können. Es war eine miserable Saison; die Gäste hatten kein Verständnis für die besondere Eigenart des Hotels; die Angestellten hatten kein Verständnis für die Gäste; man hatte ihr gesagt, sie brauche einen Empfangschef, aber was sollte sie mit einem Empfangschef?

»Ich habe keine Ahnung«, entgegnete Miß Raby und hatte das Gefühl, daß kein Empfangschef der Welt die Geschicke des *Biscione* jemals wieder in erfolgreiche Bahnen lenken könnte.

»Die Leute sagen, er müsse bei der Ankunft der Postkutsche dabeisein und die Neuankömmlinge dazu animieren, bei uns abzusteigen. Was könnte ich wohl an Gästen für Spaß haben, die man animieren muß?«

»Die anderen Hotels machen es ebenso«, sagte Miß Raby traurig.

»Genau. Jeden Tag kommt ein Mann vom *des Alpes* zur Poststation herunter.«

Es entstand ein verlegenes Schweigen. Bisher hatten sie es vermieden, den Namen zu erwähnen.
»Er schnappt sie sich alle«, brach es plötzlich aus ihr heraus. »Mein Sohn schnappt sich alle meine Gäste. Er hat sich den gesamten englischen Adel und die besten Amerikaner geschnappt und alle meine alten Freunde aus Mailand. Er verleumdet mich im ganzen Tal und behauptet, die Kanalisation des *Biscione* sei schlecht. Die Hotelbesitzer empfehlen mich nicht mehr; sie schicken ihre Gäste zu ihm, weil er ihnen fünf Prozent für jeden bezahlt, den sie ihm schicken. Er bezahlt die Kutscher, er bezahlt die Träger, er bezahlt die Führer. Er bezahlt die Kapelle, so daß sie kaum je im Dorf unten spielt. Er bezahlt sogar die kleinen Kinder, damit sie erzählen, meine Kanalisation sei schlecht. Er und seine Frau und sein Empfangschef wollen mich ruinieren, sie wären froh, wenn ich sterbe.«
»Sagen Sie das doch nicht ... Sagen Sie doch nicht solche Sachen, Signora Cantù.« Miß Raby begann im Zimmer auf und ab zugehen, und da es ihre Gewohnheit war, lieber die Wahrheit zu sagen als das, was auf der Hand lag, fuhr sie fort:
»Versuchen Sie, nicht allzu ärgerlich auf Ihren Sohn zu sein. Sie wissen ja gar nicht, womit er fertig werden mußte. Sie wissen nicht, wer ihn dazu angestiftet hat. Vielleicht müßte man jemand ganz anderem Vorwürfe machen. Und wer auch immer dies sein mag – Sie müssen ihn in Ihre Gebete einschließen.«
»Natürlich bin ich eine Christin!« rief die aufge-

brachte alte Dame. »Aber er wird mich nicht ruinieren. Es sieht vielleicht so aus, als sei ich arm, aber er ist es, der sich Geld geliehen hat – viel zuviel. Sein Hotel wird bankrott machen!«

»Und vielleicht«, fuhr Miß Raby fort, »ist die Welt ja gar nicht so schlecht. Das meiste Böse, das wir beobachten, ist das Ergebnis kleiner Fehler – das Resultat von Dummheit oder Eitelkeit.«

»Ich weiß sogar, wer ihn dazu angestiftet hat – seine Frau, und der Mann, der jetzt sein Empfangschef ist.«

»Diese Angewohnheit, miteinander zu reden, sich einmal so richtig auszusprechen – sie scheint so wohltuend und notwendig, und doch tut sie uns bisweilen weh ...«

Sie wurden durch einen Tumult unten auf der Straße unterbrochen. Miß Raby öffnete das Fenster, und eine Wolke von mit Benzingeruch geschwängertem Staub drang in das Zimmer. Ein Motorfahrzeug hatte im Vorbeifahren einen Tisch gestreift und umgeworfen. Eine Menge Bier war verschüttet worden und ein wenig Blut. Signora Cantù seufzte verdrießlich wegen des Lärms. Ihre schlechte Laune hatte sie so erschöpft, daß sie ohne sich zu rühren und mit geschlossenen Augen dalag. In dem plötzlichen Windhauch stießen über ihrem Kopf zwei Kupferkannen sanft aneinander. Miß Raby war drauf und dran gewesen, ein großes, dramatisches Bekenntnis abzulegen, einen bewegenden Appell zugunsten von Vergebung. Die Worte lagen ihr auf der Zunge; die Worte lagen ihr stets auf der Zunge. Aber sie betrachtete diese geschlossenen Augen,

diese leidende, geschwächte Gestalt, die eher einem Skelett glich, und ihr wurde klar, daß sie kein Recht dazu hatte, den Luxus des Verzeihens zu fordern.
Es schien ihr, als sei ihr Leben mit diesem Gespräch zu Ende gegangen. Sie hatte alles getan, was sie konnte. Sie hatte viel Böses getan. Es blieb ihr nichts anderes übrig, als ihre Hände zu falten und zu warten, bis ihre Häßlichkeit und ihre Schwäche den Weg aller Schönheit und Stärke nahmen, bevor sie ihren Blick zu dem angenehmen Gesicht von Colonel Leyland erhob, mit dem sie in aller Unschuld ihre Tage beschließen könnte. Er würde sie nicht gerade sehr inspirieren, aber es schien ihr auch gar nicht wünschenswert, inspiriert zu werden. Es wäre sicherlich besser, wenn ihre Gaben sich erschöpften, wenn die sinnlose Tätigkeit ihres Hirns und ihrer Zunge allmählich betäubt würden. Denn zum erstenmal in ihrem Leben war sie versucht, sich gehenzulassen und alt zu werden.
Signora Cantù sprach immer noch von der Frau ihres Sohnes und von dem Empfangschef; von der Gewöhnlichkeit der ersteren und von der Undankbarkeit des letzteren, dem gegenüber sie sich vor langer Zeit freundlich gezeigt hatte, damals, als er zuerst von Italien heraufgezogen kam, ein unbedeutender Junge. Jetzt hatte er sich gegen sie gestellt. Das war der Lohn der Nächstenliebe.
»Wie heißt der Mann?« fragte Miß Raby abwesend.
»Feo Ginori«, erwiderte Signora Cantù. »Sie werden sich nicht an ihn erinnern. Er trug für gewöhnlich ...«
Von dem neuen Kampanile brach eine Flut von Klän-

gen in den Raum, denen die Kupferkannen zitternd antworteten. Miß Raby hob ihre Hände nicht etwa an die Ohren, sondern an die Augen. In ihrem geschwächten Zustand hatte das hämmernde Geräusch der Glocken die eigenartige Wirkung, als kehre das Blut in ihre erstarrten Adern zurück.

»Ich erinnere mich sehr gut an diesen Mann«, sagte sie schließlich; »und ich werde ihm heute nachmittag einen Besuch abstatten.«

3.

Miß Raby und Elizabeth saßen in der Halle des *Hôtel des Alpes*. Sie waren zu Fuß vom *Biscione* heraufgegangen, um Colonel Leyland zu besuchen. Doch dieser war offensichtlich hinuntergegangen, um *sie* zu besuchen, und das einzige, was sie tun konnten, war, zu warten und die Warterei damit zu rechtfertigen, daß sie einige Erfrischungen bestellten. So nahm Miß Raby ihren Nachmittagstee ein, während sich Elizabeth angesichts einer Portion Eis wie eine perfekte Dame benahm, wobei sie gelegentlich – wenn sie wußte, daß niemand hinsah – den Löffel im Mund hin- und herwendete. Die Unterkellner räumten die Tassen und Gläser von den Tischen und Marmorplatten, und die Bediensteten mit den goldenen Litzen arrangierten die Korbstühle von neuem zu einladenden Zweier- oder Dreiergruppen. Hier und da verweilten die Gäste zwischen den von ihnen produzierten Krümeln, und der russische Prinz war in einer auffälligen und ungraziösen Stellung eingeschlafen. Doch die meisten Leute hatten sich vor dem Dinner zu einem kleinen Spaziergang aufgemacht, oder sie waren zum Tennisspielen gegangen, oder sie hatten sich mit einem Buch unter einem Baum zurückgezogen. Das Wetter war wunderbar, und die Sonne stand inzwischen so niedrig, daß ihr Licht ungemein intensiv wirkte und allen Dingen, auf die ihre Strahlen fielen, neue Substanz und neue Farben zu verleihen schien. Von der Stelle aus, an der sie saß, konnte Miß Raby die felsigen Berggipfel sehen, unter denen sie tags zuvor hindurchgefahren waren; und hinter jenen Gipfeln konnte sie Italien sehen – das Val d'Aprile, das Val Senese und die Berge, die sie ›Die wilden Tiere des Südens‹ genannt hatte. Den ganzen Tag über waren jene Berge unbedeutend – entfernte Splitter aus weißen oder grauen Steinen. Doch die Abendsonne verwandelte sie, und sie hoben sich wie riesige purpurfarbene Bären gegen den südlichen Himmel ab.

»Es ist eine Sünde, nicht rauszugehen, Elizabeth. Mach, wenn möglich, deine Freundin ausfindig und veranlasse sie, ein paar Schritte mit dir spazierenzugehen. Falls du Colonel Leyland siehst, sag ihm bitte, daß ich hier bin.«

»Ist das alles, M'am?« Elizabeth mochte ihre exzentrische Herrin, und das Eis hatte ihr Herz milde gestimmt. Sie bemerkte, daß Miß Raby nicht gut aussah. Wahrscheinlich war der Weg der Liebe ein wenig steinig geworden. Gentlemen mußten zudem mit Feingefühl behandelt werden, besonders, wenn beide in die Jahre kamen.

»Gib den Kindern keine Pennys. Das ist alles.«

Die Gäste waren verschwunden, und die Anzahl der Angestellten hatte sich merklich verringert. Aus der Halle hinter ihr hörte sie das affektierte Gekicher von zwei höchst abscheulichen Wesen: einer jungen Frau hinter dem Empfang und einem jungen Mann in einem Gehrock, der die Neuankömmlinge in ihre Zimmer begleitete. Einige Gepäckträger gesellten sich zu ihnen, wobei sie in angemessener Entfernung stehenblieben. Schließlich waren nur noch Miß Raby, der russische Prinz und der Empfangschef in der Halle zurückgeblieben.

Der Empfangschef war ein tüchtiger, mitteleuropäisch aussehender Mann von etwa vierzig, der sämtliche Sprachen gewandt sprach und einige gut. Er eilte immer noch geschäftig hin und her und war in jungen Jahren offensichtlich recht kräftig gewesen. Doch entweder waren seine Lebensumstände oder sein vorgerücktes Alter seiner Figur abträglich: In ein paar Jahren würde er bestimmt dick sein. Sein Gesicht war nicht ganz so leicht zu entschlüsseln. Er widmete sich hingebungsvoll der bedingungslosen Ausübung seiner Pflichten, und das ist kein Augenblick, in dem man sich selbst offenbart. Er öffnete die Fenster, er füllte die Streichholzschachteln nach, er versetzte den kleinen Tischen einen leichten Klaps mit einem Staubwedel, und er behielt dabei stets die Tür im Auge, falls jemand ohne Gepäck ankommen oder ohne zu zahlen fortgehen sollte. Er drückte auf eine elektrische Klingel, und ein Kellner kam herbeigeflogen und räumte Miß Rabys Teegeschirr fort. Er drückte eine andere Klingel und schickte einen Untergebenen weg, um einige Papierschnipsel aufzusammeln, die aus einem Schlafzimmerfenster gefallen waren. Dann ein eilfertiges »Entschuldigen Sie, Madam!« und mit einer kleinen Verbeugung hatte er Miß Rabys Taschentuch aufgehoben. Er schien wegen ihres abrupten Aufbruchs vom vorhergehenden Abend keinen Groll gegen sie zu hegen. Vielleicht war es seine Hand gewesen, in die sie ein Trinkgeld hatte fallen lassen. Vielleicht erinnerte er sich auch gar nicht daran, daß sie dagewesen war.

Die Geste, mit der er ihr das Taschentuch zurückgab, ließ eine auf beunruhigende Weise vage Erinnerung in ihr wach werden. Bevor sie ihm danken konnte, war er schon wieder am Hoteleingang, stand mit dem Profil zu ihr, so daß sie die leichte Wölbung seines Bauches sehen konnte. Er sprach mit einem jungen Mann von kräftigem, aber düsterem Aussehen, der draußen im Säulengang nervös hin und her ging. »Ich habe Ihnen doch gesagt, wieviel Prozente Sie bekommen«, hörte Miß Raby den Empfangschef sagen. »Wenn Sie damit einverstanden gewesen wären, hätte ich Sie empfohlen. Jetzt ist es zu spät. Ich habe genug Führer.«

Von unserer Großzügigkeit profitieren mehr Menschen, als wir uns vorstellen können. Wir geben dem Kutscher ein Trinkgeld, und etwas davon kommt dem

Mann zugute, der ihn herangewinkt hat. Wir geben dem Mann ein Trinkgeld, der die Stalaktiten-Grotte mit Magnesiumdraht erhellt, und etwas davon kommt dem Bootsbesitzer zugute, der uns dorthin gerudert hat. Wir geben dem Kellner im Restaurant ein Trinkgeld, und etwas davon wird dafür vom Lohn des Kellners abgezogen. Eine weitläufige Maschinerie, deren Existenz wir uns selten vergegenwärtigen, organisiert die Verteilung unseres Reichtums. Als der Empfangschef zurückkehrte, fragte Miß Raby ihn: »Und wie hoch ist dieser Prozentsatz?«

Sie stellte ihre Frage mit der eindeutigen Absicht, ihn aus der Reserve zu locken, nicht weil sie unfreundlich war, sondern weil sie wissen wollte, welche Qualitäten, falls überhaupt, sich unter diesem höflichen, tüchtigen Äußeren verbargen. Im Grunde genommen war ihre Frage eher vom Gefühl als von Neugier inspiriert worden.

Bei einem gebildeten Mann hätte sie damit Erfolg gehabt. Bei dem Versuch, ihre Frage zu beantworten, hätte er etwas von sich preisgegeben. Aber der Empfangschef sah keine Veranlassung, eine logische Antwort auch nur vorzutäuschen. Er erwiderte: »Ja, Madam! Wir haben wirklich herrliches Wetter, und zwar sowohl vom Standpunkt unserer Gäste aus gesehen, als auch für die Heuernte«, und er eilte hinweg, um einem Bischof zu helfen, der eine Ansichtspostkarte auswählen wollte.

Statt sich Erwägungen über die beschränkten Talente des gemeinen Volkes hinzugeben, erkannte Miß Raby eine Niederlage an. Sie beobachtete den Mann dabei, wie er die Ansichtskarten ausbreitete, hilfsbereit, aber nicht aufdringlich, betriebsam, aber respektvoll. Sie beobachtete, wie er den Bischof veranlaßte, mehr Karten zu kaufen, als dieser ursprünglich wollte. Dies also war der Mann, der ihr auf dem Berg von Liebe gesprochen hatte. Aber bisher hatte er seine Identität nur durch zufällige, ihm angeborene Gesten preisgegeben. Der Umgang mit Menschen aus höheren Gesellschaftsschichten hatte andere Eigenschaften erforderlich gemacht – Höflichkeit, umfassendes Wissen, Unerschütterlichkeit. Es war das alte Lied: Die Oberschicht war für ihn verantwortlich. Es ist nicht nur unvermeidlich, sondern auch wünschenswert, daß jeder von uns die Last des anderen trägt.

Es war absurd, Feo wegen seines weltmännischen Auftretens einen Vorwurf machen zu wollen – wegen seiner abgrundtiefen Gewöhnlichkeit. Ihn traf keine Schuld an dieser Entwicklung. Es war sogar absurd, den Verfall seines athletischen Körpers zu beklagen: seine schmierige, aalglatte Korpulenz, die riesige, schwarze Schmachtlocke, den gewichsten Schnurrbart, das Kinn, das sich verdoppelte und sich wie eine primitive Lebensform selbst fortzupflanzen schien. Sie selbst war es gewesen, die vor nahezu zwanzig Jahren in England sowohl seine Figur als auch seinen Charakter verfälscht hatte. Er war eines der Produkte des *Augenblicks der Ewigkeit*.

Sie wurde von einem Gefühl großer Zärtlichkeit übermannt – es war die Trauer eines ungeschickten Weltenschöpfers, der eine Welt schafft und entdecken muß, daß sie schlecht ist. Sie hatte das Verlangen, wegen der von ihr verantworteten Geschöpfe um Verzeihung zu bitten, auch wenn deren Erscheinung zu armselig war, um diese Verzeihung zu gewähren. Die Sehnsucht, ein Bekenntnis abzulegen, das sie heute morgen neben dem Bett von Signora Cantù mühsam unterdrückt hatte, brach sich erneut mit der Heftigkeit einer körperlichen Begierde Bahn. Als der Bischof gegangen war, nahm sie die Unterhaltung wieder auf – wenn auch auf einer anderen Ebene – und sagte: »Ja, es ist schönes Wetter. Ich habe gerade einen Spaziergang vom *Biscione* hier herauf gemacht und ihn sehr genossen. Ich bin dort abgestiegen!«

Er sah, daß sie sich gerne unterhalten wollte, und erwiderte freundlich: »Das *Biscione* soll ein sehr nettes Hotel sein: Viele Leute erzählen Gutes von ihm. Das Wandgemälde ist sehr schön.« Er war zu schlau, um nicht ein wenig Nachsicht üben zu können.

»Wie viele neue Hotels es hier gibt!« Sie senkte ihre Stimme, um den Prinzen nicht zu wecken, dessen Gegenwart in einer schwer zu bestimmenden Weise auf ihr lastete.

»Oh, Madam! Das will ich meinen. Als ich ein junger Bursche war – bitte entschuldigen Sie mich für einen Augenblick.«

Ein junges, amerikanisches Mädchen, das zum erstenmal in Italien war, tauchte mit einer Handvoll Münzen auf und fragte ihn völlig entmutigt: »Was sind die denn um Himmels willen wert?« Er erklärte es ihr und

wechselte das Geld: Miß Raby war sich nicht sicher, ob er dem Mädchen die richtige Summe herausgab.
»Als ich ein junger Bursche war ...« Er wurde erneut unterbrochen und mußte rasch zwei abreisende Gäste verabschieden. Einer von beiden gab ihm ein Trinkgeld; er sagte: »Ich danke Ihnen.« Der andere gab ihm kein Trinkgeld; er sagte: »Ich danke Ihnen«, genauso wie beim ersten Mal, wenn auch nicht auf die gleiche Weise. Offensichtlich erinnerte er sich bisher nicht an Miß Raby.
»Als ich ein junger Bursche war, war Vorta ein armseliger kleiner Ort.«
»Aber ein hübscher Ort?«
»Sehr hübsch, Madam.«
»Puh!« machte der russische Prinz, der plötzlich aufwachte und sie beide erschreckte. Er stülpte sich einen Filzhut auf und verschwand in höchster Eile zu einem Verdauungsspaziergang. Miß Raby und Feo waren jetzt allein.
Dies war der Augenblick, da sie nicht mehr zögern wollte, und sie beschloß, ihn daran zu erinnern, daß sie sich früher schon einmal begegnet waren. Den ganzen Tag über hatte sie nach einem Funken Leben gesucht, und vielleicht wurde er ja angefacht, wenn sie die Aufmerksamkeit auf jenes andere Feuer lenkte, das sie weit fort von der durchwanderten Vergangenheit und Gegenwart hoch oben in den Bergen der Jugend wahrnahm. Was er tun würde, wenn er es ebenfalls wahrnahm, wußte sie nicht; aber sie hoffte, daß er zum Leben erwachte, daß wenigstens er dem allge-

meinen Verhängnis entkäme, das sie dem Ort und seinen Menschen bereitet hatte. Und was sie während ihres gemeinsamen Nachsinnens tun würde, darüber dachte sie noch nicht einmal nach.

Sie würde es kaum gewagt haben, wenn die Leiden dieses Tages sie nicht abgehärtet hätten. Nach so viel Schmerzen macht man sich mit übertriebener Achtbarkeit nur lächerlich. Und sie mußte lediglich die Schwierigkeit überwinden, daß Feo ein Mann war, und nicht etwa, daß er ein Empfangschef war. Sie hatte gegenüber gesellschaftlich unter ihr Stehenden niemals jene innere Zurückhaltung an den Tag gelegt, die heutzutage üblich ist.

»Dies ist bereits mein zweiter Besuch«, sagte sie und nahm ihr Herz in beide Hände. »Vor zwanzig Jahren bin ich schon einmal im *Biscione* abgestiegen.«

Er ließ zum erstenmal eine Gefühlsregung erkennen: *Diese* Anspielung auf das *Biscione* beunruhigte ihn.

»Man hat mir gesagt, daß ich Sie hier oben finden würde«, fuhr Miß Raby fort. »Ich erinnere mich sehr gut an Sie. Sie haben uns immer über den Paß geführt.«

Aufmerksam beobachtete sie seine Gesichtszüge. Sie erwartete nicht, daß er sich entspannen und in ein breites Lächeln fallen würde. »Ah!« sagte er und nahm seine Mütze ab. »Ich erinnere mich sehr gut an Sie, Madam. Was für eine Freude, Sie wiederzusehen, wenn ich mich so ausdrücken darf!«

»Ich freue mich ebenfalls«, sagte Miß Raby und sah ihn nachdenklich an.

»Sie und noch eine andere Dame, Madam, wie hieß sie noch? Miß ...«
»Mrs. Harbottle.«
»Aber natürlich; ich trug Ihr Gepäck. Ich denke oft an Ihre Freundlichkeit.«
Sie blickte auf. Er stand in der Nähe eines offenen Fensters, und hinter ihm erstreckte sich die ganze, märchenhafte Landschaft. Ihr gesunder Menschenverstand ließ Miß Raby im Stich, und sie sagte herzlich: »Werden Sie mich mißverstehen, wenn ich sage, daß auch ich Ihre Freundlichkeit niemals vergessen habe?«
Er erwiderte: »Die Freundlichkeit war auf Ihrer Seite, Madam; ich tat nur meine Pflicht.«
»Ihre Pflicht?« rief sie aus; »was reden Sie da von Pflicht?«
»Sie und Miß Harbottle waren so überaus großzügige Damen. Ich erinnere mich noch gut daran, wie dankbar ich war: Sie haben mich immer weit über Tarif bezahlt ...«
Plötzlich wurde ihr klar, daß er alles vergessen hatte; er hatte sie vergessen, hatte vergessen, was geschehen war, hatte sogar vergessen, wie er gewesen war, als er jung war.
»Hören Sie auf, höflich zu sein«, sagte sie kalt. »Als ich Sie zum letztenmal gesehen habe, waren Sie auch nicht höflich.«
»Es tut mir sehr leid«, rief er, plötzlich beunruhigt.
»Drehen Sie sich um. Sehen Sie die Berge dort.«
»Ja, ja.« Seine ausdruckslosen Fischaugen zwinkerten

nervös. Er fingerte an seiner Uhrkette, die sich in einer Falte seiner Weste versteckt hatte. Er eilte fort, um einige ärmlich gekleidete Kinder von der Aussichtsterrasse zu verscheuchen. Als er zurückkehrte, beharrte sie noch einmal auf ihrem Begehren.

»Ich muß es Ihnen erzählen«, sagte sie in ruhigem, geschäftsmäßigem Tonfall. »Sehen Sie jenen hohen Berg dort, mit der nach Süden führenden Straße, die um ihn herumführt. Schauen Sie auf seiner östlichen Seite bis zur halben Höhe hinauf – wo man die Blumen sieht. Genau dort haben Sie sich einst hergeschenkt.«

Er starrte sie erschrocken an. Er erinnerte sich. Er war unendlich bestürzt.

In diesem Augenblick kehrte Colonel Leyland zurück. Sie trat auf ihn zu und sagte: »Dies ist der Mann, von dem ich Ihnen gestern erzählt habe.«

»Guten Abend; was für ein Mann?« fragte Colonel Leyland unnötig aufgeregt.

Er sah, daß sie rot geworden war, und schloß daraus, daß jemand sie beleidigt hatte. Da ihre Beziehung in gewisser Hinsicht ungewöhnlich war, war er um so mehr darauf bedacht, daß man ihr mit Respekt begegnete.

»Der Mann, der sich in mich verliebte, als ich jung war.«

»Das ist nicht wahr!« rief der unglückliche Feo, der sogleich die Falle sah, die für ihn ausgelegt worden war. »Das hat sich die Dame eingebildet. Ich schwöre es, Sir – das hatte überhaupt nichts zu bedeuten. Ich war ein junger Bursche. Es ist passiert, als ich noch nicht gelernt hatte, mich zu benehmen. Ich hatte die Sache sogar vergessen. Die Lady hat mich daran erinnert. Sie hat mich ganz durcheinandergebracht.«

»Guter Gott!« sagte Colonel Leyland. »Guter Gott!«

»Ich werde meine Stellung verlieren, Sir; und ich habe Frau und Kinder. Das ist mein Ruin.«

»Das genügt!« rief Colonel Leyland. »Was auch immer Miß Rabys Absichten sein mögen, sie will Sie keinesfalls ruinieren.«

»Sie haben mich mißverstanden, Feo«, sagte Miß Raby freundlich.

»Auf welch dumme Weise wir uns gegenseitig verpaßt haben«, sagte Colonel Leyland mit unsicherer Stimme, die unbekümmert klingen sollte. »Wollen wir vor dem Dinner einen kleinen Spaziergang machen? Ich hoffe, Sie bleiben zum Essen.«

Sie hörte nicht zu. Sie beobachtete Feo. Seine Angst hatte sich gelegt; und er ließ eine neue Gemütsbewegung erkennen, die ihr eher noch unangenehmer war. Seine Schultern strafften sich, er zauberte ein unwiderstehliches Lächeln auf sein Gesicht, und als er sah, daß sie ihn anblickte, Colonel Leyland jedoch nicht, zwinkerte er ihr zu.

Es war ein gräßlicher Anblick, vielleicht das Hoffnungsloseste, Deprimierendste von allem, was Miß Raby in Vorta gesehen hatte. Doch die Wirkung dieses Zwinkerns auf sie war denkwürdig. Es beschwor eine vollständige Vision jenes Mannes herauf, der er zwanzig Jahre zuvor gewesen war. Sie sah ihn bis auf das

kleinste Detail seiner Kleidung oder seiner Haare vor sich, die Blumen in seiner Hand, die Schrammen an seinem Handgelenk, das schwere Bündel, das er vom Rücken genommen hatte, um als freier Mann sprechen zu können. Sie vernahm seine Stimme, sie war weder unverschämt noch vertraulich, keinen Augenblick lang drohend, keinen Augenblick lang um Entschuldigung bittend; anfangs bedrängte er sie mit den einstudierten Phrasen, die er irgendwelchen Büchern entnommen hatte, dann, als seine Leidenschaft wuchs, stammelte er unzusammenhängendes Zeug, rief, sie müsse ihm glauben, sie müsse ihn ebenfalls lieben, sie müsse mit ihm nach Italien fliehen, wo sie immer leben würden, ewig glücklich, ewig jung. In jenem Augenblick hatte sie aufgeschrien, wie man es von einer jungen Dame erwartete, und hatte ihn inständig darum gebeten, sie nicht zu beleidigen. Und jetzt, in ihrer Lebensmitte, schrie sie erneut auf, weil ihr die plötzliche Erschütterung und der Kontrast zu damals die Augen geöffnet hatten. »Glauben Sie ja nicht, ich sei jetzt in Sie verliebt!« rief sie.
Denn ihr wurde klar, daß sie *nur* jetzt nicht in ihn verliebt war: daß der Vorfall oben in den Bergen einer der großen Augenblicke ihres Lebens gewesen war – vielleicht der größte, ganz gewiß aber derjenige, der am längsten Bestand gehabt hatte: daß sie eine von ihr nicht erkannte Kraft und Inspiration aus diesem Augenblick geschöpft hatte, so wie Bäume Kraft aus einer unterirdischen Quelle schöpfen. Niemals mehr konnte sie an ihn als an eine halb komische Episode

in ihrem Leben denken. Er enthielt mehr Wirklichkeit als all die späteren Jahre des Erfolgs und unterschiedlichen Gelingens, die er erst ermöglicht hatte. Ungeachtet ihres korrekten Auftretens und ihrer damenhaften Attitüde, war sie in Feo verliebt gewesen, und sie hatte niemals wieder so bedingungslos geliebt. Ein dreister Junge hatte sie vor die Pforten des Himmels geführt; und obwohl sie sie nicht mit ihm zusammen durchschritten hatte, hatte die immerdar dauernde Erinnerung an diese Vision das Leben erträglich und lebenswert erscheinen lassen.
Neben ihr stammelte Colonel Leyland irgendwelche konventionellen Floskeln und versuchte, die Situation als ganz normal erscheinen zu lassen. Er nahm sie in Schutz, da er sie wirklich gern mochte, und es schmerzte ihn, wenn sie sich wie eine Närrin aufführte. Aber ihre letzte an Feo gerichtete Bemerkung hatte ihn erschreckt; und er begann zu spüren, daß er an sich selbst denken mußte. Sie waren nicht länger allein. Die Empfangsdame und der junge Mann hörten atemlos zu, und die Gepäckträger grinsten angesichts der Verlegenheit ihres Vorgesetzten. Eine französische Dame hatte unter den Gästen die angenehm prikkelnde Neuigkeit verbreitet, ein Engländer habe seine Frau dabei ertappt, wie sie sich auf eindeutige Weise mit dem Empfangschef eingelassen hatte. Draußen auf der Terrasse verscheuchte eine Mutter ihre Töchter. Der Bischof machte sich – sehr gemächlich – zu einem Spaziergang auf.
Doch Miß Raby achtete nicht darauf. »Wie wenig ich

doch weiß!« sagte sie. »Ich hatte bis heute keine Ahnung, daß ich ihn geliebt habe, und daß ich es ihm rein zufällig – aufgrund einer kleinen Verklemmtheit, eines Spleens – niemals gesagt habe.«

Es war ihre Angewohnheit, die Dinge beim Namen zu nennen; und da sie im Augenblick von keiner Leidenschaft gehindert wurde, konnte nichts sie zurückhalten. Sie war nach wie vor losgelöst von der Gegenwart und blickte auf ein Feuer in den Bergen zurück; und sie wunderte sich über die stärker gewordene Leuchtkraft dieses Feuers, war jedoch zu weit von ihm entfernt, um seine Hitze zu spüren. Und als sie die Dinge beim Namen nannte, glaubte sie, pathetisch genug, sie könne sich verständlich machen. Ihre Bemerkung schien Colonel Leyland unaussprechlich rüde.

»Aber solche wundervollen Gedanken sind eine armselige Angelegenheit, nicht wahr?« fuhr sie fort und wandte sich dabei an Feo, den seine galante Miene im Stich ließ und der einen zunehmend verwirrten Eindruck machte. »Sie sind kaum robust genug, um lange zu überdauern. Ich glaube, ich würde meine ganze Einbildungskraft, meine ganze Geschicklichkeit, mit Worten umzugehen, dafür hergeben, um eine simple Tatsache wieder ins Gedächtnis zurückrufen zu können, um einen einzigen Menschen, den ich verbogen habe, wieder an seinen ursprünglichen Platz stellen zu können.«

»Ganz recht, Madam«, antwortete er mit niedergeschlagenen Augen.

»Wenn ich hier nur jemanden finden könnte, der

mich verstünde, dem gegenüber ich beichten könnte, ich glaube, ich wäre glücklicher. Lieber Feo, ich habe in Vorta so viel Unheil angerichtet ...«

Feo blickte auf. Colonel Leyland stieß mit seinem Stock einmal kräftig auf den Parkettfußboden.

»... und schließlich habe ich mir gedacht, ich sollte mit Ihnen sprechen, vorausgesetzt, Sie könnten mich verstehen. Ich habe mich daran erinnert, daß Sie sich mir gegenüber einst sehr barmherzig verhalten haben – ja, barmherzig: Es gibt kein anderes Wort dafür. Aber ich habe auch Ihnen weh getan: Wie könnten Sie mich da verstehen?«

»Madam, ich verstehe vollkommen«, erwiderte der Empfangschef, der sich ein wenig gefangen hatte und fest entschlossen war, der peinlichen Szene, die seinen Ruf bedrohte, ein Ende zu setzen, aber sein Stolz kam nur zum Vorschein, um sich eine Abfuhr zu holen. »Sie haben sich getäuscht. Sie haben mir keinerlei Unrecht getan. Sie haben mir nur Gutes getan.«

»Genau«, sagte Colonel Leyland. »Das ist die Quintessenz der ganzen Geschichte. Miß Raby bedeutete eine große Chance für Vorta.«

»So ist es, Sir. Nachdem das Buch der gnädigen Frau erschienen war, kamen Fremde, Hotels wurden gebaut, und wir alle wurden immer wohlhabender. Als ich zuerst nach Vorta kam, war ich ein gewöhnlicher, kleiner Träger, der Gepäck über die Pässe schleppte; ich habe gearbeitet, ich habe diese oder jene Gelegenheit beim Schopf ergriffen, ich vermochte den Gästen zu gefallen – und heute!« Er bremste sich plötzlich.

»Natürlich, ich bin nach wie vor nur ein armer Mann. Meine Frau und meine Kinder ...«

»Kinder!« rief Miß Raby aus und sah plötzlich einen Ausweg vor sich. »Wieviele Kinder haben Sie?«

»Drei entzückende kleine Jungens«, erwiderte er ohne rechte Begeisterung.

»Wie alt ist der jüngste?«

»Fünf, Madam.«

»Überlassen Sie dieses Kind mir«, bat sie ihn eindringlich, »und ich werde es großziehen. Es soll unter reichen Leuten aufwachsen. Es soll erkennen, daß wir nicht diese schändlichen Wesen sind, für die es uns hält; Wesen, die immer lautstark Respekt und Ehrerbietung erheischen und andere mit Geld zu kaufen suchen. Reiche Leute sind gut; sie sind imstande, Mitgefühl und Liebe zu empfinden; sie sind wahrheitsliebend; und wenn sie unter sich sind, sind sie geistreich. Ihr Sohn soll all dies begreifen, und er soll versuchen, es Ihnen beizubringen. Und wenn er aufwächst und Gott meint es gut mit ihm, dann soll er den Reichen etwas beibringen: Er soll ihnen beibringen, sich den Armen gegenüber nicht so dumm aufzuführen. Ich habe es selbst versucht, aber die Leute kaufen meine Bücher und sagen, sie seien gut, und sie lächeln und legen sie beiseite. Aber eines weiß ich: Solange diese Art von Dummheit existiert, werden sich nicht nur unsere wohltätigen Einrichtungen und unsere missionarische Tätigkeit und unsere Schulen, sondern unsere gesamte Zivilisation als vergeblich erweisen.«

Es schmerzte Colonel Leyland, solchen Worten zuzuhören. Er machte noch einen Versuch, Miß Raby zu retten. »Je vous prie, de ne pas...«, begann er in barschem Tonfall und hielt gleich darauf inne, da ihm einfiel, daß der Empfangschef bestimmt Französisch sprach. Doch Feo hörte ihm gar nicht zu. So wie er selbstverständlich auch den Prophezeiungen Miß Rabys nicht zugehört hatte. Er fragte sich, ob er seine Frau dazu überreden könnte, den kleinen Jungen herzugeben, und wieviel sie in diesem Fall von Miß Raby fordern könnten, ohne daß diese einen Rückzieher machte.

»Auf diese Weise werde ich Vergebung erlangen«, fuhr sie fort, »wenn ich dem Ort, dem ich so viel Böses angetan habe, etwas Gutes bringe. Ich bin der Erinnerungen müde, auch wenn sie sehr schön gewesen sind. Jetzt will ich, daß Sie mir etwas anderes geben, Feo: ein lebendiges Kind. Ich werde Sie immer in Verwirrung stürzen; aber ich kann es nicht ändern. Ich habe mich so verändert, seit wir uns begegnet sind, und ich habe auch Sie verändert. Wir sind alle beide völlig andere Menschen. Denken Sie daran; denn ich möchte Sie etwas fragen, bevor wir auseinandergehen, und ich sehe nicht ein, warum Sie mir keine Antwort geben sollten. Feo! Hören Sie mir zu!«

»Ich bitte um Verzeihung, Madam«, sagte der Empfangschef und riß sich von seinen Kalkulationen los. »Gibt es irgend etwas, was ich für Sie tun kann?«

»Antworten Sie mit ›ja‹ oder ›nein‹; an jenem Tag, an

dem Sie gesagt haben, Sie seien in mich verliebt – haben Sie da die Wahrheit gesagt?«
Es war zweifelhaft, ob er auf diese Frage hätte antworten können, ob er im Augenblick im Hinblick auf jenen Tag eine Meinung hatte. Doch er machte gar nicht erst den Versuch. Er sah erneut, daß er von einer häßlichen, welken, ältlichen Frau bedroht wurde, die versuchte, seinen Ruf und seinen häuslichen Frieden zu ruinieren. Er wich in Richtung auf Colonel Leyland zurück und sagte mit stockender Stimme: »Madam, bitte verzeihen Sie mir, aber ich würde es lieber sehen, wenn Sie meine Frau nicht aufsuchen; sie ist so aufbrausend. Sie sind sehr freundlich wegen meines kleinen Jungen; aber, Madam, nein, sie würde es niemals zulassen.«
»Sie haben eine Dame beleidigt!« brüllte der Colonel und machte einen beherzten Ausfallschritt. Aus der Halle hinter ihnen erklangen erwartungsvolle Schreckensrufe. Jemand rannte los, um den Manager zu holen.
Miß Raby trat dazwischen und sagte: »Er wird mich niemals für gesellschaftsfähig halten.« Sie sah den aufgelösten Feo an, wie er dicklich, schwitzend und unansehnlich dastand, und lächelte traurig über ihre eigene Dummheit, nicht über die seine. Es war nutzlos, noch einmal mit ihm reden zu wollen; ihre Worte hatten seine Tüchtigkeit und Höflichkeit zum Verschwinden gebracht, so daß nur wenig von ihm übriggeblieben war. Er war kaum menschlicher als ein in Panik geratener Hase. »Armer Mann«, murmelte sie, »alles,

was ich erreicht habe, ist, ihn zu verletzen. Hätte er mir doch wenigstens den Jungen gegeben. Und hätte er doch meine Frage beantwortet, wenn auch nur aus Mitleid. Er hat keine Ahnung von den Dingen, die mich am Leben erhalten.« Sie sah Colonel Leyland an und bemerkte, daß auch er aus der Fassung geraten war. Es war eine Eigenart von ihr, daß sie nur dem Menschen, mit dem sie sprach, ihre Aufmerksamkeit zu schenken vermochte und die Befindlichkeit der übrigen Zuhörer vollkommen vergaß. »Und Sie habe ich ebenfalls verletzt: Ich bin wirklich sehr töricht.«

»Es ist ein bißchen spät, über mich nachzudenken«, sagte Colonel Leyland bitter.

Sie erinnerte sich an ihre gestrige Unterhaltung und verstand ihn auf der Stelle. Doch für ihn hatte sie keine rücksichtsvolle Erklärung, kein zärtliches Mitleid. In diesem Falle stand ihr ein gebildeter Mann aus guter Familie gegenüber, der über all jene Eigenschaften verfügte, die ihm Überlegenheit verschafften, der sich einbildete, die Kunst des Umgangs mit den Menschen voll und ganz zu beherrschen. Und es hatte sich herausgestellt, daß er über genau das gleiche geistige Niveau wie der Mann verfügte, der diese Überlegenheit nicht mitbrachte, der arm war und den das Leben vulgär gemacht hatte, dessen ursprüngliche Vorzüge durch die Umstände zunichte gemacht worden waren, dessen Aufrichtigkeit und Einfachheit zuschanden geworden waren, als er den Reichen diente. Wenn Colonel Leyland ebenfalls glaubte, daß sie Feo im Augenblick liebte, würde sie sich keine Mühe geben, ihn eines Besseren zu belehren. Ja, sie würde nicht einmal glauben, daß ihr dies überhaupt gelingen könnte.

Aus dem dunkler werdenden Tal stieg der erste laut tönende Ruf des Kampanile empor, und mit einer zärtlichen Geste wandte sie sich von den Männern ab und dem Klang zu. Aber dieser Tag sollte nicht ohne das Scheitern jeglicher Hoffnung vergehen. Das Glockengetön regte Feo zur Konversation an, und als die Berge das Läuten als Echo zurückwarfen, sagte er: »Ist es nicht schrecklich, Sir? Ein Gentleman hat heute morgen unseren schönen, neuen Turm besichtigt, und er ist der Ansicht, daß die Erdmassen unter ihm wegrutschen und er irgendwann einstürzen wird. Hier oben haben wir selbstverständlich nichts zu befürchten.«

Seine Worte hatten den gewünschten Erfolg. Die stürmische Szene kam zu einem abrupten und friedlichen Ende. Bevor sie sich dessen bewußt geworden waren, hatte Miß Raby ihren Baedeker ergriffen und war ohne großen Aufhebens gegangen. In jenem Augenblick des endgültigen Scheiterns war ihr eine Vision ihrer selbst gewährt worden, und sie erkannte, daß sie ein lebenswertes Leben gelebt hatte. Sie wurde sich eines Triumphes über die Erfahrung und über irdische Tatsachen bewußt, eines großartigen Triumphes, kalt, fast unmenschlich, dessen Existenz niemand außer ihr jemals mutmaßen würde. Von der Aussichtsterrasse aus blickte sie auf die vergehende und vergängliche Schönheit des Tales hinunter, und obwohl sie es nicht weniger liebte, schien es doch unendlich weit entfernt, wie ein Tal auf einem anderen Stern. Falls sie in jenem Augenblick freundliche Stimmen vom Hotel aus gerufen hätten, sie wäre nicht umgekehrt. »Das ist wahrscheinlich das Alter«, dachte sie. »So furchtbar ist es gar nicht.«

Niemand rief sie. Colonel Leyland hätte es vielleicht gerne getan; denn er wußte, daß sie unglücklich sein mußte. Aber sie hatte ihn zu sehr verletzt; sie hatte ihre Gedanken und Sehnsüchte gegenüber einem Mann einer anderen Gesellschaftsschicht enthüllt. Nicht nur sie, auch er und alle ihresgleichen waren dadurch erniedrigt worden. Sie hatte sich Fremden gegenüber in ihrer ganzen Nacktheit gezeigt.

Menschen kamen herein, um sich für das Dinner und für das Konzert umzuziehen. Aus dem Empfang strömten aufgeregt Angestellte in die Halle und füllten sie rasch – so wie ein Opernchor die Bühne füllt – und gaben Kunde vom Eintreffen des Managers. Man konnte unmöglich vorgeben, daß nichts passiert sei. Es würde einen fürchterlichen Skandal geben, und dieser mußte soweit wie irgend möglich eingedämmt werden.

Sosehr Colonel Leyland es auch verabscheute, Menschen körperlich zu berühren, so ergriff er Feo doch am Arm und tippte sich mit dem Finger rasch an die Stirn.

»Genau, Sir«, flüsterte der Empfangschef. »Wir haben natürlich Verständnis ... oh, ich danke Ihnen, Sir, ich danke Ihnen sehr: Ich danke Ihnen wirklich außerordentlich!«

Der Freund des Hilfsgeistlichen

Es ist ungewiß, auf welche Weise der Faun nach Wiltshire gekommen ist. Vielleicht kam er zusammen mit den römischen Legionären, um mit seinen Freunden im Feldlager zu wohnen und mit ihnen über Lucretilis oder Garganus oder die Abhänge des Ätna zu plaudern, und sie haben in ihrer Freude über ihre Heimkehr vergessen, ihn mit an Bord zu nehmen, und er weinte sich im Exil die Augen aus; aber schließlich fand er heraus, daß unsere Hügel seine Klagen ebenfalls verstanden und daß sie frohlockten, wenn er glücklich war. Aber vielleicht ist seine Anwesenheit auch mit der Tatsache zu erklären, daß er schon immer dort gewesen ist. Es gibt an einem Faun eigentlich nichts von vornherein Klassisches: Es ist nur so, daß die Griechen und Italiener immer die schärfsten Augen hatten. Man findet ihn im ›Sturm‹ und in dem ›Benedicite‹; und jedes Land, das über Buchenwäldchen und Grasböschungen und kristallklare Wasserläufe verfügt, kann ihn billigerweise hervorbringen.

Wie ich dazu kam, ihn zu erblicken, ist schon eine etwas schwierigere Frage. Denn um ihn zu erblicken, bedarf es einer gewissen Eigenschaft, für die Wahrheitsliebe eine zu kalte Bezeichnung, und animali-

sche Gemütsverfassung eine zu grobe ist, und er allein weiß, wie diese Eigenschaft mir zugekommen ist. Kein Mensch hat das Recht, sich selbst als Narren zu bezeichnen, aber ich darf wohl behaupten, daß ich damals die perfekte Ausgabe eines solchen darstellte. Ich war witzig ohne Humor und ernsthaft ohne Überzeugung. Jeden Sonntag pflegte ich zu meinen Gemeindemitgliedern über das Jenseits zu sprechen, in dem Ton von jemandem, der hinter die Kulissen geblickt hat; oder ihnen die Irrtümer der Pelagianer zu erklären oder sie davor zu warnen, von einer Zerstreuung zur nächsten zu eilen. Jeden Dienstag sprach ich – wie ich es nannte – ein »offenes Wort mit meinen Burschen«, offene Worte, die an allen Unannehmlichkeiten haarscharf vorbeischrammten. Und jeden Donnerstag richtete ich das Wort an die Mütterunion und sprach über die Pflichten von Ehefrauen oder Witwen und gab ihnen praktische Hinweise darüber, wie man mit einer zehnköpfigen Familie fertig werden kann.
Ich ließ mich darauf ein, und eine Zeitlang ließ ich mich unzweifelhaft auch auf Emely ein. Ich habe niemals ein Mädchen kennengelernt, das meinen Predigten so aufmerksam folgte oder über meine Scherze so herzhaft lachte. Es ist kein Wunder, daß ich mich mit ihr verlobte. Sie hat sich zu einer ausgezeichneten Ehefrau entwickelt, die die Albernheiten ihres Mannes freimütig ausgleicht, aber niemandem sonst gestattet, auch nur ein einziges Wort gegen diese vorzubringen; sie versteht es, im Salon über das unbewußte Ich zu sprechen und trotzdem ein Ohr für die Kleinen

zu haben, die im Kinderzimmer plärren, oder für die Teller, die in der Spülküche zu Bruch gehen. Eine ausgezeichnete Ehefrau, besser, als ich mir je vorstellen konnte. Aber sie hat nicht mich geheiratet.

Wären wir an jenem Nachmittag im Haus geblieben, wäre nichts passiert. Es war einzig und allein die Schuld von Emelys Mutter, die darauf bestand, unseren Tee im Freien einzunehmen. Gegenüber dem Dorf, jenseits des Flusses, erhob sich ein niedriger Kreidefelsen, gekrönt von einem Buchenwäldchen und einigen römischen Erdwällen. (Ich habe äußerst anschauliche Vorträge über jene Erdwälle gehalten: Sie haben sich inzwischen als sächsisch herausgestellt.) Bis zu dieser Stelle schleppte ich einen Teekorb sowie eine schwere Wolldecke für Emelys Mutter, während Emely und ein kleiner Freund vorausgingen. Der kleine Freund – der die ganze Zeit über eine sehr viel geringere Rolle spielte, als er vermutete – war ein sympathischer Jüngling, voller Intelligenz und Poesie, vor allem der, wie er sie nannte, Poesie der Erde. Er sehnte sich danach, der Erde ihr Geheimnis zu entreißen, und ich sah ihn sein Gesicht leidenschaftlich in das Gras drücken, gerade als er glaubte, alleine zu sein. Emely war zu jener Zeit voller vager Ambitionen, und obwohl ich es hätte darauf anlegen sollen, diese auf mich zu konzentrieren, schien es doch unvernünftig, ihr derartige, sich in der Nachbarschaft bietende Gelegenheiten zur Weiterbildung zu versagen.

Ich hatte damals die Angewohnheit, jedesmal, wenn

ich den Gipfel einer Anhöhe erreichte, in den witzigen Ausruf auszubrechen: »Und wer stellt sich auf die andere Seite und bildet zusammen mit mir eine Brücke?« und im gleichen Augenblick heftig mit den Armen zu gestikulieren oder einem imaginären Widerpart meinen großen Kalabreserhut zuzuwerfen. Emely und der Freund nahmen meinen Ausbruch wie gewöhnlich hin, auch konnte ich in ihrer Fröhlichkeit keinerlei Unaufrichtigkeit entdecken. Dennoch war ich davon überzeugt, daß da noch jemand war, der meinen Auftritt nicht komisch fand, und jeder öffentliche Redner wird mein wachsendes Unbehagen verstehen.

Emelys Mutter ermunterte mich ein wenig, indem sie sich aufplusterte und ausrief: »Der nette Harry, uns die Sachen zu tragen! Was sollten wir nur ohne Sie machen, gerade jetzt? Oh, welch herrliche Aussicht! Können Sie unsere liebe Kathedrale sehen? Nein! Zu dunstig. Jetzt werde ich mich aber *mitten* auf die Decke setzen.« Sie lächelte geheimnisvoll. »Die Kalkfelsen im September, Sie wissen ja.«

Auf irgendeine nichtssagende Art äußerten wir unsere Bewunderung für die Landschaft, die eigentlich nur für jene schön ist, die das Land lieben, für diese allerdings ist sie vielleicht die schönste in ganze England. Denn hier befindet sich der Leib der großen Kalkspinne, die über unsere Insel mit gespreizten Beinen grätscht – deren Beine die südlichen Downs und die nördlichen Downs und die Chiltern Hills bilden und deren Zehenspitzen in Cromer und in Dover aus der Erde lugen. Sie ist ein sauberes Wesen, das so wenig Bäume wie möglich auf sich wachsen läßt, und diese wenigen in schmucken Gehölzen, und sie liebt es, von schnell fließenden Gewässern gekitzelt zu werden. Sie ist über und über mit Erdwällen übersät, denn seit Urzeiten haben die Menschen um das Privileg gekämpft, auf ihr zu stehen, und unser ältestes Gotteshaus ist auf ihrem Rücken erbaut worden.

Aber in jenen Tagen mochte ich das Land, wenn es nur recht gemütlich und hübsch war, voller schmucker Herrenhäuser und schattiger Gartenlauben, voller höflicher Menschen, die sich grüßend an ihre Hüte tippten. Die weiten, düsteren Flächen, auf denen man kilometerweit gehen konnte, fast ohne daß sich ein Markierungspunkt verschob oder daß man eine gezierte Person traf, waren mir damals unerträglich. Sobald es der Anstand erlaubte, wandte ich mich ab und sagte: »So, darf ich jetzt ein aufmunterndes Täßchen zubereiten?«

Emelys Mutter erwiderte: »Was für ein netter Mensch, mir zu helfen. Ich sage immer, daß es jede Extraanstrengung wert ist, den Tee im Freien zu sich zu nehmen. Ich wünschte, wir könnten ein einfacheres Leben führen.« Wir stimmten ihr zu. Ich breitete das Essen aus. »Will der Kessel nicht richtig stehen? Oh, *sorgen* Sie doch dafür, *daß* er stehen bleibt.« Ich tat es. Dann ertönte ein leiser Schrei, schwach, aber deutlich vernehmbar, wie von einem Wesen, das einen Schmerz erleidet.

»Wie still es hier oben doch ist!« sagte Emely.

Ich ließ ein brennendes Streichholz in das Gras fallen, und erneut hörte ich den leisen Schrei.
»Was ist das?« fragte ich.
»Ich habe nur gesagt, es ist so still hier«, sagte Emely.
»Still, in der Tat«, kam es wie ein Echo von dem kleinen Freund. Still! Die Gegend war voll von Geräuschen. Wenn das Streichholz in einem Salon heruntergefallen wäre, hätte es kaum schlimmer sein können, und das lauteste Geräusch kam genau aus der Richtung, in der Emely saß. Ich hatte das gleiche Empfinden, wie man es hat, wenn man auf eine große Gesellschaft geht und darauf wartet, in der laut hallenden Diele angekündigt zu werden, wo man die Stimmen der Gäste bereits hören, ihre Gesichter jedoch noch nicht sehen kann. So etwas ist ein erregender Augenblick für einen selbstbewußten Mann, vor allem, falls ihm sämtliche Stimmen fremd sein sollten und er seinen Gastgeber noch nie gesehen hat.
»Mein lieber Harry!« sagte die alte Dame, »machen Sie sich doch nichts aus dem Streichholz. Das verglüht und tut niemandem weh. Tee – ee – ee –! Ich sage immer – und Sie werden bemerken, daß Emely dasselbe tut –, sobald sich die Uhrzeiger der magischen Ziffer fünf nähern, gleichgültig, wie gut ein Mittagessen gewesen sein mag, man fühlt doch eine Art von ...«
Nun ist der Faun von der Art, wie sie auf den neoklassizistischen Reliefs herumtollen, und wenn man seine Ohren nicht bemerkt oder seinen Schwanz nicht sieht, hält man ihn für einen Menschen und ist fürchterlich erschrocken.

»Ab ins Bad!« rief ich wütend. »Kaum zu glauben, daß das einer unserer Dorfburschen sein soll, auch wenn ich zugeben muß – ich war wohl nicht streng genug –, daß ich mich selbst tadeln muß. Hinweg, ungezogener Junge, scher dich hinweg!«
»Was wird er jetzt noch alles anstellen!« sagte Emely, während sich das Wesen neben ihr erhob und mir zuwinkte. Mit winzigen Schritten und erschrockenen Ausrufen machte ich wild gestikulierend ein paar Schritte vorwärts, wobei ich die Erscheinung mit meinem Hut zu vertreiben suchte. Genauso hatte ich mich tags zuvor angestellt, als Emelys Nichten mir ihre Meerschweinchen zeigten, und nicht weniger herzliches Gelächter empfing mich jetzt.
Bis die eigenartigen Finger sich auf mich legten, dachte ich immer noch, es handele sich hier um eines meiner Pfarrkinder, und ich hörte nicht auf, zu rufen: »Laß mich gehen, ungezogener Junge, laß mich gehen!«
Und Emelys Mutter, die glaubte, den Scherz verstanden zu haben, antwortete: »Nun, ich muß schon sagen, es sind wirklich ungezogene Jungens, und sie erwischen einen selbst noch auf der Wolldecke: Die Downs im September, wie ich schon sagte.«
In diesem Augenblick erblickte ich den Schwanz, und ich stieß einen wilden Schrei aus und flüchtete in das dahinterliegende Buchenwäldchen.
»Harry ist ein geborener Schauspieler«, sagte Emelys Mutter, als ich die Gesellschaft alleine ließ.
Ich spürte, daß ich mit einer existentiellen Krise kon-

frontiert war und daß ich, falls ich mich ihr nicht gewachsen zeigen sollte, meine Selbstachtung auf Dauer verlieren würde. In dem Gehölz wurde ich sogleich durch eine Vielzahl von Stimmen beunruhigt – die Stimmen des Hügels unter mir, der Bäume über mir, ja sogar der Insekten in den Rinden der Bäume. Ich konnte sogar hören, wie der Bach kleine Stücke aus den Wiesen leckte und die Wiesen verträumt protestierten. Über all diesem Getöse – das nicht lauter ist als das Summen einer Biene – erhob sich die Stimme des Fauns und sprach: »Mein lieber Pfarrer, sei ganz ruhig, sei ganz ruhig: Warum hast du dich so erschrokken?«

»Ich habe mich nicht erschrocken«, entgegnete ich – und das stimmte sogar. »Aber ich bin zutiefst betrübt: Du hast mich in der Gegenwart von Damen bloßgestellt.«

»Niemand sonst hat mich gesehen«, sagte er und lächelte still vor sich hin. »Die Frauen tragen enge Stiefel, und der Mann hat lange Haare. Solche Leute sehen mich nie. Viele Jahre lang habe ich nur mit Kindern gesprochen, aber sie verlieren mich aus den Augen, sobald sie erwachsen werden. Aber du wirst mich gar nicht aus den Augen verlieren können, und du wirst mein Freund sein, solange du lebst. Und jetzt fange ich an, dich glücklich zu machen: Leg dich auf den Rücken, oder lauf mit mir um die Wette, oder klettere auf Bäume. Oder soll ich dir Brombeeren oder Glokkenblumen oder Frauen besorgen ...«

Mit schrecklicher Stimme sagte ich zu ihm: »Bleib hinter mir!« Er blieb hinter mir. »Laß dir ein für allemal sagen«, fuhr ich fort, »daß es vergeblich ist, jemanden in Versuchung führen zu wollen, dessen Glück darin besteht, andere glücklich zu machen.«

»Ich kann dich nicht verstehen«, meinte er kläglich. »Was heißt ›in Versuchung führen‹?«

»Armes Waldwesen!« sagte ich und wandte mich um. »Wie könntest du mich auch verstehen? Es war sinnlos, dich zu schelten. Wie könnte deine armselige Natur auch ein Leben der Selbstverleugnung begreifen? Ah! Wenn ich dich nur zu fassen bekäme!«

»Du hast ihn schon gefaßt«, sagte der Hügel.

»Wenn ich dich nur berühren könnte!«

»Du hast ihn schon berührt«, sagte der Hügel.

»Ich werde dich niemals verlassen«, brach es aus dem Faun heraus. »Ich werde den Heiligenschrein für dich abstauben, ich werde dich zu den Treffen der Matronen begleiten. Ich werde dich auf den Wochenmärkten bereichern.«

Ich schüttelte den Kopf. »Aus diesen Dingen mache ich mir gar nichts. Eigentlich hatte ich sogar die Absicht, dein Angebot, mir zu dienen, in Bausch und Bogen abzulehnen, doch das wäre ein Fehler gewesen. Du sollst mir helfen – sollst mir helfen, andere glücklich zu machen.«

»Lieber Pfarrer, was für ein merkwürdiges Leben! Menschen, die ich niemals gesehen habe – Menschen, die mich nicht sehen können –, warum sollte ich sie glücklich machen?«

»Mein armer Bursche – vielleicht wirst du mit der Zeit

lernen, warum. Nun aber los: Fang an! Auf diesem Hügel hier sitzt eine junge Dame, der ich außerordentliche Hochachtung bezeuge. Beginne mit ihr. Aha! Du machst ein langes Gesicht. Das habe ich mir doch fast gedacht. Du *kannst* gar nichts tun. Hier also liegt der Hase im Pfeffer!«

»Wenn du mir den Auftrag dazu gibst«, erwiderte er, »kann ich sie glücklich machen, und wenn ich es getan habe, wirst du mir vielleicht eher trauen.«

Emelys Mutter hatte sich auf den Heimweg gemacht, aber Emely und der kleine Freund saßen immer noch neben den Teeutensilien – sie in ihrem weißen Pikeekleid und mit dem beigefarbenen Strohhut auf dem Kopf, er in seinem groben, aber gutgeschnittenen Sommeranzug. Die große heidnische Figur des Fauns überragte sie anmaßend.

Der Freund sagte: »Haben Sie denn niemals die entsetzliche Einsamkeit einer Menge empfunden?«

»All dies«, erwiderte Emely, »habe ich empfunden und noch sehr viel mehr ...«

Dann legte der Faun seine Hände auf die beiden. Und sie, die lediglich einen kleinen, kultivierten Flirt beabsichtigt hatten, widerstanden ihm, solange sie es vermochten, wurden jedoch nach und nach in die Arme des anderen gedrängt und umarmten sich leidenschaftlich.

»Schurke!« brüllte ich und brach aus dem Wald hervor. »Du hast mich betrogen.«

»Ich weiß: Es ist mir egal«, rief der kleine Freund. »Verzichten Sie! Sie befinden sich angesichts eines Ereignisses, das Sie nicht verstehen. In der großen Einsamkeit haben wir uns schließlich gefunden.«

»Nimm deine verfluchten Hände weg!« schrie ich dem Faun zu.

Er gehorchte, und der kleine Freund fuhr ruhiger fort: »Es ist müßig, zu schelten. Was könnten Sie schon von dem Geheimnis der Liebe wissen, Sie armselige, klerikale Kreatur, von dem zeitlosen Mann und der zeitlosen Frau, von der Selbstverwirklichung einer Seele?«

»Das stimmt«, sagte Emely ärgerlich. »Harry, du hättest mich niemals glücklich gemacht. Ich werde dir eine gute Freundin sein, aber wie könnte ich mich einem Manne hingeben, der solche törichten Scherze macht? Als du beim Tee den Hanswurst spieltest, war dein Schicksal besiegelt. Man muß auf ernsthafte Weise mit mir umgehen: Ich muß bemerken, wie sich die Unendlichkeit um mich herum weitet, wenn ich emporsteige. Vielleicht billigst du es nicht, aber so bin ich nun einmal. In der großen Einsamkeit habe ich mich schließlich selbst gefunden.«

»Elendes Weib!« schrie ich. »Große Einsamkeit! Ihr seid nichts als ein paar hilflose Puppen ...«

Der kleine Freund wollte Emely fortführen, aber ich hörte, wie sie ihm zuflüsterte: »Lieber, nach allem, was geschehen ist, können wir den Korb nicht gut Harry tragen lassen – und dann Mutters Wolldecke. Macht es dir etwas aus, die Sachen in die andere Hand zu nehmen?«

So zogen sie davon, und ich warf mich mit allen Anzeichen der Verzweiflung zu Boden.

»Weint er?« fragte der Faun.

»Er weint nicht«, antwortete der Hügel. »Seine Augen sind so trocken wie Kieselsteine.«

Mein Peiniger veranlaßte mich, zu ihm aufzublicken. »Auf dem Grunde deines Herzens erkenne ich Glück«, sagte er.

»Wahrscheinlich habe ich irgendwelche geheimen Kraftquellen«, antwortete ich steif. Und dann formulierte ich im Geiste eine vernichtende Brandrede, doch von all den Worten, die ich hätte sagen können, brachte ich nur ein einziges hervor, und das fing mit einem T... an.

Er stieß einen fröhlichen Schrei aus. »Oh, jetzt gehörst du wirklich zu uns. Bis zum Ende deines Lebens wirst du fluchen, wenn du wütend bist, und lachen, wenn du glücklich bist. Jetzt lache!«

Es entstand ein langes Schweigen. Die ganze Natur wartete, während ein Hilfsgeistlicher versuchte, seine Gedanken nicht nur vor der Natur, sondern auch vor sich selbst zu verbergen. Ich dachte an meinen verletzten Stolz, an meine vereitelte Selbstlosigkeit, an Emely, die ich verloren hatte, ohne daß sie irgendeine Schuld traf, an den kleinen Freund, der gerade in diesem Augenblick hinter dem schweren Teekorb verschwand; und dieser Anblick entschied alles, und ich lachte.

An jenem Abend hörte ich zum erstenmal, wie die Kreidefelsen in den Downs über die Täler hinweg einander zusangen, wie sie es oft tun, wenn die Luft unbewegt ist und sie einen angenehmen Tag gehabt haben.

Vom Fenster meines Arbeitszimmers aus konnte ich die sonnenbeschienene Gestalt des Fauns sehen, der vor dem Buchenwäldchen saß, wie ein Mann, der vor seinem Haus sitzt. Und als die Nacht hereinbrach, war ich mir sicher, daß nicht nur er schlief, sondern daß die Hügel und Wälder ebenfalls schliefen. Der Bach schläft natürlich niemals, falls er nicht irgendwann einmal im Frost erstarrt. Im Grunde genommen ist die Stunde der Dunkelheit die Stunde des Wassers, das den ganzen Tag über von den kräftigen Pulsschlägen der Natur mehr oder weniger unterdrückt worden ist. Deshalb kann man es in der Nacht über größere Entfernungen hinweg fühlen und hören, und deshalb ist ein Bad nach Sonnenuntergang so etwas Herrliches.

Die Freude jenes ersten Abends ist mir trotz all der glücklichen Jahre die folgten, immer noch ganz deutlich in Erinnerung. Ich muß daran denken, wenn ich auf meine Kanzel steige – ich habe inzwischen eine Pfründe – und auf die besseren Leute hinuntersehe, die Kirchenbank für Kirchenbank unter mir sitzen, freigebig und selbstzufrieden, auf die einfacheren Leute, die sich in den Seitenschiffen drängen, auf die Tenöre mit ihren Backenbärten im Chor und die hochgestochenen Hilfsgeistlichen, auf die Kirchenvorsteher, die ihre Geldbeutel befingern, und auf die hochnäsigen Kirchendiener, die Zuspätkommende von der Tür weisen. Ich erinnere mich auch daran, wenn ich in meinem bequemen Pfarrhaus eines Junggesellen sitze, inmitten der Hausschuhe, die wohlmeinende junge Damen für mich genäht haben, und inmitten der Wandarme aus dickem Eichenholz, die wohlmeinende junge Männer für mich geschnitzt haben; inmitten meiner Phalanx von geschenkten Teekannen und beleuchteten Dankschreiben und all der anderen Zeichen der Anerkennung von Menschen, die glauben, ich hätte ihnen eine helfende Hand entgegengestreckt, und die in Wirklichkeit mir selbst aus der Patsche geholfen haben. Und obwohl ich mich bemühe, andere an dieser Freude teilhaben zu lassen – so wie ich mich darum bemühe, die Menschen auch an allen anderen Dingen, die mir gut erscheinen, teilhaben zu lassen –, und obwohl mir dies bisweilen gelingt, kann ich doch niemandem genau erzählen, wie die Freude mir begegnet ist. Denn wenn ich auch nur eine winzige Andeutung davon machen würde, hätte mein gegenwärtiges Leben, das so angenehm und vorteilhaft ist, ein plötzliches Ende, meine Gemeinde würde sich verflüchtigen, und das gleiche müßte ich tun, und statt für meine Gemeinde ein Gewinn zu sein, würde ich damit enden, zum Kostgänger der Nation zu werden. So bin ich dazu gezwungen, das Thema nicht etwa poetisch und rhetorisch zu behandeln – was ihm so angemessen und meinem Beruf so geistesverwandt wäre –, sondern das minderwertige Medium einer erfundenen Geschichte zu wählen und Sie irrezuführen, indem ich erkläre, dies sei lediglich eine Erzählung, vorzüglich dazu geeignet, im Zug gelesen zu werden.

Die Geschichte der Sirene

Es gibt wenig, was malerischer gewesen wäre, als mein Manuskript über die Deisten-Kontroverse in dem Augenblick, als es im Mittelmeer versank. Es tauchte wie ein Stück schwarzer Schiefer ins Wasser, öffnete sich jedoch bald und enthüllte Blätter von einem fahlen Grün, das ins Blau hinüberschillerte. Jetzt war es verschwunden, dann wieder war es ein magisches Stück Kautschuk, das zur Unendlichkeit strebte, und endlich ein Buch, aber größer als alle Bücher dieser Welt. Es wurde noch phantastischer, als es den Meeresgrund erreichte, auf dem es von einer Wolke von Sand begrüßt und schließlich vor den Blikken verborgen wurde. Aber es tauchte erneut auf, sah recht ordentlich aus, auch wenn es ein wenig erschauerte, und lag ordentlich geöffnet auf dem Rücken, während unsichtbare Finger in seinen Seiten blätterten.

»Es ist wirklich ein Jammer«, meinte meine Tante, »daß du deine Arbeit nicht im Hotel beendet hast. Dann könntest du dich jetzt amüsieren, und dies wäre niemals passiert.«

»Alles wird sich in Reichtum und Geheimnis verwandeln«, flötete der Kaplan, während seine Schwester sagte: »Was wollt ihr, es ist im Wasser verschwunden!« Was die beiden Bootsführer anbetrifft, so lachte einer von ihnen, während der andere ohne ein Wort der Vorwarnung aufstand und anfing, sich auszuziehen.

»Heiliger Moses«, rief der Oberst. »Ist der Bursche verrückt geworden?«

»Ja, bedanke dich bei ihm, mein Lieber«, erwiderte meine Tante: »Das heißt, sag ihm, das sei sehr nett von ihm, aber vielleicht ein andermal.«

»Trotzdem möchte ich mein Manuskript eigentlich ganz gern zurückhaben«, beschwerte ich mich. »Es ist meine Stipendiatsarbeit. Ein andermal wird vielleicht nicht mehr allzu viel davon übrig sein.«

»Ich habe eine Idee«, sagte eine der Frauen unter ihrem Sonnenschirm hervor. »Laßt dieses Kind der Natur doch nach dem Manuskript tauchen, während wir unseren Weg zur nächsten Grotte fortsetzen. Wir können ihn doch auf diesem Felsen hier oder auf dem Riff in der Grotte absetzen, und bis wir zurückkommen, wird er es bestimmt geschafft haben.«

Der Vorschlag war einleuchtend; ich war einverstanden und sagte, ich würde ebenfalls zurückbleiben, dann sei das Boot leichter. So wurden wir also außerhalb der kleinen Grotte auf einem großen, sonnenbeschienenen Felsen, der die Harmonie in seinem Innern bewachte, abgesetzt. Nennen wir diese Harmonie blau, obwohl sie eher den Geist der Reinheit heraufbeschwört – Reinheit, die die häusliche Sauberkeit weit hinter sich läßt und das Erhabene streift, die Reinheit des gesamten Meeres, konzentriert in einem einzigen Punkt und strahlend von Licht. Die blaue Grotte von Capri enthält nur mehr blaues Wasser, nicht blaueres Wasser. Diese Farbe und dieser Geist sind das Wesentliche jeder Grotte im Mittelmeer, in die die Sonne eindringen und das Meerwasser fließen kann.

Sobald das Boot verschwunden war, wurde mir bewußt, wie unklug es von mir gewesen war, mich zusammen mit einem unbekannten Sizilianer auf einen steil abfallenden Felsen zu wagen. Mit einem Sprung erwachte er zum Leben, ergriff meinen Arm und sagte: »Gehen Sie an das Ende der Grotte, dann zeige ich Ihnen etwas Schönes.«

Er ließ mich vom Felsen hinunter auf das Riff springen, über eine Felsspalte mit leuchtendem Meerwasser hinweg; er zog mich fort von dem Licht, bis ich auf dem winzigen Sandstrand stand, der am anderen Ende wie ein riesiger, überpuderter Türkis aus dem Wasser tauchte. Dort ließ er mich zusammen mit seinen Kleidern zurück und kletterte rasch auf den Gipfel des Felsens am Eingang zur Grotte. Einen Augenblick lang stand er nackt in der strahlenden Sonne und blickte auf die Stelle hinunter, wo das Manuskript lag. Dann bekreuzigte er sich, hob die Arme über den Kopf und tauchte.

Wenn das Manuskript bereits wundervoll war, dann ist es der Mann jenseits aller Beschreibung. Es schien, als sei er eine silberne Statue, die unter der Meeresoberfläche lebendig geworden ist und durch die das Leben in Blau- und Grüntönen pulsiert. Etwas unendlich Glückliches, unendlich Wissendes ging von ihr aus –

aber es schien unvorstellbar, daß sie sonnenverbrannt und triefend aus den Tiefen emportauchen und mein Manuskript über die Deisten-Kontroverse zwischen ihren Zähnen halten konnte.
Im allgemeinen erwarten die Taucher ein kleines Trinkgeld. Was auch immer ich ihm gab, er würde sicherlich mehr wollen, und ich war an einem so schönen und auch so einsamen Platz nicht zu einem Streit aufgelegt. Es war eine Erleichterung, als er in unbekümmertem Tonfall sagte: »An einer Stelle wie dieser könnte man die Sirene sehen.«
Es gefiel mir, daß er solcherart einen Einklang mit seiner Umgebung herstellte. Wir waren in einer magischen Welt zurückgelassen worden, weit weg von all den Gemeinplätzen, die man Wirklichkeit nennt, in einer blauen Welt, deren Boden das Meer war und deren Wände und dessen Felsdach von den Lichtreflexen dieses Meeres erzitterten. Hier würde nur das Phantastische erträglich sein, und es war in diesem Geist, daß ich seine Worte wie ein Echo wiederholte: »Man könnte tatsächlich die Sirene sehen.«
Er beobachtete mich neugierig, während er sich anzog. Ich setzte mich in den Sand und blätterte die klebrigen Seiten des Manuskripts durch.
»Oh«, meinte er schließlich. »Vielleicht haben Sie das kleine Buch gelesen, das voriges Jahr gedruckt wurde. Wer hätte gedacht, daß unsere Sirene den Fremden gefallen könnte!«
(Ich habe es später gelesen. Die Erzählung ist – was nur natürlich ist – unvollständig, obwohl darin ein

Holzschnitt der jungen Person und der Wortlaut ihres Liedes zu finden sind.)

»Sie taucht aus diesem blauen Wasser empor, nicht wahr«, meinte ich, »und sie setzt sich auf den Felsen am Eingang zur Grotte und kämmt sich die Haare.«

Ich wollte ihn aus der Reserve locken, denn sein plötzlicher Ernst hatte mein Interesse geweckt, und in seiner letzten Bemerkung hatte ein Anflug von Ironie gelegen, der mich verwirrte.

»Haben Sie sie jemals gesehen?« fragte er.

»Immer und immer wieder.«

»Ich niemals.«

»Aber du hast sie singen gehört?«

Er legte sich seinen Umhang um und sagte ungeduldig: »Wie soll sie denn unter Wasser singen? Wer könnte das? Manchmal versucht sie es, aber sie bringt nichts zustande außer großen Luftblasen.«

»Sie könnte auf den Felsen klettern.«

»Wie soll sie denn?« rief er erneut, ziemlich ärgerlich. »Die Priester haben die Luft gesegnet, so daß sie sie nicht atmen kann, und sie haben die Felsen gesegnet, so daß sie nicht auf ihnen sitzen kann. Nur das Meer kann niemand segnen, denn es ist zu groß und verändert sich dauernd. Deshalb lebt sie im Meer.«

Ich schwieg.

Jetzt nahm sein Gesicht einen freundlicheren Ausdruck an. Er sah mich an, als ob ihm etwas auf der Seele läge, dann ging er vor zum Felsen am Eingang der Grotte, starrte auf das draußen herrschende Blau und kehrte in unser Zwielicht zurück. Er sagte: »In der Regel bekommen nur gute Menschen die Sirene zu Gesicht.«

Ich gab keinen Kommentar zu dieser Bemerkung ab. Es entstand eine Pause, und er fuhr fort: »Das ist sehr merkwürdig, und die Priester können es sich nicht erklären; denn sie selbst ist natürlich böse. Nicht nur jene, die fasten und zur Messe gehen, sind in Gefahr, sondern sogar jene, die bloß im Alltag gut sind. Seit zwei Generationen hat niemand im Dorf sie gesehen. Das wundert mich nicht. Wir alle bekreuzigen uns, bevor wir ins Wasser gehen, aber eigentlich ist das gar nicht nötig. Wir dachten, Giuseppe sei sicherer als die meisten. Wir liebten ihn, und er liebte viele von uns, aber das ist etwas anderes, als gut zu sein.«

Ich fragte, wer Giuseppe sei.

»An jenem Tag war ich siebzehn, und mein Bruder war zwanzig und jede Menge stärker als ich, und es war das Jahr, als die Besucher, die seither einen solchen Wohlstand und so viel Abwechslung in das Dorf gebracht haben, zum erstenmal kamen. Vor allem kam eine englische Lady, sie war von sehr vornehmer Geburt und schrieb ein Buch über den Ort, und es war ihr zu verdanken, daß das Erschließungskonsortium gebildet wurde, das dabei ist, die Hotels durch eine Seilbahn mit dem Bahnhof zu verbinden.«

»Sprich hier drin bitte nicht von dieser Lady«, bat ich ihn.

»An jenem Tag brachten wir sie und ihre Freunde in unserem Boot her, um die Grotten zu besichtigen. Als wir unter den Felsen entlangruderten, streckte ich

meine Hand ins Wasser, wie man es eben so tut, und fing eine kleine Krabbe, und nachdem ich ihr die Krallen ausgerissen hatte, bot ich sie den Herrschaften als Sehenswürdigkeit an. Die Damen schrien, aber ein Gentleman hatte Spaß daran und wollte mir etwas Geld geben. Da ich keine Erfahrung mit derlei Dingen hatte, lehnte ich ab und sagte, ich sei genügend belohnt, wenn er Spaß daran habe! Giuseppe, der hinter mir saß und ruderte, war sehr wütend auf mich und holte mit seiner Hand aus und schlug mich auf den Mund, so daß mir ein Zahn in die Lippe schnitt und ich blutete. Ich versuchte zurückzuschlagen, aber er war wie immer viel zu schnell für mich, und als ich ausholte, traf er mich unter der Achsel, so daß ich einen Augenblick lang nicht einmal rudern konnte. Die Damen waren sehr aufgeregt, und ich hörte hinterher, sie hätten geplant, mich von meinem Bruder zu trennen und mich als Kellner ausbilden zu lassen. Dazu ist es jedenfalls nie gekommen.
Als wir die Grotte erreichten – nicht diese hier, sondern eine größere –, war der Gentleman äußerst erpicht darauf, einen von uns für Geld tauchen zu sehen, und die Ladys stimmten zu, so wie sie es manchmal tun. Giuseppe, der erkannt hatte, wieviel Spaß es Fremden macht, uns zu beobachten, wenn wir im Wasser sind, weigerte sich, für irgend etwas anderes als Silbergeld zu tauchen, und der Gentleman warf eine Zwei-Lira-Münze ins Wasser.
Kurz bevor mein Bruder sprang, sah er, wie ich meine blauen Flecke rieb und weinte, da ich ganz einfach

nicht anders konnte. Er lachte und sagte: ›Diesmal sehe ich die Sirene bestimmt nicht!‹, und er sprang ins Wasser, ohne sich zu bekreuzigen. Aber er sah sie.«
Er unterbrach sich und nahm eine Zigarette von mir an. Ich betrachtete den sonnenbeschienenen Felsen am Eingang der Grotte, die irisierenden Wände und das magisch blaue Wasser, durch das unaufhörlich große Luftblasen nach oben stiegen.
Schließlich schnippte der Junge seine Asche in die sich kräuselnden Wellen, wandte den Kopf ab und sagte: »Er tauchte ohne die Münze wieder auf. Wir zogen ihn in das Boot, und er war so groß, daß er es ganz zu füllen schien, und so naß, daß wir ihn nicht anziehen konnten. Ich habe noch niemals einen so nassen Menschen gesehen. Ich und der Gentleman ruderten zurück, und wir deckten Giuseppe mit alten Säkken zu und lehnten ihn in das Heck.«
»Dann war er also ertrunken?« murmelte ich und nahm an, dies sei die Quintessenz der Geschichte.
»Nein«, rief er ärgerlich. »Er hatte die Sirene gesehen. Das habe ich Ihnen doch schon gesagt.«
Ich schwieg erneut.
»Wir brachten ihn zu Bett, obwohl er nicht krank war. Der Arzt kam und nahm Geld, und der Priester kam und besprengte ihn mit heiligem Wasser. Aber es half alles nichts. Er war ganz einfach zu groß – wie ein Teil des Meeres. Er küßte die Daumenknochen des heiligen Biagio, und sie trockneten bis zum Abend nicht.«
»Wie sah er denn aus?« wagte ich ihn zu fragen.
»Wie alle, die die Sirene gesehen haben. Wenn Sie sie

›immer und immer wieder‹ gesehen haben, wieso wissen Sie es dann nicht? Er sah unglücklich aus, unglücklich, weil er alles wußte. Jedes Lebewesen machte ihn unglücklich, weil er wußte, es würde sterben, und das einzige, was er wollte, war schlafen.«

Ich beugte mich über mein Manuskript.

»Er arbeitete nicht, er vergaß zu essen, er wußte nicht mehr, ob er seine Kleider anhatte. Die ganze Arbeit blieb an mir hängen, und meine Schwester mußte sich verdingen. Wir versuchten, einen Bettler aus ihm zu machen, aber er war zu kräftig, um Mitleid zu erregen, und für einen Dorftrottel hatte er nicht den richtigen Blick. Er stand auf der Straße und sah die Leute an, und je länger er sie ansah, desto unwohler fühlte er sich. Wenn ein Kind geboren wurde, bedeckte er sein Gesicht mit beiden Händen. Wenn jemand heiratete – dann war er besonders abscheulich und erschreckte das Brautpaar, wenn dieses aus der Kirche kam. Wer hätte gedacht, daß er selbst heiraten würde! Ich bin daran schuld. Ich. Ich habe aus der Zeitung vorgelesen, wie ein Mädchen in Ragusa ›verrückt geworden sei, weil sie im Meer gebadet hatte‹. Giuseppe stand auf, und eine Woche später kamen er und dieses Mädchen hereinspaziert.

Er hat mir niemals irgend etwas erzählt, aber es hat den Anschein, daß er geradewegs in ihr Haus ging, in ihr Zimmer stürmte und sie auf den Armen davontrug. Sie war die Tochter eines reichen Minenbesitzers, und Sie können sich die Gefahr vorstellen, in der wir schwebten. Ihr Vater kam herunter ins Dorf mit einem gerissenen Rechtsanwalt, aber sie konnten auch nicht mehr tun als ich. Sie schimpften, und sie drohten, aber schließlich mußten sie heimkehren, und wir verloren nichts – das heißt, kein Geld. Wir schleppten Giuseppe und Maria zur Kirche und sorgten dafür, daß sie heirateten. Uff! Diese Hochzeit! Der Priester machte hinterher keine Späße, und als wir aus der Kirche kamen, warfen die Kinder mit Steinen ... Ich glaube, ich wäre gestorben, um die beiden glücklich zu machen; aber es war wie gewöhnlich, man kann nichts tun.«

»Dann waren sie also unglücklich miteinander?«

»Sie liebten sich, aber Liebe ist nicht Glück. Liebe können wir alle bekommen. Liebe ist nichts. Ich mußte jetzt für zwei arbeiten, denn sie war genau wie er – man wußte niemals, wer von ihnen beiden sprach. Ich mußte unser Boot verkaufen und für den bösen alten Mann arbeiten, dessen Boot Sie heute gemietet haben. Aber das schlimmste war, daß die Leute uns zu hassen begannen. Zuerst die Kinder – alles beginnt mit ihnen – und dann die Frauen und zum Schluß sämtliche Männer. Denn die Ursache allen Unglücks war ... Sie werden mich doch nicht verraten?«

Ich gab ihm mein Wort, und gleich darauf brach er in die verzweifelten Schmähungen eines Menschen aus, der der Beaufsichtigung entronnen ist, und verfluchte die Priester, die, wie er sagte, sein Leben ruiniert hätten. »So sind wir reingelegt worden!« schrie er und stand auf und stieß mit dem Fuß nach den azurblauen,

kleinen, gekräuselten Wellen, bis sie hinter einer Wolke aus Sand verschwanden.
Auch ich war bewegt. Giuseppes Geschichte war trotz all ihrer Absurdität und des ihr innewohnenden Aberglaubens realer als alles, was ich bisher kennengelernt hatte. Ich weiß nicht warum, aber sie erfüllte mich mit dem Verlangen, anderen zu helfen – vermutlich das heftigste aller Verlangen und auch das vergeblichste. Das Verlangen legte sich rasch.
»Sie wurde schwanger. Das war das Ende. Die Leute fragten mich: ›Wann kommt denn dein bezaubernder Neffe zur Welt? Was für ein reizendes, anziehendes Kind das sein wird, bei einem solchen Vater und einer solchen Mutter!‹ Ich hielt mich zurück und erwiderte mit starrem Gesichtsausdruck: ›Es wird bestimmt ein reizendes Kind. Trauer wendet sich zu Glück‹ – so lautet eines unserer Sprichwörter. Und meine Antwort erschreckte sie sehr, und sie erzählten alles den Priestern, die ebenfalls erschrocken waren. Dann begannen die Leute zu tuscheln, das Kind sei zum Antichrist ausersehen. Sie brauchen keine Angst zu haben: Es wurde nie geboren.
Eine alte Hexe begann, Prophezeiungen auszustoßen, und niemand gebot ihr Einhalt. Giuseppe und das Mädchen, erklärte sie, seien von stummen Teufeln besessen, die nur geringen Schaden anrichten könnten. Das Kind aber würde die ganze Zeit über sprechen und lachen und alle Dinge verdrehen und am Ende würde es geradewegs ins Meer marschieren und die Sirene heraufholen, und alle Welt würde die Sirene er-

blicken und sie singen hören. Sobald sie aber sänge, würden sich die sieben Schalen des Zorns öffnen, und der Papst würde sterben und Mongibello in Flammen aufgehen, und der Schleier von Santa Agata würde verbrennen. Dann würden der Junge und die Sirene heiraten, und gemeinsam würden sie über die Welt herrschen, bis in alle Ewigkeit.

Das ganze Dorf geriet in Aufruhr, und die Hotelbesitzer wurden unruhig, denn die Touristensaison begann gerade. Sie kamen zusammen und beschlossen, Giuseppe und das Mädchen sollten bis zur Geburt des Kindes ins Innere des Landes geschickt werden, und sie steuerten das Geld dafür bei. Am Abend, bevor die beiden losziehen sollten, war Vollmond, und es herrschte Ostwind, und entlang der gesamten Küste brandete das Meer in silbernen Wolken über das Riff. Es ist ein wundervoller Anblick, und Maria sagte, sie müsse ihn noch einmal genießen.

›Geh nicht‹, sagte ich zu ihr. ›Ich habe den Priester vorbeigehen sehen, und mit ihm war noch ein anderer. Und die Hotelbesitzer mögen es nicht, wenn man dich sieht, und wenn wir ihnen mißfallen, dann werden auch wir Hungers sterben.‹

›Ich will aber gehen‹, erwiderte sie. ›Das Meer ist stürmisch, und vielleicht spüre ich seine Gewalt nie wieder.‹

›Nein, er hat recht‹, sagte Giuseppe. ›Geh nicht – oder laß wenigstens einen von uns mit dir gehen.‹

›Ich will alleine gehen‹, sagte sie – und sie ging alleine.

Ich bündelte ihr Gepäck und wickelte es in ein Kleidungsstück, und dann war ich so unglücklich, als ich daran dachte, daß ich die beiden verlieren sollte, daß ich hinausging und mich neben meinen Bruder setzte und ihm meinen Arm um die Schultern legte, und er legte mir seinen Arm um die Schultern, was er seit mehr als einem Jahr nicht mehr getan hatte, und so blieben wir, ich weiß nicht mehr wie lange, sitzen.
Plötzlich flog die Tür auf, und das Mondlicht und der Wind drangen herein, und lachend sagte die Stimme eines Kindes: ›Die Leute haben sie über das Kliff ins Meer gestoßen.‹
Ich ging zur Schublade, wo ich meine Messer aufbewahre.
›Setz dich wieder‹, sagte Giuseppe – ausgerechnet Giuseppe! ›Wenn sie tot ist, warum sollten dann noch andere sterben?‹
›Ich glaube, ich weiß, wer es war‹, rief ich, ›und ich werde ihn töten.‹
Ich war schon fast aus der Tür, aber er stellte mir ein Bein und brachte mich zu Fall und kniete auf mir; er packte meine beiden Hände und verstauchte mir die Handgelenke, zuerst mein rechtes, dann mein linkes. Niemand außer Giuseppe hätte sich so etwas ausdenken können. Es schmerzte schlimmer, als Sie sich vielleicht vorstellen können, und ich fiel in Ohnmacht. Als ich aufwachte, war er fort, und ich habe ihn nie wiedergesehen.«
Ich jedoch empfand Abscheu vor Giuseppe.
»Ich habe Ihnen ja gesagt, daß er böse war«, sagte er.

»Niemand hätte gedacht, daß ausgerechnet er die Sirene sieht.«
»Woher weißt du, daß er sie gesehen hat?«
»Weil er sie nicht ›immer und immer wieder‹ gesehen hat, sondern nur einmal.«
»Warum liebst du ihn, wenn er böse ist?«
Zum erstenmal lachte er. Das war seine einzige Antwort.
»Ist dies das Ende?« fragte ich.
»Ich habe ihren Mörder nie getötet. Denn bis meine Handgelenke wieder in Ordnung waren, war er in Amerika, und einen Priester kann man nicht töten. Und was Giuseppe anbetrifft, so streifte er ebenfalls durch die ganze Welt und hielt Ausschau nach noch jemandem, der die Sirene gesehen hatte – entweder nach einem Mann oder, besser noch, nach einer Frau, weil dann das Kind vielleicht doch noch hätte geboren werden können. Schließlich kam er nach Liverpool – klingt die Gegend wahrscheinlich? –, und dort begann er zu husten, und er spie Blut, bis er starb.
Ich glaube nicht, daß in diesem Augenblick irgendwo auf der Welt jemand lebt, der die Sirene gesehen hat. Es hat selten mehr als einen in einer Generation gegeben, und solange ich lebe, wird es niemals mehr einen Mann und eine Frau geben, die das Kind bekommen können, das die Sirene aus dem Meer holt und das Schweigen zerstört und die Welt rettet!«
»Die Welt rettet?« rief ich. »Lautete das Ende der Prophezeiung denn so?«
Er lehnte sich gegen den Felsen und holte tief Luft.

Durch die blaugrünen Widerspiegelungen hindurch sah ich, wie er sich verfärbte. Ich hörte ihn sagen: »Schweigen und Einsamkeit können nicht ewig währen. Vielleicht sind es hundert oder tausend Jahre, aber das Meer währt länger, und sie wird aus ihm heraufkommen und singen.« Ich hätte ihn noch mehr fragen wollen, aber in diesem Augenblick verdunkelte sich die Höhle und durch ihren engen Eingang glitt das zurückkehrende Boot herein.

Die Maschine bleibt stehen

1.

Das Luftschiff

Stellen Sie sich, falls Sie können, ein kleines Zimmer vor, sechseckig, wie die Wabe einer Biene. Es erhält weder durch ein Fenster noch von einer Lampe her Licht, und doch ist es von einem sanften Strahlen erfüllt. Es gibt keine Öffnungen für eine Entlüftung, und doch ist die Luft frisch. Es gibt keine Musikinstrumente, und doch hallt das Zimmer in dem Augenblick, in dem meine Betrachtung einsetzt, von wohlklingenden Geräuschen wider. In der Mitte befindet sich ein Lehnstuhl, daneben ein Lesepult – das ist die gesamte Möblierung. Und in dem Lehnstuhl sitzt ein in Kleidungsstücke gehüllter Klumpen Fleisch – eine Frau, etwa einen Meter sechzig groß, mit einem Gesicht, so bleich wie ein Schwamm. Ihr gehört das kleine Zimmer.

Eine elektrische Klingel läutete.

Die Frau berührte einen Schalter, und die Musik schwieg.

»Ich muß wohl nachsehen, wer es ist«, dachte sie und setzte ihren Stuhl in Bewegung. Der Stuhl wurde, genau wie die Musik, maschinell betätigt, und sie

wurde auf die andere Seite des Zimmers gerollt, wo die Klingel immer noch aufdringlich läutete.
»Wer ist dort?« rief sie. Ihre Stimme klang gereizt, denn seit Beginn der Musik war sie schon öfter unterbrochen worden. Sie kannte mehrere tausend Menschen; in gewissem Sinne hatte sich der zwischenmenschliche Verkehr ungeheuer entwickelt.
Aber als sie in den Hörer lauschte, wurde ihr bleiches Gesicht von Lachfältchen durchzogen, und sie sagte: »Schön. Laß uns miteinander sprechen, ich werde mich isolieren. Ich glaube nicht, daß in den nächsten fünf Minuten irgend etwas Wichtiges passiert – denn ich kann mich dir genau fünf Minuten widmen, Kuno. Dann muß ich meinen Vortrag über ›Die Musik während der australischen Epoche‹ halten.«
Sie berührte den Isolierungsknopf, so daß sie von niemand anderem erreicht werden konnte. Dann betätigte sie den Knopf der Beleuchtungsanlage, und der kleine Raum war in Dunkelheit gehüllt.
»Mach schnell!« rief sie, und ihr Ärger kehrte zurück. »Mach schnell, Kuno; ich warte hier im Dunkeln und verschwende meine Zeit.«
Aber es dauerte ganze fünfzehn Sekunden, bevor die runde Metallscheibe, die sie in Händen hielt, zu glühen begann. Blitzschnell breitete sich ein schwaches, blaues Licht über ihre Oberfläche aus, wurde dunkler, wirkte jetzt violett, und dann konnte Vashti das Bild ihres Sohnes erkennen, der auf der anderen Seite der Erde wohnte, und er konnte sie erkennen.
»Kuno, was bist du nur langsam.«

Er lächelte ernst.
»Ich glaube wirklich, du hast auch noch Spaß daran, deine Zeit zu vertrödeln«, sagte sie.
»Ich habe dich schon ein paarmal angerufen, Mutter, aber du warst dauernd beschäftigt oder du hattest dich isoliert. Ich muß dir etwas Wichtiges sagen.«
»Was denn, mein lieber Junge? Mach schnell, warum konntest du es mir nicht mit der Rohrpost schicken?«
»Weil ich es vorziehe, so etwas persönlich zu sagen. Ich möchte ...«
»Nun?«
»Ich möchte, daß du kommst und mich besuchst.«
Vashti beobachtete sein Gesicht auf der blauen Metallscheibe.
»Aber ich kann dich doch sehen!« rief sie aus. »Was möchtest du denn noch?«
»Ich möchte dich nicht durch die Maschine sehen«, erwiderte Kuno. »Ich möchte nicht durch diese dumme Maschine mit dir sprechen.«
»Oh, pfui!« sagte seine Mutter und war auf eine schwer zu bestimmende Weise erschrocken. »Du darfst nichts gegen die Maschine sagen.«
»Warum nicht?«
»So etwas tut man nicht.«
»Du tust so, als ob ein Gott die Maschine erschaffen hätte«, rief Kuno. »Ich glaube, wenn du unglücklich bist, betest du zu ihr. Menschen haben sie gemacht, vergiß das nicht. Bedeutende Menschen, aber immerhin Menschen. Die Maschine bedeutet viel, aber sie bedeutet nicht alles. Ich sehe auf dieser Metallscheibe

etwas, was dir ähnelt, aber ich sehe nicht dich selbst. Ich höre durch diesen Apparat etwas, was deiner Stimme ähnelt, aber ich höre nicht dich selbst. Deshalb möchte ich, daß du kommst. Besuche mich, damit wir uns von Angesicht zu Angesicht sehen und uns über meine Hoffnungen unterhalten können.«

Sie erwiderte, sie werde wohl kaum die Zeit für einen Besuch erübrigen können.

»Das Luftschiff benötigt knapp zwei Tage für die Strecke zwischen mir und dir.«

»Ich mag Luftschiffe nicht.«

»Warum nicht?«

»Ich mag die scheußliche braune Erde und das Meer nicht sehen, und auch die Sterne nicht, wenn es dunkel ist. In einem Luftschiff habe ich keine Inspirationen.«

»Ich habe nur dort welche.«

»Was für Inspirationen können dir in der Außenluft denn schon kommen?«

Er schwieg für einen Augenblick.

»Kennst du nicht die vier großen Sterne, die ein Rechteck bilden, und die drei dicht nebeneinanderstehenden Sterne in der Mitte dieses Rechtecks, von denen drei weitere Sterne nach unten führen?«

»Nein, die kenne ich nicht. Ich mag keine Sterne. Haben sie dich denn irgendwie inspiriert? Wie interessant! Erzähl.«

»Mir kam der Gedanke, daß sie aussehen wie ein Mensch.«

»Ich verstehe nicht recht.«

»Die vier großen Sterne sind die Schultern des Menschen und seine Knie. Die drei Sterne in der Mitte gleichen einem Gürtel, wie ihn die Menschen einst getragen haben, und die drei nach unten führenden Sterne sehen aus wie ein Schwert.«

»Ein Schwert?«

»Die Menschen trugen Schwerter bei sich, um Tiere und andere Menschen zu töten.«

»Ich habe nicht den Eindruck, daß dies eine besonders gute Inspiration ist, aber sie ist sicherlich originell. Wann ist sie dir zuerst gekommen?«

»In dem Luftschiff ...« Er unterbrach sich, und sie bildete sich ein, er sähe traurig aus. Sie war sich nicht sicher, da die Maschine keine Nuancen in dem Gesichtsausdruck eines Menschen übertrug. Sie vermittelte lediglich eine allgemeine Vorstellung vom Gesprächspartner – eine Vorstellung, die für alle praktischen Zwecke vollkommen ausreichte, dachte Vashti. Der unwägbare Schmelz, von dem eine in Mißkredit geratene Philosophie behauptete, er sei das eigentliche Wesen des menschlichen Miteinanders, wurde von der Maschine völlig zu Recht ignoriert, genau wie der unwägbare Schmelz der Weintraube von den Herstellern künstlicher Früchte ignoriert wurde. Irgendein ›gut genug‹ war von unserer Rasse bereits vor langer Zeit akzeptiert worden.

»Die Wahrheit ist«, fuhr er fort, »daß ich diese Sterne gerne wiedersehen möchte. Es sind eigenartige Sterne. Ich möchte sie nicht vom Luftschiff aus wiedersehen, sondern von der Erdoberfläche aus, wie unsere

Vorfahren es taten vor Tausenden von Jahren. Ich möchte eine Exkursion an die Erdoberfläche machen.«
Sie erschrak erneut.
»Mutter, du mußt mich besuchen, und sei es nur deshalb, um mir zu erklären, was daran so schlimm ist, auf die Erdoberfläche hinauszugehen.«
»Es ist nicht schlimm«, erwiderte sie und versuchte sich zu beherrschen. »Aber es bringt nichts. Die Erdoberfläche besteht nur aus Staub und Dreck, es gibt kein Leben mehr auf ihr, und du würdest ein Atemgerät brauchen, andernfalls würde dich die Kälte in der Außenluft töten. Man stirbt sofort in der Außenluft.«
»Ich weiß; ich werde selbstverständlich alle Vorsichtsmaßnahmen ergreifen.«
»Und außerdem ...«
»Ja?«
Sie überlegte und wählte ihre Worte mit Bedacht. Ihr Sohn war in einer merkwürdigen Stimmung, und sie wollte ihm von seiner Expedition abraten.
»Es widerspricht dem Geist unserer Zeit«, machte sie schließlich geltend.
»Willst du damit sagen, es widerspricht der Maschine?«
»In einem gewissen Sinne ja. Aber ...«
Sein Bild auf der blau schimmernden Scheibe verblaßte.
»Kuno!«
Er hatte sich isoliert.
Einen Augenblick lang fühlte sich Vashti einsam.
Dann schaltete sie das Licht ein, und der Anblick ihres

von einem hellen Glanz durchfluteten und mit elektrischen Knöpfen übersäten Zimmers belebte sie. Überall waren Knöpfe und Schalter – Knöpfe, um Essen und Musik und Kleidung anzufordern. Da war der Knopf für ein heißes Bad, durch dessen Betätigung eine Wanne aus (imitiertem) Marmor aus dem Boden kam und sich bis zum Rand mit einer warmen, deodorisierenden Flüssigkeit füllte. Da war der Knopf für ein kaltes Bad. Da war der Knopf, der Literatur herbeischaffte. Und da waren natürlich die Knöpfe, mit deren Hilfe sie mit ihren Freunden in Verbindung trat. Obwohl der Raum nichts enthielt, verband er sie mit allem, wofür sie sich in der Welt interessierte.

Vashtis nächste Tätigkeit bestand darin, den Isolierungsschalter wieder auszuschalten, und sogleich brach alles, was in den letzten drei Minuten gespeichert worden war, über sie herein. Das Zimmer war von dem Geräusch vieler Klingeln und Sprechverbindungen erfüllt. Wie ihr das neue Essen geschmeckt habe? Ob sie es empfehlen könne? Ob sie in letzter Zeit Inspirationen gehabt habe? Ob man ihr von seinen eigenen Inspirationen erzählen könne? Ob man mit ihr zu einem möglichst frühen Termin eine Vereinbarung über den Besuch der öffentlichen Kinderzuchtanstalt treffen könne – sagen wir heute in einem Monat?

Die meisten dieser Fragen erwiderte sie ein wenig verärgert – ein Zustand, der in ihrem fortgeschrittenen Alter immer deutlicher zutage trat. Sie meinte, das neue Essen sei schrecklich. Wegen der Fülle anderer

Verpflichtungen könne sie den öffentlichen Kinderzuchtanstalten keinen Besuch abstatten. Sie habe keine eigenen Inspirationen gehabt, man habe ihr allerdings gerade von einer berichtet – vier Sterne und drei in der Mitte ähnelten angeblich einem Menschen: Sie bezweifelte, daß an der Sache viel dran sei. Dann schaltete sie ihre Gesprächspartner ab, denn es war Zeit, ihren Vortrag über australische Musik zu halten.

Das schwerfällige System öffentlicher Versammlungen hatte man bereits vor langer Zeit aufgegeben; weder Vashti noch ihre Zuhörerschaft rührten sich aus ihren Zimmern. Vashti saß in ihrem Lehnstuhl und sprach, während die Leute sie in ihren Lehnstühlen hörten, zumindest einigermaßen, und sahen, zumindest einigermaßen. Sie begann ihre Ausführungen mit einer humorvollen Darstellung über die Musik in der vormongolischen Epoche und fuhr fort, den großen Aufschwung zu beschreiben, den der Gesang dort infolge der Eroberung durch die Chinesen genommen hatte. So fern und urzeitlich die Methoden der I-San-So- und der Brisbane-Schule auch waren, habe sie dennoch das Gefühl (sagte sie), daß sich das Studium jener Schulen für die heutigen Musiker auszahle: Diese hätten Frische gehabt und, vor allem anderen, Einfälle.

Ihr Vortrag, der zehn Minuten dauerte, wurde positiv aufgenommen, und anschließend verfolgten sie und ein Großteil ihrer Zuhörerschaft einen Vortrag über das Meer; aus dem Thema Meer konnte man Inspirationen schöpfen – der Vortragende hatte sich ein

Atemgerät aufgesetzt und es kürzlich besucht. Dann nahm Vashti etwas zu sich, sprach mit einer ganzen Reihe von Freunden, nahm ein Bad, sprach erneut und ließ sich ihr Bett kommen.

Das Bett war nicht nach ihrem Geschmack. Es war zu groß, sie bevorzugte eher kleinere Betten. Eine Beschwerde war sinnlos, denn Betten hatten überall in der Welt die gleichen Maße, und eine andere Größe hätte umfangreiche Veränderungen an der Maschine nötig gemacht. Vashti isolierte sich – dies war nötig, da unter der Erde weder Tag noch Nacht existierten – und ließ in ihrem Geiste alles an sich vorüberziehen, was passiert war, seitdem sie das Bett das letztemal angefordert hatte. Inspirationen? Kaum eine einzige. Besondere Vorkommnisse? War Kunos Einladung ein besonderes Vorkommnis?

Neben ihr, auf dem kleinen Lesepult, lag ein Überbleibsel aus dem Zeitalter der Unordnung – ein Buch. Dies war das ›Buch der Maschine‹. In ihm befanden sich Anleitungen gegen alle nur möglichen Eventualitäten. Wenn ihr zu heiß war, oder wenn sie fror, oder deprimiert war oder wenn ihr ein Wort nicht einfiel, ging sie zu dem BUCH, und es wies sie an, welchen Knopf sie drücken mußte. Es wurde vom Zentralen Komitee herausgegeben. Nach einer in Mode gekommenen Sitte war es prächtig gebunden.

Sie richtete sich im Bett auf und nahm es ehrfürchtig in die Hände. Sie blickte sich in ihrem erleuchteten Zimmer um, als würde sie von jemandem beobachtet. Dann murmelte sie halb beschämt, halb freudig erregt: »O Maschine! O Maschine!« und hob den Band an die Lippen. Dreimal küßte sie ihn, dreimal neigte sie ihren Kopf, dreimal empfand sie das Entzücken der Ergebung. Nachdem sie das Ritual ausgeführt hatte, schlug sie die Seite 1367 auf, auf der die Abflugzeiten der Luftschiffe von der Insel in der südlichen Erdhalbkugel, unter deren Oberfläche sie lebte, zu der Insel in der nördlichen Erdhalbkugel, unter der ihr Sohn lebte, verzeichnet waren.

Sie dachte: »Ich habe keine Zeit für so etwas.«

Sie löschte das Licht und schlief; sie erwachte und machte Licht; sie aß und tauschte Inspirationen mit ihren Freunden aus und hörte Musik und verfolgte Vorträge; sie löschte das Licht und schlief. Über ihr, unter ihr und um sie herum summte ununterbrochen die Maschine; sie bemerkte das Geräusch nicht, da sie bereits mit ihm geboren worden war. Die Erde, von der sie getragen wurde, summte, während sie durch das Schweigen trieb, drehte sich in diesem Augenblick der unsichtbaren Sonne zu und im nächsten den unsichtbaren Sternen. Vashti erwachte und machte Licht.

»Kuno!«

»Ich will nicht mit dir sprechen«, antwortete er, »es sei denn, du kommst.«

»Bist du auf der Erdoberfläche gewesen, seit wir das letztemal miteinander gesprochen haben?«

Sein Bild verblaßte.

Erneut holte sie sich Rat bei dem BUCH. Sie wurde sehr nervös und lehnte sich zitternd in ihren Stuhl zurück. Man muß sie sich ohne Zähne und ohne Haare

vorstellen. Schließlich steuerte sie den Stuhl an die Wand und drückte auf einen ihr wenig vertrauten Knopf. Die Wand öffnete sich langsam. Durch die Öffnung hindurch sah sie einen unterirdischen Gang, der einen leichten Bogen machte, so daß man nicht sehen konnte, wohin er führte. Sollte sie tatsächlich ihren Sohn besuchen wollen, dann war hier der Beginn der Reise.
Selbstverständlich wußte sie alles über das Kommunikationssystem. Es gab nichts Geheimnisvolles daran. Sie würde einen Wagen bestellen, und er würde mit ihr durch den unterirdischen Gang rasen, bis er den Fahrstuhl erreichte, der die Verbindung zum Flughafen herstellte: Das System war seit vielen, vielen Jahren in Betrieb, schon lange vor der weltweiten Einführung der Maschine. Und selbstverständlich hatte sie die Zivilisation studiert, die ihrer eigenen unmittelbar vorausging – jene Zivilisation, die die Funktionen des Systems mißverstanden und es dazu benutzt hatte, Menschen zu den Dingen zu bringen, statt die Dinge zu den Menschen. Jene merkwürdigen alten Zeiten, als die Leute fortgingen, um einen Luftwechsel vorzunehmen, statt die Luft in ihren Räumen zu wechseln! Und doch – sie hatte Angst vor dem unterirdischen Gang: Sie hatte ihn seit der Geburt ihres letzten Kindes nicht mehr gesehen. Er machte einen Bogen – aber einen etwas anderen, als sie in Erinnerung hatte; er leuchtete – leuchtete aber nicht so strahlend, wie ein Dozent neulich behauptet hatte. Vashti erschrak vor der direkten Konfrontation mit dem Leben. Sie wich in

das Zimmer zurück, und die Wand schloß sich erneut.
»Kuno«, sagte sie, »ich kann dich nicht besuchen. Es geht mir nicht gut.«
Sofort senkte sich ein riesiger Apparat aus der Decke auf sie herab, ein Thermometer wurde ihr automatisch zwischen die Lippen geschoben, ein Stethoskop wurde ihr automatisch auf das Herz gelegt. Kraftlos lag sie da. Kühle Wickel linderten ihre Kopfschmerzen. Kuno hatte ihrem Arzt telegrafiert.
So trieben die menschlichen Leidenschaften im Innern der Maschine also immer noch ihr Unwesen. Vashti trank die Medizin, die der Arzt ihr zukommen ließ, und die Maschinerie glitt in die Decke zurück. Sie konnte Kunos Stimme hören, der sie fragte, wie es ihr ginge.
»Besser.« Dann fuhr sie gereizt fort: »Aber warum kommst du statt dessen nicht zu mir?«
»Weil ich hier nicht weg kann.«
»Warum nicht?«
»Weil jeden Augenblick etwas Ungeheures geschehen kann.«
»Bist du denn schon auf der Erdoberfläche gewesen?«
»Noch nicht.«
»Was ist es also?«
»Das möchte ich dir nicht durch die Maschine sagen.«
Sie nahm ihr gewohntes Leben wieder auf.
Aber sie dachte an Kuno, an seine Geburt, an seine Verlegung in die öffentliche Kinderzuchtanstalt, an ihren einzigen Besuch dort bei ihm, an seine Besuche bei ihr – Besuche, die aufhörten, als die Maschine ihm ein

Zimmer auf der anderen Seite der Erde zugewiesen hatte. »Die Pflichten der Eltern«, hieß es im Buch der Maschine, »enden im Augenblick der Geburt, Paragraph 422 327 483.« Natürlich, aber Kuno war etwas Besonderes – eigentlich waren all ihre Kinder etwas Besonderes –, und letzten Endes mußte sie die Reise durchstehen, wenn er sie unbedingt sehen wollte. Und – »es kann etwas Ungeheures geschehen«. Was bedeutete das? Die verstiegenen Einbildungen eines Jünglings zweifellos, aber sie mußte zu ihm. Erneut drückte sie auf den ihr so wenig vertrauten Knopf, erneut öffnete sich die Wand, und sie sah den unterirdischen Gang, der einen Bogen machte, so daß er schließlich nicht mehr zu sehen war. Sie schloß das Buch, erhob sich, betrat schwankend die Plattform und bestellte den Wagen. Ihr Zimmer schloß sich hinter ihr: Die Reise zur nördlichen Erdhalbkugel hatte begonnen.

Es war natürlich alles ganz einfach. Der Wagen erschien, und die Lehnstühle in ihm glichen ihrem eigenen aufs Haar. Als sie ein Zeichen gab, hielt er an, und sie betrat schwankend den Fahrstuhl. Im Fahrstuhl befand sich ein weiterer Passagier, das erste menschliche Lebewesen, das sie seit Monaten von Angesicht zu Angesicht gesehen hatte. Wenige Leute reisten in diesen Tagen, da die Erde – dank des wissenschaftlichen Fortschritts – überall genau gleich aussah. Schneller Verkehr, von dem sich die vorige Zivilisation so viel erhofft hatte, hatte sich selbst ad absurdum geführt. Warum sollte man nach Peking fahren, wenn es dort genauso aussah wie in Shrewsbury? Warum sollte man nach Shrewsbury zurückkehren, wenn es dort genauso aussah wie in Peking? Die Menschen setzten sich selten in Bewegung; alle Unrast war in der Seele konzentriert.

Der Luftschiffverkehr war ein Relikt aus dem vorhergehenden Zeitalter. Er wurde aufrechterhalten, weil es bequemer war, ihn aufrechtzuerhalten als ihn einzustellen oder zu reduzieren, aber er sprengte inzwischen die Bedürfnisse der Bevölkerung bei weitem. Luftschiff nach Luftschiff erhob sich aus den Vomitorien von Rye oder Christchurch (ich benutze die alten Namen), erhoben sich in den überfüllten Himmel und reihten sich an den Kais des Südens auf – leer. So wohlgeordnet war das System, so unabhängig vom Wetter, daß der Himmel, egal, ob er klar war oder voller Wolken, einem riesigen Kaleidoskop glich, in dem sich die gleichen Muster immer wiederholten. Das Luftschiff, mit dem Vashti flog, startete entweder bei Sonnenuntergang oder im Morgengrauen. Doch wenn es sich über Reims befand, flog es jedesmal eine Zeitlang neben dem Luftschiff her, das die Strecke zwischen Helsingfors und Brasilien bediente, und jedes dritte Mal, wenn es die Alpen überflog, kreuzten die von Palermo kommenden Luftschiffe seine Route. Der Mensch wurde nicht länger von Nacht oder Tag behindert, von Wind oder Sturm, Flut oder Ebbe, von Erdbeben oder Vulkanausbrüchen. Er hatte Leviathan für sich eingespannt. Die gesamte ältere Literatur mit ihrer Lobpreisung der Natur und ihrer Furcht vor der

Natur klang genauso sinnlos wie das Gebrabbel eines Kindes.

Und doch, als Vashti die riesige Seitenwand des Luftschiffes erblickte, mit all den Flecken, mit denen das Metall infolge der Berührung mit der Außenluft übersät war, kehrte ihre Angst vor der direkten Konfrontation mit dem Leben zurück. Es ähnelte so gar nicht dem Luftschiff im Cinematographen. Zum einen roch es – nicht stark oder unangenehm, aber es roch, und auch mit geschlossenen Augen hätte sie gewußt, daß sie sich in der Nähe von etwas Neuem und Ungewohntem befand. Außerdem mußte sie es vom Fahrstuhl aus zu Fuß betreten, mußte sich den Blicken der anderen Passagiere aussetzen. Der Mann, der vorneweg ging, ließ sein BUCH fallen – keine große Angelegenheit, aber sie waren alle beunruhigt. In den Zimmern wurde das BUCH, falls es einmal runterfiel, jedesmal automatisch vom Fußboden aufgehoben, aber die Gangway zum Luftschiff wies keine derartige Einrichtung auf, und der geheiligte Band lag einfach so da. Die Passagiere blieben stehen – ein derartiger Zwischenfall war nicht vorgesehen –, und statt sein Eigentum aufzuheben, befühlte der Mann die Muskeln seines Armes, um herauszufinden, wieso sie ihn im Stich gelassen hatten. Dann sagte jemand deutlich vernehmbar: »Wir werden noch zu spät kommen« – und sie gingen im Gänsemarsch an Bord, wobei Vashti auf die Seiten des offenen BUCHES trat.

Im Innern des Luftschiffes vergrößerte sich ihre Angst noch. Die Einrichtung war altmodisch und primitiv. Es gab sogar eine Flugbegleiterin, der gegenüber sie ihre Wünsche während der Reise äußern mußte. Natürlich führte ein Laufband an der Längsseite des Luftschiffes entlang, danach aber erwartete man von ihr, zu Fuß in ihre Kabine zu gelangen. Einige Kabinen waren besser als andere, und sie erhielt nicht die beste. Sie hatte den Eindruck, die Flugbegleiterin sei ungerecht, und wurde richtiggehend wütend. Aber die gläsernen Schleusentore hatten sich geschlossen, sie konnte nicht mehr zurück. Am anderen Ende der Halle sah sie den Fahrstuhl, in dem sie heraufgekommen war, sanft auf und ab gleiten, leer. Unterhalb jener mit glänzenden Fliesen ausgelegten Gänge befanden sich unzählige Zimmer, Schicht um Schicht, die tief in die Erde hinunterreichten, und in jedem Zimmer saß ein menschliches Wesen, aß oder schlief oder hatte Inspirationen. Und tief vergraben in dem Bienenkorb befand sich ihr eigenes Zimmer. Vashti hatte Angst.

»O Maschine! O Maschine!« murmelte sie und streichelte ihr BUCH und war getröstet.

Dann schienen die Seitenwände der großen Halle miteinander zu verschmelzen, so wie die Flure in manchen Träumen; der Fahrstuhl verschwand, und das zu Boden gefallene BUCH glitt nach links weg und verschwand, auf Hochglanz polierte Fliesen zogen vorbei wie fließendes Gewässer; es gab eine leichte Erschütterung, und das Luftschiff stieß aus seinem unterirdischen Gang heraus und schwang sich über den Gewässern eines tropischen Ozeans in die Höhe.

Es war Nacht. Einen Augenblick lang erblickte Vashti die Küste Sumatras, gesäumt von dem phosphorisierenden Licht der Wellen und geschmückt von Leuchttürmen, die nach wie vor ihre nicht beachteten Lichtstrahlen aussandten. Auch sie verschwanden, und jetzt wurde Vashti nur noch von den Sternen abgelenkt. Sie standen nicht etwa regungslos am Himmel, sondern schwankten über ihrem Kopf hin und her, tauchten in diesem Oberlicht auf, dann in jenem, so, als sei es das Universum, das hin und her schwankte, und nicht das Luftschiff. Und so, wie es in klaren Nächten des öfteren geschieht, erschienen sie in diesem Augenblick hintereinander gestaffelt, im nächsten auf einer ebenen Fläche angeordnet; in diesem Augenblick waren sie Schicht um Schicht in die Unendlichkeit des Himmels hineingestapelt, im nächsten schob sich ein Dach vor die Blicke des Menschen und begrenzte seine Visionen auf immer. Beides schien gleichermaßen unerträglich. »Sollen wir denn im Dunkeln reisen?« riefen die Passagiere ärgerlich, und die Flugbegleiterin, die nachlässig gewesen war, schaltete das Licht ein und zog die Blenden aus biegsamem Metall herunter. Zu der Zeit, als die Luftschiffe gebaut worden waren, verspürten die Menschen noch den Wunsch, die Welt aus eigener Anschauung kennenzulernen. Deshalb die große Anzahl von Oberlichtern und Kabinenfenstern und das entsprechende Unbehagen jener, die zivilisiert und gebildet waren. In Vashtis Kabine konnte man durch einen Riß im Rollo sogar einen Stern sehen, und nach ein paar Stunden unruhigen Schlafs

wurde sie durch ein unbekanntes Leuchten gestört, das sich als die Morgendämmerung herausstellte.
So schnell sich das Luftschiff auch in Richtung Westen bewegte, die Erde hatte sich doch noch schneller ostwärts gedreht, und Vashti und ihre Reisegefährten wurden auf diese Weise zur Sonne zurückgezerrt. Die Wissenschaft konnte zwar die Nacht verlängern, aber nur für kurze Zeit, und jene großen Hoffnungen, die tägliche Umdrehung der Erde aufheben zu können, waren zerstoben, zusammen mit Hoffnungen, die möglicherweise noch größer waren. Mit der Sonne ›Schritt zu halten‹ oder sie gar zu überholen, war das Ziel der vorangegangenen Zivilisation gewesen. Aus diesem Grunde waren Hochleistungsflugzeuge gebaut worden, die zu enormen Geschwindigkeiten fähig waren und von den hervorragendsten Köpfen der Zeit gesteuert wurden. Unter dem Beifall der Menschheit flogen sie rund um den Globus, immer wieder rundherum, westwärts, westwärts, immer wieder rundherum. Vergeblich. Der Globus drehte sich noch schneller ostwärts, schreckliche Unfälle ereigneten sich, und das ›Maschinenkomitee‹, das zu jener Zeit an Einfluß gewann, erklärte die Verfolgung dieses Zieles für ungesetzlich, für technisch nicht durchführbar und bestrafte es mit Heimatlosigkeit.
Von Heimatlosigkeit wird später noch die Rede sein müssen.
Das Komitee hatte ohne Zweifel recht. Trotzdem löste der Versuch, ›die Sonne zu besiegen‹, die letzte gemeinsame Anstrengung aus, die unsere Rasse ange-

sichts der Himmelskörper oder überhaupt angesichts irgendeiner Herausforderung erlebte. Es war das letzte Mal, daß sich die Menschen durch den Gedanken an eine Macht außerhalb der Welt miteinander verbunden fühlten. Die Sonne hatte gesiegt, aber dies bedeutete gleichzeitig das Ende ihrer geistigen Herrschaft. Morgendämmerung, Mittag, das Zwielicht des Abends, die Straßen, die die Tierkreiszeichen zogen: nichts davon hatte mehr Einfluß auf das Leben oder die Herzen der Menschen, und die Wissenschaft zog sich auf die Erde zurück, um sich auf Probleme zu konzentrieren, bei denen sie gewiß sein durfte, sie auch lösen zu können.

Deshalb war Vashti verärgert, als sie entdeckte, daß ein rosafarbener Lichtstrahl in ihre Kabine eingedrungen war, und sie versuchte, die Blende zu reparieren. Aber die Blende schnellte plötzlich ganz in die Höhe, und durch das Oberlicht erblickte sie kleine rosarote Wolken, die vor einem blauen Hintergrund dahinsegelten. Und als die Sonne höherkletterte, drangen ihre Strahlen direkt in das Innere des Flugzeugs und bedeckten die Wände von oben bis unten mit ihrem Licht, so daß diese aussahen wie ein goldfarbenes Meer. Das Licht stieg und fiel mit der Bewegung des Luftschiffes, so wie Wellen steigen und fallen, aber es stieg stetig höher, so wie die Flut höher steigt. Wenn Vashti sich nicht vorsah, würden die Strahlen ihr Gesicht treffen. Sie erschrak zutiefst und betätigte die Klingel, um die Flugbegleiterin herbeizurufen. Die Flugbegleiterin war ebenfalls erschrocken, sie konnte jedoch nichts tun; es gehörte nicht zu ihren Aufgaben, die Blende zu reparieren. Sie konnte lediglich den Vorschlag machen, die Dame möge ihre Kabine wechseln, und folglich traf Vashti ihre Vorbereitungen dazu.

Die Menschen glichen sich überall auf der Welt fast bis aufs Haar, doch die Flugbegleiterin des Luftschiffs war, vielleicht aufgrund ihrer ungewöhnlichen Pflichten, ein wenig aus der Art geschlagen. Sie mußte die Passagiere oft persönlich ansprechen, und dies hatte ihrem Verhalten eine gewisse Grobheit und Direktheit verliehen. Als Vashti den Sonnenstrahlen mit einem Schrei auswich, verhielt sie sich absolut unzivilisiert – sie streckte ihre Hand aus, um Vashti zu stützen.

»Wie können Sie es wagen?« rief diese aus. »Sie vergessen sich!«

Die Frau war verwirrt und bat Vashti um Verzeihung, daß sie sie nicht hatte hinfallen lassen. Menschen berührten einander niemals. Diese Sitte war dank der Maschine verpönt.

»Wo sind wir im Augenblick?« fragte Vashti hochmütig.

»Wir befinden uns über Asien«, erwiderte die Flugbegleiterin, ängstlich darauf bedacht, höflich zu sein.

»Über Asien?«

»Bitte entschuldigen Sie meine gewöhnliche Ausdrucksweise. Ich bin in die Angewohnheit zurückgefallen, die Orte, über die wir hinwegfliegen, mit ihrem Namen aus dem Zeitalter vor der Großen Maschine zu bezeichnen.«

»Oh, ich erinnere mich, Asien. Von dort kamen die Mongolen.«
»Unter uns, auf der Erdoberfläche, befand sich eine Stadt, die früher Simla hieß.«
»Haben Sie jemals von den Mongolen und von der Brisbane-Schule gehört?«
»Nein.«
»Brisbane war ebenfalls auf der Erdoberfläche erbaut worden.«
»Diese Berge dort zur Rechten – ich zeige sie Ihnen.« Die Flugbegleiterin schob eine metallene Blende in die Höhe. Die Hauptkette des Himalaja war zu sehen.
»Man nannte diese Berge früher das ›Dach der Welt‹.«
»Was für ein törichter Name!«
»Sie müssen bedenken, daß diese Gebirgskette vor der Morgendämmerung unserer Zivilisation in den Augen der Menschen eine undurchdringliche Mauer war, die bis zu den Sternen reichte. Man glaubte, niemand außer den Göttern könne über ihren Gipfeln leben. Was haben wir doch, dank der Maschine, für Fortschritte gemacht!«
»Was haben wir doch, dank der Maschine, für Fortschritte gemacht!« erwiderte Vashti.
»Was haben wir doch, dank der Maschine, für Fortschritte gemacht!« kam es wie ein Echo von dem Passagier, der am Abend zuvor sein BUCH hatte fallen lassen und jetzt im Gang stand.
»Und diese weiße Substanz in den Bergspalten? – Was ist das?«
»Ich habe den Namen vergessen.«

»Ziehen Sie die Blende bitte wieder herunter. Diese Berge lösen keinerlei Inspirationen in mir aus.«
Die nördliche Seite des Himalaja lag in tiefem Schatten: Auf den nach Indien gewandten Abhängen hatte sich gerade die Sonne durchgesetzt. Die Wälder waren während der Schriftepoche zerstört worden, um Zellstoff für Zeitungen aus ihnen zu machen, doch die schneebedeckten Abhänge erwachten zu ihrer morgendlichen Pracht, und über dem Gipfel des Kinchinjunga hingen immer noch Wolken. In der Ebene konnte man die Ruinen von Städten erkennen, mit zu Rinnsälen verkommenen Flüssen, die träge durch ihre Mauern flossen; daneben konnte man bisweilen Vomitorien erkennen, Anzeichen der heutigen Städte. Über der ganzen Szenerie flogen Luftschiffe, kreuzten mit unglaublicher Selbstsicherheit die Bahn anderer Luftschiffe und stiegen unbekümmert höher, wenn sie den Störungen der unteren Atmosphäre entkommen und das Dach der Welt überqueren wollten.
»Wir haben, dank der Maschine, tatsächlich Fortschritte gemacht«, wiederholte die Flugbegleiterin und verbarg den Himalaja hinter einer metallenen Blende.
Der Tag zog sich in die Länge. Die Passagiere saßen jeder für sich in ihren Kabinen, mieden einander mit einer beinahe physischen Abneigung und sehnten sich danach, wieder unter die Oberfläche der Erde zu gelangen. Sie waren acht oder zehn, in der Mehrzahl ganz junge Männer, die von den öffentlichen Kinderzuchtanstalten dazu ausersehen waren, die Zimmer

derjenigen zu bewohnen, die in den verschiedenen Teilen der Erde gestorben waren. Der Mann, der sein BUCH hatte fallen lassen, befand sich auf der Heimreise. Er war nach Sumatra geschickt worden, um die Fortpflanzung der Rasse sicherzustellen. Nur Vashti war privat unterwegs.

Gegen Mittag riskierte sie einen weiteren Blick auf die Erde. Das Luftschiff überquerte erneut eine Bergkette, aber wegen der Wolken konnte sie wenig sehen. Riesige schwarze Felsen schwebten unter ihnen vorbei und verschmolzen zu einer ununterscheidbaren grauen Masse. Ihre Formen waren phantastisch; einer von ihnen ähnelte einem am Boden hingestreckten Mann.

»Keine Inspirationen hier«, murmelte Vashti und verbarg den Kaukasus hinter einer metallenen Blende.

Abends schaute sie noch einmal hinaus. Das Luftschiff überquerte gerade ein goldfarbenes Meer, in dem mehrere kleinere Inseln und eine Halbinsel lagen. Sie wiederholte: »Keine Inspirationen hier«, und verbarg Griechenland hinter einer metallenen Blende.

2.

Der Reparaturapparat

Durch eine Halle, mit einem Fahrstuhl, mit einer Untergrundbahn, über eine Rampe, durch eine Schiebetür – indem sie alle Schritte ihrer Abreise in umgekehrter Richtung wiederholte – erreichte Vashti das Zimmer ihres Sohnes, das ihrem eigenen genau glich. Es sprach einiges für ihre Meinung, daß der Besuch überflüssig sei. Die Knöpfe, die Griffe, das Lesepult mit dem BUCH, die Temperatur, die Luft, die Beleuchtung – alles war genauso wie bei ihr. Und was sollte für ein Vorteil darin liegen, wenn Kuno, Fleisch von ihrem Fleisch, ihr Angesicht zu Angesicht gegenüberstand? Sie war zu gut erzogen, um ihm die Hand zu schütteln.

Sie wandte ihren Blick ab und sprach wie folgt:

»Hier bin ich. Ich hatte eine ganz schreckliche Reise und habe die Entwicklung meiner Seele verzögert. Das ist es nicht wert, Kuno, das ist es nicht wert. Meine Zeit ist ganz einfach zu kostbar. Beinahe hätte ich mich dem Sonnenlicht ausgesetzt, und ich bin den ungehobeltsten Menschen begegnet. Ich kann nur ein paar Minuten bleiben. Sag, was du zu sagen hast, dann muß ich die Rückreise antreten.«

»Man hat mir mit Heimatlosigkeit gedroht«, sagte Kuno.

Jetzt sah sie ihn an.

»Man hat mir mit Heimatlosigkeit gedroht, und so etwas konnte ich dir doch nicht über die Maschine sagen.«

Heimatlosigkeit bedeutet Tod. Das Opfer wird der Außenluft ausgesetzt, und diese tötet ihn.

»Ich bin draußen gewesen, seit ich das letztemal mit dir gesprochen habe. Das überwältigende Ereignis ist eingetreten, doch man hat mich entdeckt.«

»Aber warum solltest du denn nicht nach draußen gehen?« rief sie aus. »Es ist absolut legal, absolut maschinengetreu, die Erdoberfläche zu besuchen. Ich habe neulich eine Vorlesung über das Meer besucht; dagegen gibt es überhaupt nichts einzuwenden; man bestellt ganz einfach ein Atemgerät und beantragt eine Ausgangserlaubnis. Es ist nicht gerade das, was geistig eingestellte Menschen tun, und ich hatte dich gebeten, es zu unterlassen, aber vom Gesetz her besteht kein Einwand dagegen.«

»Ich habe keine Ausgangserlaubnis bekommen.«

»Wie bist du dann hinausgekommen?«

»Ich habe auf eigene Faust einen Weg hinaus gefunden.«

Der Satz ergab keinen Sinn für sie, und er mußte ihn wiederholen.

»Einen Weg auf eigene Faust?« flüsterte sie. »Aber das wäre unrecht.«

»Warum?«

Die Frage schockierte sie über alle Maßen.

»Du fängst an, die Maschine anzubeten«, sagte er kalt. »Du glaubst, ich hätte gottlos gehandelt, als ich auf eigene Faust einen Weg hinaus gefunden habe. Damit vertrittst du die gleiche Ansicht wie das Komitee, als es mich mit Heimatlosigkeit bedrohte.«

Jetzt wurde sie ärgerlich. »Ich bete gar nichts an«, rief sie. »Ich bin ein fortschrittlicher Mensch. Ich glaube auch nicht, daß du gottlos bist und gegen die Religion verstoßen hast, denn so etwas wie Religion gibt es gar nicht mehr. Die Maschine hat Furcht und Aberglauben früherer Zeiten ausgemerzt. Ich wollte eigentlich nur sagen, daß der Versuch, auf eigene Faust einen Weg herauszufinden ... Es gibt übrigens gar keinen neuen Weg.«

»Das glauben immer alle.«

»Wenn man nicht durch die Vomitorien hinausgeht, für die man eine Ausgangserlaubnis benötigt, ist es unmöglich, hinauszugelangen, so steht es im BUCH.«

»Nun, das BUCH irrt sich, denn ich bin auf meinen eigenen beiden Füßen hinausgelangt.«

Denn Kuno verfügte über eine gewisse körperliche Kraft.

In dieser Zeit galt es als Makel, muskulös zu sein. Jedes einzelne Kind wurde bei der Geburt untersucht, und alle, die eine ungebührliche Kraft versprachen, wurden getötet. ›Menschenfreunde‹ mögen dagegen protestieren, aber es wäre keine wirkliche Menschenfreundlichkeit, ein athletisches Kind am Leben zu lassen; es würde bei dieser Existenz, zu der die Maschine es bestimmt hat, niemals glücklich werden; es würde sich nach Bäumen sehnen, um auf ihnen herumzuklettern, nach Flüssen, um in ihnen zu schwimmen, nach Wiesen und Hügeln, um seinen Körper mit ihnen messen zu können. Der Mensch muß seiner Umgebung angepaßt sein, oder etwa nicht? In der Morgendämmerung der Welt mußte unsere Schwäche auf dem Berg Taygetos ausgesetzt und einer Probe unterzogen werden, in ihrer Abenddämmerung wird unsere Stärke einen sanften Tod durch Euthanasie erleiden, auf daß die Maschine sich weiterentwickelt,

auf daß die Maschine sich weiterentwickelt, auf daß die Maschine sich in alle Ewigkeit weiterentwickelt.
»Du weißt, daß wir das Raumgefühl verloren haben. Wir sagen: ›der Raum ist aufgehoben‹, aber wir haben nicht etwa den Raum aufgehoben, sondern den Sinn für ihn. Wir haben einen Teil von uns selbst verloren. Ich war fest entschlossen, ihn mir zurückzuerobern, und so fing ich damit an, den Bahnsteig unmittelbar vor meinem Zimmer auf und ab zu gehen. Auf und ab, bis ich müde war. Und so begriff ich wieder die Bedeutung der Worte ›Nähe‹ und ›Ferne‹. ›Nähe‹ ist ein Ort, zu dem ich binnen kurzer Zeit auf *eigenen Füßen* gelangen kann, nicht ein Ort, zu dem mich der Zug oder das Luftschiff binnen kurzer Zeit bringen kann. ›Ferne‹ ist ein Ort, zu dem ich nicht binnen kurzer Zeit auf eigenen Füßen gelangen kann; die Vomitorien sind ›fern‹, obwohl ich in achtunddreißig Sekunden dorthin gelangen könnte, wenn ich den Zug anfordere. Der Mensch ist das Maß. Das war meine erste Lektion. Die Füße des Menschen sind das Maß für die Entfernung, seine Hände sind das Maß für das, was er sein Eigentum nennt, sein Körper ist das Maß für alles, was liebenswert und begehrenswert und stark ist. Dann ging ich weiter: Das war zu der Zeit, als ich dich das erstemal rief, aber du wolltest nicht kommen.
Wie du weißt, ist diese Stadt tief unter der Erdoberfläche errichtet worden, und nur die Vomitorien führen hinaus. Nachdem ich den Bahnsteig unmittelbar vor meinem Zimmer erforscht hatte, nahm ich den Fahrstuhl bis zum nächsten Bahnsteig und erforschte auch

ihn, und immer so weiter, bis ich zu dem obersten kam, über dem die Erdoberfläche liegt. Jeder Bahnsteig glich dem nächsten bis in alle Einzelheiten, und alles, was ich mit ihrem Besuch erreichte, war, meinen Sinn für den Raum und für meine Muskeln zu entwickeln. Ich glaube, ich hätte damit zufrieden sein sollen – es ist schließlich keine Kleinigkeit. Aber als ich so hin und her lief und nachdachte, fiel mir ein, daß unsere Städte in jenen Tagen errichtet worden sind, als die Menschen noch Außenluft atmeten, und daß es Ventilationsschächte für die Arbeiter gegeben haben muß. Ich konnte an nichts anderes mehr als an diese Ventilationsschächte denken. Ob sie durch all die Lebensmittelröhren und Arzneimittelröhren und Musikröhren, die die Maschine in der Folgezeit entwikkelt hatte, wohl zerstört worden waren? Oder ob Reste von ihnen geblieben waren? Eines war sicher. Wenn ich irgendwo auf sie stoßen sollte, dann in den Eisenbahntunneln im obersten Stock. Überall sonst war der gesamte Raum ausgenutzt.
Ich will meine Geschichte rasch erzählen, aber glaube nur nicht, daß mich bisweilen nicht der Mut verließ, oder daß deine Antworten mich zu keinem Zeitpunkt deprimiert hätten. Es ist unrecht, es ist nicht maschinengetreu, es gehört sich nicht, einen Eisenbahntunnel zu durchlaufen. Ich hatte keine Angst davor, auf ein Gleis zu treten, das unter Strom steht, und dabei getötet zu werden. Ich hatte vor etwas viel Unbestimmterem Angst – nämlich etwas zu tun, was von der Maschine gar nicht ins Auge gefaßt worden ist.

Dann sagte ich mir jedoch: ›Der Mensch ist das Maß‹, und ich ging weiter, und nach vielen Erkundungen fand ich eine Öffnung.

Die unterirdischen Gänge waren natürlich erleuchtet. Alles ist erleuchtet, künstlich erleuchtet; Dunkelheit ist die Ausnahme. Also wußte ich, als ich ein schwarzes Loch in den Ziegeln entdeckte, daß dies eine Ausnahme ist, und freute mich. Ich steckte meinen Arm hinein – zuerst konnte ich nicht mehr hineinstecken – und in höchster Erregung bewegte ich ihn hin und her. Ich löste einen weiteren Ziegel und steckte meinen Kopf in die Öffnung und rief in die Dunkelheit: ›Ich komme, ich werde es trotz allem tun‹, und meine Stimme hallte in endlosen Gängen wider. Mir schien es, als hörte ich die Geister jener toten Arbeiter, die jeden Abend in das Licht der Sterne und zu ihren Frauen zurückgekehrt waren; und all die Generationen, die draußen in der Außenluft gelebt hatten, riefen mir zu: ›Du wirst es trotz allem tun, du kommst.‹«

Er machte eine Pause, und so lächerlich er auch sein mochte, seine letzten Worte rührten Vashti. Denn Kuno hatte vor kurzem den Antrag gestellt, Vater zu werden, doch seine Bitte war ihm vom Komitee abgeschlagen worden. Er war nicht der Typ Mensch, den die Maschine fortzupflanzen wünschte.

»Dann kam ein Zug. Er brauste ganz nahe an mir vorbei, aber ich preßte meinen Kopf und meine Arme in das Loch. Ich hatte für diesen Tag genug getan, und so kroch ich auf den Bahnsteig zurück, fuhr mit dem Fahrstuhl hinunter und forderte mein Bett an. Was für

Träume ich hatte! Und wieder bat ich dich, mich zu besuchen, und wieder weigertest du dich.«

Sie schüttelte den Kopf und sagte: »Nicht doch. Sprich nicht von diesen schrecklichen Dingen. Mir wird ganz elend davon. Du wirfst die Zivilisation über Bord.«

»Aber ich hatte das Gefühl für den Raum zurückgewonnen, und wenn man erst einmal so weit ist, kann man nicht mehr aufgeben. Deshalb entschloß ich mich dazu, mich in die Öffnung zu zwängen und den Schacht hinaufzuklettern. Ich trainierte meine Armmuskeln. Tag für Tag machte ich irgendwelche lächerlichen Bewegungen, bis mir alles weh tat und ich mich an meinen Händen aufhängen oder das Kopfkissen meines Bettes mehrere Minuten lang in der ausgestreckten Hand halten konnte. Dann forderte ich ein Atemgerät an und machte mich auf den Weg.

Zuerst ging alles ganz leicht. Der Mörtel war ziemlich locker, und schon bald entfernte ich ein paar weitere Ziegelsteine und kletterte hinter ihnen her in die Dunkelheit, und die Geister der Toten trösteten mich. Ich weiß nicht, was ich damit sagen will. Ich erzähle ganz einfach von meinen Gefühlen: Ich fühlte zum erstenmal, daß sich tief in mir etwas gegen die Entrechtung auflehnte und daß ich die Ungeborenen in dem gleichen Maße tröstete, wie die Toten mich trösteten. Ich fühlte, daß die Menschheit sehr wohl existierte, daß sie jedoch nackt war. Wie soll ich das am besten erklären? Sie war nackt, die Menschheit schien nackt zu sein, und all diese Röhren und Knöpfe und Apparaturen sind weder mit uns in die Welt gekommen, noch

werden sie uns begleiten, wenn wir sie wieder verlassen, und sie sind auch nicht so wichtig, solange wir hier sind. Wenn ich stark genug gewesen wäre, hätte ich mir alles vom Leibe gerissen, was ich anhatte, und wäre splitternackt nach draußen gegangen. Aber das ist nichts für mich, vielleicht ist es überhaupt nichts für einen Angehörigen meiner Generation. Ich kletterte mit meinem Atemgerät und in meinen hygienischen Kleidungsstücken und mit meinen Diättabletten in die Höhe. Besser so als überhaupt nicht.
Da stand eine Leiter aus irgendeinem urzeitlichen Metall. Das Licht aus dem Eisenbahntunnel fiel auf ihre unteren Sprossen, und ich sah, daß sie aus dem Schutt auf dem Boden des Schachts direkt nach oben führte. Vielleicht waren unsere Vorfahren in ihrem Gebäude tagtäglich Dutzende von Malen hinauf- und hinuntergeeilt. Als ich hinaufkletterte, schnitten mir die scharfen Kanten durch meine Handschuhe hindurch in die Hände, so daß diese bluteten. Das Licht half mir eine Zeitlang, doch dann kam die Dunkelheit und, schlimmer noch, das Schweigen, das meine Ohren wie ein Schwert durchbohrte. Die Maschine summt! Wußtest du das? Ihr Summen durchdringt unser Blut und bestimmt vielleicht sogar unsere Gedanken. Wer weiß. Ich gelangte allmählich aus ihrem Machtbereich. Dann dachte ich: ›Dieses Schweigen bedeutet, daß ich unrecht tue.‹ Aber in dem Schweigen vernahm ich Stimmen. Sie stärkten mich erneut.« Er lachte. »Ich hatte sie bitter nötig. Im nächsten Augenblick stieß ich mit dem Kopf gegen etwas.«

Sie seufzte.

»Ich war auf eine jener Luftdrucksperren gestoßen, die uns vor der Außenluft schützen. Vielleicht hast du sie in dem Luftschiff bemerkt. Es war stockfinster, meine Füße standen auf den Sprossen einer unsichtbaren Leiter, meine Hände waren voller Schnittwunden; ich kann nicht erklären, wie ich diesen Teil meiner Expedition überstanden habe, aber die Stimmen trösteten mich immer noch, und ich tastete nach irgendwelchen Verschlüssen. Ich glaube, die Sperrvorrichtung maß etwa zwei Meter fünfzig im Durchmesser. Ich fuhr mit meiner Hand über sie, soweit mein Arm reichte. Sie war ganz glatt. Ich tastete sie fast bis zur Mitte hin ab. Nicht ganz bis zur Mitte, denn mein Arm war zu kurz. Dann sagte die Stimme: ›Spring. Es ist einen Versuch wert. Vielleicht befindet sich in der Mitte ein Griff, und du kannst dich an ihm festhalten und gelangst auf diese Weise aus eigener Kraft zu uns. Und falls kein Griff da ist, so daß du hinunterfällst und zerschmettert liegenbleibst – ist es trotzdem einen Versuch wert. Du kannst immer noch aus eigener Kraft zu uns gelangen.‹ Ich sprang also. Dort befand sich ein Griff, und ...«

Kuno machte eine Pause. Die Augen seiner Mutter füllten sich mit Tränen. Sie wußte, daß sein Schicksal besiegelt war. Wenn er heute nicht starb, würde er morgen sterben. Für einen solchen Menschen war kein Platz auf der Welt. Und in ihr Mitleid mischte sich Abscheu. Sie schämte sich, einen solchen Sohn geboren zu haben, sie war immer so korrekt und voller Inspirationen gewesen. War dies wirklich der kleine Junge, den sie die Benutzung der Schalter und Knöpfe gelehrt hatte und dem sie die ersten Unterrichtsstunden mit Hilfe des BUCHES gegeben hatte? Dieses Bärtchen, das seine Lippe entstellte, war der Beweis dafür, daß er in irgendeinen wilden Urzustand zurückfiel. Mit atavistischen Formen kann die Maschine kein Erbarmen haben.

»Da befand sich ein Griff, und ich hielt mich an ihm fest. In einer Art Ekstase hing ich über der Dunkelheit und hörte das Summen all dieser Arbeitsvorgänge, so wie das Flüstern in einem langsam schwindenden Traum. Alle Dinge, die mir wichtig gewesen waren, und alle Menschen, mit denen ich durch die Verbindungsröhren gesprochen hatte, schienen mir plötzlich unendlich unwichtig. Inzwischen drehte sich der Griff. Mein Gewicht hatte irgendeinen Mechanismus in Bewegung gesetzt, und ich kam langsam ins Trudeln. Und dann ...

Ich kann es eigentlich gar nicht beschreiben. Ich lag da und blickte in die Sonne. Blut tropfte mir aus der Nase und aus den Ohren, und ich vernahm ein gewaltiges Brausen. Ich hing immer noch an dem Deckel der Luftdrucksperre. Er war mit mir zusammen einfach auf die Erdoberfläche geflogen, und die Luft, die wir hier unten produzieren, entwich durch die Öffnung in die Außenluft. Sie schoß wie der Strahl einer Fontäne in die Höhe. Ich kroch zu dem Entlüftungsstutzen zurück – denn die Außenluft schadet einem –, und über den Rand gebeugt, holte ich immer wieder tief Luft. Mein Atemgerät war der Himmel weiß wohin geflogen, meine Kleider waren zerrissen. Ich lag ganz einfach da, mit dem Mund dicht an der Öffnung, und holte Luft, bis ich aufhörte zu bluten. Du kannst dir unmöglich vorstellen, was für ein merkwürdiges Gefühl das war. Diese Mulde in der Wiese – ich werde gleich noch von ihr sprechen –, die Sonne, die in diese Mulde hineinschien, nicht gleißend, sondern durch Schäfchenwolken hindurch –, der Frieden, die Unbekümmertheit, das Gefühl für den Raum und – meine Wange streifend – die in die Höhe schießende Fontäne unserer künstlichen Luft! Schon bald entdeckte ich mein Atemgerät, wie es in dem Luftstrom hoch über meinem Kopf auf und ab hüpfte, und in noch größerer Höhe konnte ich viele Luftschiffe sehen. Aber niemals sieht jemand aus Luftschiffen nach draußen, und sie konnten mich auf keinen Fall entdeckt haben. Da lag ich nun und war gestrandet. Das Licht der Sonne fiel ein kurzes Stück in den Schacht hinein, so daß ich die oberste Sprosse der Leiter sehen konnte, aber der Versuch, sie zu erreichen, schien hoffnungslos. Ich wäre entweder erneut von der ausströmenden Luft in die Höhe geschleudert worden oder aber in die Öffnung gefallen und umgekommen. Ich konnte nur im Gras liegen, tief Luft holen und mich von Zeit zu Zeit umblicken.

Ich wußte, daß ich mich in Wessex befand, ich hatte dafür Sorge getragen, mir vor Beginn meiner Expedition einen Vortrag über das Thema anzuhören. Wessex liegt über dem Zimmer, in dem wir jetzt miteinander sprechen. Früher einmal war es ein bedeutender Staat. Seine Könige herrschten über die gesamte Südküste von Andredswald bis nach Cornwall, während der Wansdyke, der sich über die gesamte Hochebene erstreckte, sie im Norden beschützte. Der Dozent befaßte sich nur mit dem Aufstieg von Wessex, so daß ich nicht weiß, wie lange es eine internationale Macht blieb. Dieses Wissen hätte mir allerdings auch kaum geholfen. Um die Wahrheit zu sagen, mußte ich während dieses Teils meines Abenteuers ununterbrochen lachen. Da lag ich nun, mit dem Deckel einer Luftdrucksperre neben mir und mit einem Atemgerät, das über meinem Kopf auf und ab hüpfte, und diese beiden Gegenstände und ich sahen uns in einer grasbewachsenen und von Farnen umrandeten Mulde gefangen.«

Dann wurde Kuno wieder ernst.

»Ich hatte Glück, daß es eine Mulde war, denn die Luft fing an, in sie zurückzuströmen und sie zu füllen, so wie Wasser eine Schale füllt. Ich konnte umherkriechen. Schließlich stand ich. Ich atmete eine Mischung, in der die gefährliche Außenluft immer dann vorherrschte, wenn ich versuchte, den Abhang hinaufzuklettern. Das ging gar nicht so schlecht. Ich hatte immer noch meine Tabletten bei mir und war auf eine geradezu lächerliche Weise vergnügt, und die Maschine hatte ich vollkommen vergessen. Ich wollte jetzt nur noch bis oben an den Rand gelangen, dorthin, wo die Farnkräuter standen, um zu sehen, was auch immer sich dahinter verbergen mochte.

Ich eilte den Hang hinauf. Die Außenluft war noch immer zu rauh für mich, und nachdem ich einen Augenblick lang etwas Graues gesehen hatte, ließ ich mich wieder hinunterrollen. Die Sonne schien jetzt sehr schwach, und ich erinnerte mich daran, daß sie im Zeichen des Skorpions stand – darüber hatte ich ebenfalls einen Vortrag gehört. Wenn die Sonne im Zeichen des Skorpions steht und man sich in Wessex befindet, dann bedeutet dies, daß man sich fürchterlich beeilen muß, damit es nicht zu dunkel wird. (Dies ist das erste bißchen an nützlicher Information, das ich jemals aus einem Vortrag gewonnen habe, und wahrscheinlich wird es das letzte sein.) Dieses Wissen veranlaßte mich, die Außenluft verzweifelt einzuatmen und mich aus meiner Mulde, soweit wie irgend möglich, vorzuwagen. Die Senke füllte sich schrecklich langsam. Zwischendurch hatte ich den Eindruck, daß die Fontäne nicht mehr so kräftig in die Höhe sprudelte. Mein Atemgerät schien nicht mehr so hoch über der Erdoberfläche zu tanzen; das Brausen wurde schwächer.«

Er unterbrach sich.

»Ich glaube nicht, daß dich das besonders interessiert. Der Rest wird dich eher noch weniger interessieren. Es sind keinerlei Inspirationen daraus zu gewinnen, und ich wünschte nur, ich hätte dir nicht all diese Scherereien gemacht und dich um deinen Besuch gebeten. Wir sind einfach zu verschieden, Mutter.«

Sie sagte ihm, er solle fortfahren.

»Es war Abend, bevor ich den Rand des Abhangs emporgeklettert war. Inzwischen war die Sonne fast untergegangen, und ich konnte nicht mehr viel sehen. Du bist ja gerade über das Dach der Welt hinweggeflogen und wirst keinen Wert auf einen Bericht über die niedrigen Hügel legen, die ich dort sah – niedrige, langweilige Hügel. Aber für mich lebten sie, und die Grasnarbe, die sie bedeckte, glich einer Haut, unter der die Muskeln spielen, und ich spürte, daß diese Hügel die Menschen in der Vergangenheit mit unermeßlicher Kraft gerufen hatten und daß die Menschen sie geliebt hatten. Jetzt schlafen sie – vielleicht für immer. Sie kommunizieren nur noch in Träumen mit der Menschheit. Glücklich der Mann, glücklich die Frau, die die Hügel von Wessex aus ihrem Schlaf wecken. Denn obwohl sie schlafen, werden sie niemals sterben.«

Seine Stimme wurde immer leidenschaftlicher.

»Kannst du denn nicht sehen, könnt ihr alle, die ihr Vorträge haltet, denn nicht sehen, daß wir es sind, die sterben, und daß das einzige, was hier unten wirklich lebt, die Maschine ist? Wir haben die Maschine geschaffen, damit sie das tut, was wir wollen, aber wir können sie inzwischen nicht mehr dazu bewegen, das zu tun, was wir wollen. Sie hat uns das Gefühl für den Raum und das Gefühl für die direkte Berührung genommen, sie hat jede menschliche Beziehung deformiert und die Liebe zu einem fleischlichen Akt erniedrigt, sie hat unsere Körper und unseren Willen gelähmt, und jetzt zwingt sie uns dazu, sie anzubeten. Die Maschine entwickelt sich – aber nicht in Richtung unseres Ziels. Die Maschine macht Fortschritte – aber nicht nach unseren Grundsätzen. Wir existieren nur noch als die Blutkörperchen, die durch ihre Arterien jagen, und wenn sie ohne uns funktionieren könnte, ließe sie uns sterben. Oh, ich kenne kein Gegenmittel – oder zumindest nur eines: den Menschen wieder und wieder zu erzählen, daß ich die Hügel von Wessex gesehen habe, so wie Alfred der Große sie sah, als er die Dänen besiegte.

Die Sonne ging also unter. Ich vergaß zu erwähnen, daß zwischen meinem Hügel und den anderen Hügeln ein Nebelstreifen lag und daß er perlfarben war.«

Er unterbrach sich erneut.

»Fahr fort«, sagte seine Mutter mit matter Stimme.

Er schüttelte den Kopf.

»Fahr fort. Du kannst mir mit dem, was du sagst, inzwischen keine Angst mehr einjagen. Ich habe mich an alles gewöhnt.«

»Ich wollte dir eigentlich den Schluß meiner Geschichte erzählen, aber ich kann es nicht. Ich weiß, daß ich es nicht kann. Auf Wiedersehen.«

Vashti blieb unentschlossen stehen. Seine blasphemischen Äußerungen hatten sie völlig durcheinandergebracht. Trotzdem war sie neugierig.

»Das ist ungerecht«, beklagte sie sich. »Du hast mich vom anderen Ende der Welt geholt, damit ich mir deine Geschichte anhöre, und jetzt will ich sie auch hören. Erzähl mir – und zwar so kurz wie möglich, denn das ganze ist eine katastrophale Zeitverschwendung –, erzähl mir, wie du in die Zivilisation zurückgekehrt bist.«

»Oh – das!« meinte er und setzte seinen Bericht fort. »Du möchtest etwas über die Zivilisation hören. Gewiß. Habe ich schon erwähnt, wie mein Atemgerät herunterfiel?«

»Nein – aber jetzt verstehe ich alles. Du hast dein Atemgerät aufgesetzt, und es ist dir gelungen, oben auf der Erde ein Vomitorium zu erreichen, und dort ist dein Verhalten dann dem Zentralen Komitee gemeldet worden.«

»Keineswegs.«

Er strich sich mit der Hand über die Stirn, als wolle er eine lebhafte Erinnerung wegwischen. Dann nahm er seinen Bericht wieder auf und geriet erneut in Schwung.

»Mein Atemgerät fiel etwa zur gleichen Zeit herunter, als die Sonne unterging. Ich hatte doch erwähnt, daß die Fontäne aus Luft schwächer zu werden schien, nicht wahr?«

»Ja.«

»Etwa zu dem Zeitpunkt, als die Sonne unterging, fiel das Atemgerät herunter. Wie ich schon erwähnte, hatte ich die Maschine vollkommen vergessen, und da ich mit anderen Dingen beschäftigt war, gab ich nicht so auf die Zeit acht. Ich hatte meine mit Luft gefüllte Senke, in die ich hinabsteigen konnte, wenn ich die Außenluft nicht mehr vertrug, und die mir möglicherweise tagelang erhalten bleiben würde, vorausgesetzt, daß kein Wind aufkam und die Luft wegwehte. Als mir klar wurde, warum keine Luft mehr aus der Öffnung strömte, war es bereits zu spät – das Loch im

Tunnel war repariert worden; der Reparaturapparat; der Reparaturapparat war hinter mir her.
Ich erhielt noch eine weitere Warnung. Aber ich beachtete sie nicht. Bei Nacht war der Himmel klarer als tagsüber, und der Mond, der inzwischen aufgegangen war, schien zeitweise sehr hell in die kleine Senke. Ich befand mich auf meinem gewohnten Platz – an der Grenze zwischen den beiden Atmosphären –, als ich etwas Dunkles, das die Senke durchquerte und im Schacht verschwand, zu sehen glaubte. In meiner Dummheit rannte ich zur Öffnung hinunter. Ich beugte mich über das Loch und horchte. Und ich hatte tatsächlich den Eindruck, dort unten ein schwaches, kratzendes Geräusch zu vernehmen.
In diesem Augenblick – aber es war bereits zu spät – bekam ich es mit der Angst zu tun. Ich entschloß mich dazu, mein Atemgerät aufzusetzen und ganz einfach aus der Senke herauszumarschieren. Aber mein Atemgerät war weg. Ich wußte genau, wo es heruntergefallen war – zwischen der Luftdrucksperre und der Öffnung –, ja, ich konnte sogar den Eindruck fühlen, den es im Gras hinterlassen hatte. Es war fort, und mir wurde klar, daß etwas Teuflisches am Werk war und daß ich besser daran täte, in die Außenluft zu fliehen und, falls ich schon sterben mußte, zu sterben, indem ich auf die Nebelbank zurannte, die die Farbe einer Perle hatte. Ich lief nie los. Aus dem Schacht kroch ... es ist zu gräßlich. Ein Wurm, ein langer, weißer Wurm war aus dem Schacht gekrochen und glitt über das mondbeschienene Gras.

Ich schrie. Ich tat alles, was ich nicht hätte tun dürfen, ich trampelte auf dem Wesen herum, statt vor ihm zu fliehen, und es ringelte sich sogleich um meine Fußgelenke. Dann kämpften wir miteinander. Der Wurm jagte mich quer durch die Senke, doch während ich noch rannte, schob er sich meine Beine hinauf. ›Hilfe!‹ schrie ich. (Dieser Teil ist zu schrecklich. Er gehört zu dem, den du niemals erfahren wirst.) ›Hilfe!‹ schrie ich. (Warum können wir nicht schweigend leiden?) ›Hilfe!‹ schrie ich. Als meine Füße gefesselt waren, fiel ich hin, wurde von den herrlichen Farnkräutern und den lebendigen Hügeln weggezerrt, vorbei an der großen, metallenen Luftdrucksperre (diesen Teil der Geschichte kann ich dir erzählen), und ich dachte, sie könne mich vielleicht erneut retten, falls ich ihren Griff zu fassen bekäme. Um ihn hatte sich der Wurm ebenfalls geschlungen, um ihn ebenfalls. Oh, die ganze Senke wimmelte von den Dingern. Sie durchforschten sie in allen Richtungen, sie trugen sie regelrecht ab, und aus der Öffnung lugten die weißen Rüssel weiterer Würmer, um notfalls einzugreifen. Alles, was sich bewegen ließ, schleppten sie herbei – Gestrüpp, Bündel von Farnkräutern, alles! Und all dies wurde zusammen mit mir von der Hölle verschlungen. Das letzte, was ich sah, bevor sich die Luftdrucksperre hinter mir schloß, waren einige ganz bestimmte Sterne, und mir wurde bewußt, daß ein Mensch, der mir ähnelte, seinen Wohnsitz im Himmel hatte. Denn ich kämpfte, ich kämpfte bis zum bitteren Ende, und ich wurde erst still, als mein Kopf gegen die

Leiter stieß. In diesem Zimmer hier wachte ich auf. Die Würmer waren verschwunden. Ich war von künstlicher Luft, künstlichem Licht, künstlichem Frieden umgeben, und meine Freunde riefen mich durch Sprechröhren an, um zu erfahren, ob ich in letzter Zeit neue Inspirationen gehabt hätte.«

Hier endete seine Geschichte. Es war nicht möglich, darüber zu diskutieren, und Vashti wandte sich zum Gehen.

»Es wird damit enden, daß du als heimatlos erklärt wirst«, meinte sie ruhig.

»Ich wünschte, es wäre so«, erwiderte Kuno.

»Die Maschine war äußerst barmherzig.«

»Ich ziehe die Barmherzigkeit Gottes vor.«

»Willst du mit dieser abergläubischen Bemerkung zum Ausdruck bringen, daß du in der Außenluft leben könntest?«

»Ja.«

»Hast du um die Vomitorien herum jemals die Knochen jener gesehen, die nach der ›Großen Rebellion‹ ausgestoßen wurden?«

»Ja.«

»Sie wurden zu unserer Erbauung dort liegengelassen, wo sie umkamen. Ein paar wenige krochen etwas weiter fort, aber sie kamen ebenfalls um – wer könnte das bezweifeln? Und genau das gleiche passiert mit den Heimatlosen unserer Tage. Die Erdoberfläche erlaubt kein irgendwie geartetes Leben mehr.«

»Das stimmt.«

»Farnkräuter und Gräser mögen ja vielleicht überlebt

haben, aber alle höheren Arten sind vernichtet. Hat ein Luftschiff jemals welche entdeckt?«
»Nein.«
»Hat sich irgendein Dozent jemals mit ihnen befaßt?«
»Nein.«
»Warum dann diese Hartnäckigkeit?«
»Weil ich sie gesehen habe«, brach es aus ihm heraus. »Weil ich das Mädchen im Zwielicht gesehen habe – weil sie mir zu Hilfe kam, als ich rief – weil sie ebenfalls von den Würmern umschlungen wurde, und weil ihr – in dieser Beziehung ging es ihr besser als mir – von einem die Kehle durchgebissen wurde.«
Er war verrückt. Vashti reiste ab und sah ihn auch während der folgenden Unruhen nicht mehr wieder.

3.

Die Heimatlosen

Während der Jahre, die Kunos mutwilliger Expedition folgten, machte die Maschine zwei wichtige Entwicklungen durch. Auf den ersten Blick waren sie revolutionär, aber in beiden Fällen hatten menschliche Hirne den Anstoß dazu gegeben und lediglich Tendenzen zum Durchbruch verholfen, die latent bereits vorhanden waren.
Die erste bestand in der Abschaffung der Atemgeräte. Fortschrittlich Denkende, wie Vashti, hatten es schon immer für töricht gehalten, die Erdoberfläche zu be-

treten. Luftschiffe mochten ja notwendig sein, aber was sollte dabei herauskommen, aus reiner Neugier ins Freie zu gehen und ein oder zwei Kilometer in einem irdischen Motorfahrzeug dahinzukriechen? Es war nichts als eine ordinäre und vielleicht sogar ein wenig unschickliche Angewohnheit: Sie förderte keineswegs die Inspiration und hatte nichts mit den wirklich wichtigen Lebensgewohnheiten zu tun. Deshalb also wurden die Atemgeräte abgeschafft und mit ihnen natürlich die irdischen Motorfahrzeuge. Und außer von ein paar Dozenten, die sich darüber beklagten, daß sie keinen Zugang mehr zu ihrem Forschungsgegenstand hatten, wurde die Entwicklung ruhig angenommen. Jene, die immer noch wissen wollten, wie die Erdoberfläche beschaffen war, brauchten schließlich nur irgendein Grammophon oder einen Cinemathographen anzustellen. Und selbst die Dozenten fügten sich in ihr Schicksal, als sie herausfanden, daß ein Vortrag über das Meer keineswegs weniger anregend war, wenn er aus anderen Vorträgen zusammengestellt wurde, die bereits früher über das gleiche Thema gehalten worden waren. »Gott bewahre uns vor Gedanken aus erster Hand!« rief einer der Fortschrittlichsten von ihnen aus. »Gedanken aus erster Hand existieren in Wirklichkeit gar nicht. Sie stellen nichts anderes dar als die von Liebe und Furcht produzierten körperlichen Eindrücke, und wer könnte auf einer derart grobschlächtigen Grundlage eine ganze Philosophie errichten? Sorgt dafür, daß eure Gedanken aus zweiter Hand und, wenn möglich, aus zehnter Hand sind, denn dann werden sie sich weit genug von diesem störenden Element entfernen – der unmittelbaren Beobachtung. Hören Sie mir nicht zu, wenn ich Ihnen etwas über mein spezielles Forschungsgebiet – die Französische Revolution – erzähle. Hören Sie mir lieber zu, wenn ich Ihnen erzähle, was ich glaube, was Enicharmon geglaubt hat, was Urizen, was Gutch, was Ho-Yung, was Chi-Bo-Sing, was Lafcadio Hearn, was Carlyle geglaubt haben, was Mirabeau über die Französische Revolution gesagt hat. Durch das Medium dieser zehn großen Geister wird sich aus dem in Paris vergossenen Blut und aus den in Versailles eingeworfenen Fensterscheiben ein einziger Gedanke herauskristallisieren, den Sie in Ihrem täglichen Leben höchst profitabel anwenden können. Aber vergewissern Sie sich vieler und unterschiedlicher Mittelsmänner, denn in der Geschichte dient die eine Autorität nur dazu, die andere zu neutralisieren. Urizen muß den Skeptizismus eines Ho-Yung und eines Enicharmon neutralisieren, ich selbst muß die Impulsivität eines Gutch neutralisieren. Sie, die Sie mir zuhören, sind in einer besseren Position, ein Urteil über die Französische Revolution abzugeben, als ich. Ihre Nachkommen werden in einer sogar noch besseren Position sein als Sie, denn sie werden erfahren, was Sie glauben, was ich glaube, und noch ein weiterer Mittelsmann wird sich dieser Kette zugesellt haben. Und irgendwann« – seine Stimme wurde lauter – »wird eine Generation kommen, die Tatsachen und persönliche Eindrücke überwunden haben wird, eine vollkommen unparteiische Generation:

engelhaft frei
vom Makel der Persönlichkeit

eine Generation, die die Französische Revolution nicht so sieht, wie sie sich ereignet hat, und auch nicht so, wie sie es gerne sehen würde, daß sie sich ereignet hätte, sondern so, wie sie sich ereignet hätte, hätte sie in den Tagen der Maschine stattgefunden.«

Dieser Vortrag, der nur einer Empfindung Ausdruck verlieh, die in den Köpfen der Menschen bereits latent vorhanden war, wurde mit überwältigendem Beifall aufgenommen. Es war das Empfinden dafür, daß es an der Zeit sei, irdische Tatsachen zu ignorieren, und daß die Abschaffung von Atemgeräten eine positive Entwicklung einleite. Es wurde sogar vorgeschlagen, die Luftschiffe ebenfalls abzuschaffen. Dies wurde nur deshalb nicht getan, weil sich die Luftschiffe dem System der Maschine angepaßt hatten. Doch Jahr für Jahr wurden sie immer weniger benutzt und von weitsichtigen Menschen immer seltener erwähnt.

Die zweite bedeutende Entwicklung bestand in der Wiedereinführung der Religion.

Dies war ebenfalls in dem berühmten Vortrag zum Ausdruck gebracht worden. Niemand konnte den ehrfürchtigen Tonfall mißverstehen, mit dem dieser Redebeitrag schloß, und er löste ein positives Echo im Herzen eines jeden aus. Jene, die die Maschine insgeheim bereits seit langem angebetet hatten, fingen jetzt an, sich auch dazu zu bekennen. Sie beschrieben das eigenartige Gefühl des Friedens, das sie überkam, wenn sie sich mit dem BUCH befaßten, die Befriedigung, die es ihnen verschaffte, gewisse Paragraphen aus ihm herzusagen, wie gering die Bedeutung jener Paragraphen für das Ohr eines anderen auch sein mochte; sie beschrieben die Ekstase, einen Knopf zu drücken, wie unbedeutend er auch sein mochte, oder eine elektrische Klingel zu läuten, wie unbedeutend sie auch sein mochte.

»Die Maschine«, riefen sie, »nährt uns und kleidet uns und schenkt uns ein Zuhause; dank ihr sprechen wir miteinander, dank ihr sehen wir einander, in ihr liegt unsere Existenz. Die Maschine schätzt Inspirationen und verabscheut den Aberglauben: Die Maschine ist allmächtig, die Maschine ist ewig; gesegnet sei die Maschine.« Und es dauerte nicht lange, bis diese feierliche Ansprache auf der ersten Seite des BUCHES gedruckt wurde, und in den folgenden Ausgaben schwoll dieses Ritual zu einem Sermon der Lobpreisung und Anbetung an. Das Wort ›Religion‹ wurde ängstlich vermieden, und theoretisch galt die Maschine nach wie vor als die Schöpfung und das Werkzeug des Menschen. Aber in der Praxis beteten die Menschen – mit Ausnahme einiger Rückschrittlicher – sie alle als göttlich an. Aber sie wurde nicht etwa von allen auf die gleiche Weise angebetet. Ein Gläubiger ließ sich vielleicht in erster Linie von den bläulich schimmernden, optischen Metallscheiben beeindrukken, mit deren Hilfe er andere Gläubige sehen konnte; ein anderer von dem Reparaturapparat, den der sündig gewordene Kuno mit Würmern verglichen hatte; ein anderer von den Fahrstühlen, und wieder ein anderer von dem BUCH. Und jeder betete dieses oder jenes an und bat flehentlich darum, es möge bei der Maschine Fürsprache für ihn einlegen. Außerdem drohte die Verfolgung Andersdenkender. Aus Gründen, die im folgenden kurz erläutert werden, kam es nicht so weit. Aber sie war latent vorhanden, und allen denjenigen, die nicht wenigstens im Ansatz das akzeptierten, was mit dem Ausdruck ›nicht konfessionell gebundene, mechanistische Auffassung‹ bezeichnet wurde, drohte die Heimatlosigkeit, was, wie wir wissen, den Tod bedeutete.

Es hieße die Zivilisation unter einem allzu engen Blickwinkel zu sehen, wenn man diese beiden bedeutenden Entwicklungen dem Zentralen Komitee zuschreiben wollte. Das Zentrale Komitee verkündete sie zwar – das ist richtig –, aber es trug genausowenig die Verantwortung für sie, wie die Herrscher der imperialistischen Epoche die Verantwortung für Kriege trugen. Auch wichen sie nicht etwa einem irgendwie gearteten unüberwindlichen Druck, von dem kein Mensch wußte, wohin er führen würde, und dem, sobald man ihm nachgegeben hatte, irgendein neuer, ebenfalls unüberwindlicher Druck folgte. Es ist durchaus statthaft, einen derartigen Zustand ›Fortschritt‹ zu nennen. Niemand wollte zugeben, daß die Maschine außer Kontrolle geraten war. Jahr für Jahr wurde ihr mit zunehmender Effizienz und abnehmendem Verständnis gedient. Je besser ein Mensch seine eigenen Pflichten ihr gegenüber kannte, desto weniger verstand er die Pflichten seines Nachbarn, und auf der ganzen Welt gab es keinen einzigen Menschen, der das Monstrum als Ganzes verstand. Derartige Genies gab es nicht mehr. Es stimmt zwar, daß sie ausführliche Anweisungen hinterlassen hatten und daß jeder einzelne ihrer Nachfolger einen Teil dieser Anweisungen beherrschte, doch die Menschheit hatte sich, in ihrer Sehnsucht nach Wohlstand selbst überlistet. Sie hatte die Reichtümer der Natur allzu hemmungslos ausgebeutet. Still und leise versank sie immer mehr in selbstzufriedener Dekadenz, und Fortschritt wurde mit dem Fortschritt der Maschine gleichgesetzt.

Was Vashti anbetrifft, so verlief ihr Leben bis zur endgültigen Katastrophe durchaus friedlich. Sie löschte das Licht in ihrem Zimmer und schlief; sie wachte auf und machte Licht. Sie hielt Vorträge, und sie wohnte Vorträgen bei. Sie pflegte einen angeregten Gedankenaustausch mit ihren unzähligen Freunden und bildete sich ein, immer vergeistigter zu werden. Von Zeit zu Zeit wurde einem Freund oder einer Freundin die Gnade der Euthanasie gewährt, und er oder sie räumten ihr Zimmer, da sie in die Heimatlosigkeit aufbrachen, die jenseits aller menschlichen Vorstellung liegt. Vashti kümmerte sich nicht viel darum. Nach mißglückten Vorträgen bat sie bisweilen selbst um die Gnade der Euthanasie. Aber die Sterberate durfte auf keinen Fall die Geburtenrate übertreffen,

und die Maschine verweigerte ihr diese Gnade immer wieder.
Der Ärger fing ganz unauffällig an, lange bevor sie sich seiner bewußt wurde.
Eines Tages stellte sie erstaunt fest, daß sie eine Nachricht ihres Sohnes erhalten hatte. Sie standen überhaupt nicht mehr miteinander in Verbindung, da sie keine gemeinsamen Interessen hatten, und sie hatte lediglich indirekt gehört, er sei noch am Leben und von der nördlichen Erdhalbkugel, wo er sich so schändlich aufgeführt hatte, auf die südliche verlegt worden – ja sogar in ein Zimmer, das gar nicht weit von ihrem eigenen entfernt lag.
»Möchte er etwa, daß ich ihn besuche?« fragte sie sich. »Niemals wieder, niemals. Außerdem habe ich auch gar keine Zeit.«
Nein, es war eine Verrücktheit anderer Art.
Er weigerte sich, sein Gesicht auf der bläulichen Metallscheibe erscheinen zu lassen, und sagte aus der Dunkelheit heraus feierlich: »Die Maschine bleibt stehen.«
»Was sagst du da?«
»Die Maschine ist dabei stehenzubleiben. Ich bin ganz sicher, ich kenne die Anzeichen.«
Sie brach in schallendes Gelächter aus. Er hörte es und wurde ärgerlich, und sie sprachen nicht mehr miteinander.
»Kannst du dir etwas Lächerlicheres vorstellen?« fragte sie eine Freundin ganz außer sich. »Ein Mann, der einmal mein Sohn war, glaubt, daß die Maschine

stehenbleibt. Wenn es nicht so verrückt wäre, wäre es direkt pietätlos.«

»Die Maschine bleibt stehen?« fragte ihre Freundin zurück. »Was bedeutet das? Die Behauptung sagt mir nichts.«

»Mir auch nicht.«

»Sie bezieht sich doch wohl nicht auf den Ärger, den es neulich mit der Musik gegeben hat?«

»O nein, natürlich nicht. Laß uns über Musik sprechen.«

»Hast du dich bei den Behörden beschwert?«

»Ja, und sie sagen, die Sache müsse repariert werden. Sie haben mich an den Ausschuß des Reparaturapparates verwiesen. Ich habe mich über diese merkwürdigen, keuchenden Seufzer beschwert, die den Genuß der Symphonien der Brisbane-Schule so beeinträchtigen. Es hört sich an, als leide jemand Schmerzen. Der Ausschuß des Reparaturapparates hat mir versichert, die Angelegenheit würde bald in Ordnung gebracht werden.«

Ein wenig beunruhigt nahm Vashti ihr Leben wieder auf. Zum einen ärgerte sie sich über den Defekt bei der Ausstrahlung der Musik. Zum anderen konnte sie Kunos Anruf nicht vergessen. Wenn er gewußt hätte, daß die Musik reparaturbedürftig war – aber er konnte es nicht wissen, denn er verabscheute Musik –, wenn er gewußt hätte, daß sie in Unordnung geraten war, wäre die gehässige Bemerkung »die Maschine bleibt stehen« genau das gewesen, was von ihm zu erwarten gewesen wäre. Natürlich hatte er diese Bemerkung aufs Geratewohl gemacht, ein derartiger Zufall ärgerte sie jedoch, und als sie mit dem Ausschuß des Reparaturapparates sprach, klang ihre Stimme einigermaßen gereizt.

Man antwortete ihr, genau wie beim vorhergehenden Mal, der Schaden würde in Kürze behoben werden.

»Was heißt in Kürze? Sofort!« erwiderte sie. »Warum soll ich mich über mangelhafte Musik ärgern? Sonst wird doch auch immer alles sofort in Ordnung gebracht. Falls Sie die Sache nicht sofort reparieren, beschwere ich mich beim Zentralen Komitee.«

»Das Zentrale Komitee nimmt keine Beschwerden von privater Seite entgegen«, erwiderte der Ausschuß des Reparaturapparates.

»Bei wem muß ich mich denn dann beschweren?«

»Bei uns.«

»Dann beschwere ich mich hiermit.«

»Die Beschwerden werden der Reihe nach bearbeitet.«

»Haben sich denn noch andere beschwert?«

Diese Frage war nicht maschinengemäß, und der Ausschuß des Reparaturapparates weigerte sich, sie zu beantworten.

»Es ist wirklich unerhört!« äußerte sie sich aufgebracht gegenüber einer ihrer anderen Freundinnen. »Es hat noch niemals eine solch bedauernswerte Frau wie mich gegeben. Ich kann mich inzwischen überhaupt nicht mehr auf meine Musik verlassen. Es wird jedesmal schlimmer, wenn ich sie bestelle.«

»Ich habe ebenfalls Ärger«, erwiderte die Freundin.

»Manchmal werden meine Inspirationen von einem leisen, mißtönenden Geräusch gestört.«
»Wie kommt denn das?«
»Ich weiß nicht, ob es aus meinem Kopf oder aus der Wand kommt.«
»Du mußt dich auf alle Fälle beschweren.«
»Ich habe mich bereits beschwert, und meine Beschwerde wird – sobald sie an der Reihe ist – an das Zentrale Komitee weitergeleitet.«
Die Zeit verging, und sie ärgerten sich nicht länger über die Mängel. Die Mängel waren zwar nicht behoben worden, aber die Menschen waren in letzter Zeit so unterwürfig geworden, daß sie sich bereitwillig jeder Laune der Maschine unterwarfen. Die Seufzer auf dem Höhepunkt der Brisbane-Symphonie irritierten Vashti nicht länger; sie akzeptierte sie als Teil der Melodie. Das kratzende Geräusch, mochte es nun aus dem Kopf ihrer Freundin oder aus der Wand kommen, ärgerte sie nicht länger. Und das gleiche galt für das schimmelige, künstliche Obst, für das Badewasser, das zu stinken anfing, für die unzulänglichen, mangelhaften Reime, die die Poesiemaschine immer wieder produzierte. Zuerst beschwerten sich alle erbittert, dann nahmen sie es hin und vergaßen die Angelegenheit. Es wurde von Mal zu Mal schlimmer, und niemand erhob Einspruch.
Anders war es mit dem Defekt im Schlafapparat. Dies war eine Betriebsstörung, die ernster zu nehmen war. Es kam der Tag, da nirgends mehr in der Welt – in Sumatra, in Wessex, in den unzähligen Städten Kurlands

und Brasiliens – die Betten auftauchten, wenn sie von ihren müden Eigentümern bestellt wurden. Es mag lächerlich klingen, aber diese eher läppische Angelegenheit markiert den Zeitpunkt, von dem an wir den Zusammenbruch der Menschheit datieren dürfen. Der für den Fehler verantwortliche Ausschuß wurde mit Beschwerden eingedeckt und leitete diese, wie üblich, an den Reparaturausschuß weiter. Dieser versicherte ihnen, ihre Beschwerden würden an das Zentrale Komitee weitergeleitet. Doch die Unzufriedenheit wuchs, da die menschliche Rasse noch nicht so weit war, ohne Schlaf auszukommen.

»Jemand macht sich an der Maschine zu schaffen ...«, begann man zu munkeln.

»Jemand versucht, sich zum Herrscher aufzuschwingen, das Element der persönlichen Macht wieder einzuführen.«

»Bestraft diesen Menschen mit Heimatlosigkeit.«

»Hilfe! Rächt die Maschine! Rächt die Maschine!«

»Krieg! Tötet diesen Menschen!«

Doch jetzt tagte der Reparaturausschuß und beschwichtigte die Panik mit sorgfältig gewählten Worten. Er gab zu, der Reparaturapparat sei selbst reparaturbedürftig.

Die Wirkung dieses offenen Eingeständnisses war erstaunlich.

»Natürlich«, meinte ein berühmter Dozent – es war der Dozent mit der Theorie über die Französische Revolution, der jeden weiteren Niedergang mit dem Glanz des Fortschritts verschönern wollte –, »natürlich werden wir unseren Beschwerden im Augenblick keinen Nachdruck verleihen. Der Reparaturapparat hat es in der Vergangenheit so gut mit uns gemeint, daß ihm unser aller Mitgefühl sicher ist und wir geduldig auf seine Wiederinstandsetzung warten. Er wird seine Pflichten in der ihm gewohnten Weise wieder aufnehmen. Laßt uns in der Zwischenzeit ohne unsere Betten, unsere Tabletten oder unsere anderen bedeutungslosen Wünsche auskommen. Das würde sicherlich auch dem Wunsch der Maschine entsprechen.«

Tausende von Kilometern weit weg applaudierte seine Zuhörerschaft. Die Maschine verband die Menschen nach wie vor miteinander. Die Leitungen, mit deren Hilfe sie sahen und hörten, führten unter den Meeren und unter den Bergen hindurch, die riesigen Augen und Ohren im Gefolge dieser Entwicklung und das Summen unzähliger Tätigkeiten kleideten ihre Gedanken in ein einziges Gewand von Unterwürfigkeit. Nur die Alten und die Kranken waren nach wie vor undankbar, denn es ging das Gerücht um, daß auch die Euthanasie nicht mehr so recht klappte und daß sich der Schmerz aufs neue unter den Menschen eingestellt hatte.

Allmählich wurde es schwierig zu lesen. Eine Art Mehltau erfüllte die Luft und dämpfte das Licht. Manchmal konnte Vashti kaum bis ans andere Ende ihres Zimmers sehen. Außerdem war die Luft verpestet. Die Beschwerden waren massiv, die Abhilfen wirkungslos, der Tonfall des Dozenten heldenhaft, als er ausrief: »Nur Mut! Nur Mut! Was macht es schon, solange die Maschine funktioniert? Für die Maschine sind Dunkelheit und Licht eins.« Und obwohl es nach einiger Zeit wieder besser wurde, wurde es nie wieder so hell wie früher, und die Menschheit erholte sich nie mehr von ihrem Eintritt in das Zeitalter der Dämmerung. Man sprach aufgeregt von gewissen »Maßnahmen«, von »zeitweiliger Diktatur«, und die Einwohner Sumatras wurden aufgefordert, sich mit den Funktionen des zentralen Elektrizitätswerkes vertraut zu machen, wobei das besagte Elektrizitätswerk in Frankreich lag. Aber die meisten Menschen wurden von Panik ergriffen und konzentrierten sich darauf, die Hilfe des BUCHES herbeizuflehen, greifbare Beweise für die Allmacht der Maschine. Es gab Abstufungen des Schreckens – bisweilen kamen Gerüchte auf, die die Hoffnung aufkeimen ließen, die Reparatur des Reparaturapparates sei beinahe beendet, die Feinde der Maschine seien unterlegen, neue »Nervenzentren« seien im Entstehen und würden die Arbeit sogar noch reibungsloser als zuvor erledigen. Doch dann kam der Tag, als – ohne die geringste Vorwarnung, ohne irgendein vorangegangenes Anzeichen von Schwäche – das gesamte Kommunikationssystem zusammenbrach, und zwar in der ganzen Welt. Und die Welt, so, wie die Menschen sie verstanden, hörte auf zu existieren.

Vashti hielt zu diesem Zeitpunkt gerade einen Vortrag, und ihre vorhergehenden Bemerkungen waren von Beifall unterbrochen worden. Als sie fortfuhr, wurde die Zuhörerschaft plötzlich ganz still, und als sie das

Gesagte noch einmal zusammenfaßte, rührte sich nichts. Einigermaßen ungehalten rief sie einen Freund an, der ein Spezialist für Fälle war, in denen Mitgefühl erforderlich war. Nichts rührte sich: Der Freund schlief zweifellos. Das gleiche passierte ihr mit dem nächsten Freund, den sie anzufordern versuchte, und wieder das gleiche mit dem nächsten, bis sie sich an Kunos rätselhafte Bemerkung erinnerte: »Die Maschine bleibt stehen.«
Der Satz ergab immer noch keinen Sinn für sie. Wenn die Ewigkeit aufhörte, würde sie kurz darauf selbstverständlich wieder in Gang gesetzt werden.
Es gab zum Beispiel immer noch etwas Licht und Luft – die Zusammensetzung der Luft war vor ein paar Stunden verbessert worden. Es gab immer noch das BUCH, und weil es das BUCH gab, gab es Sicherheit.
Dann brach sie zusammen, denn mit der Beendigung jeder Aktivität stellte sich ein unerwarteter Alptraum ein – Stille.
Sie hatte niemals Stille kennengelernt, und die Tatsache ihres Hereinbrechens tötete sie fast – viele tausend Menschen wurden auf der Stelle davon getötet. Seit ihrer Geburt war sie immer von dem stetigen Summen umgeben gewesen. Es bedeutete für die Ohren, was die künstliche Luft für die Lungen bedeutete, und quälende Schmerzen schossen ihr jetzt durch den Kopf. Und kaum wissend, was sie tat, taumelte sie vorwärts und drückte auf den ungewohnten Knopf, der die Tür ihrer Zelle öffnete.
Nun funktionierte die Tür der Zelle nach dem Prinzip

eines simplen Scharniers, und zwar ganz aus eigener Kraft. Sie war nicht mit dem zentralen Elektrizitätswerk verbunden, das weit weg in Frankreich zusammenbrach. Sie öffnete sich und weckte dadurch eine unmäßige Hoffnung in Vashti, da sie dachte, die Maschine sei repariert worden. Die Tür öffnete sich, und Vashti sah den matt erleuchteten unterirdischen Gang, der in weiter Ferne eine Biegung machte, der Freiheit entgegen. Ein Blick, und sie schrak zurück, denn der unterirdische Gang war voller Menschen – sie war fast die letzte in dieser Stadt, die unruhig geworden war.

Vor Menschen hatte sie sich schon immer geekelt, und diese hier glichen Trugbildern aus ihren schlimmsten Träumen. Menschen krochen umher, Menschen schrien, winselten, rangen nach Luft, berührten einander, verschwanden in der Dunkelheit, und dann und wann wurden einige von dem Bahnsteig auf das unter Spannung stehende Gleis hinuntergestoßen. Andere schlugen sich um die elektrischen Klingeln und versuchten, Züge zu bestellen, die nicht mehr bestellt werden konnten. Andere schrien, um in den Genuß der Euthanasie zu kommen oder weil sie hofften, Atemgeräte zu erhalten, oder aber sie schmähten die Maschine.

Andere standen in den Türen ihrer Zellen und fürchteten sich davor – genau wie Vashti –, dort stehenzubleiben, wie auch davor, weiterzugehen. Und jenseits all dieses Tumults herrschte Stille – die Stille, die die Stimme der Erde und der vorangegangenen Genera-

tionen ist. Nein – dies war schlimmer als Einsamkeit. Vashti schloß die Tür wieder und setzte sich, um auf das Ende zu warten. Die Auflösung setzte sich fort, begleitet von fürchterlichem Krach und Gepolter. Die Ventile, die den medizinischen Apparat in der Decke festhielten, mußten nachgegeben haben, denn er riß sich los und hing scheußlich von der Decke herunter. Der Fußboden hob und senkte sich und schleuderte Vashti aus ihrem Stuhl. Ein Rohr bewegte sich schlangenartig auf sie zu. Und schließlich stellte sich der letzte Schrecken ein – das Licht begann zu verlöschen, und sie wußte, daß der letzte Tag der Zivilisation gekommen war.
Sie drehte sich im Kreise, betete darum, um jeden Preis gerettet zu werden, sie küßte das BUCH, drückte einen Knopf nach dem anderen. Der Tumult draußen schwoll an, und sein Lärm drang sogar durch die Wände. Langsam schwächte sich die Helligkeit in ihrer Zelle immer mehr ab, die metallenen Schalter reflektierten immer weniger. Jetzt konnte sie ihr Lesepult nicht mehr sehen. Jetzt das BUCH, obwohl sie es in der Hand hielt. Dem Verschwinden aller Geräusche folgte das Licht, dem Licht folgte die Luft, und schließlich kehrte die ursprüngliche Leere in die unterirdischen Gänge, aus denen sie so lange ausgeschlossen worden war, zurück. Vashti fuhr damit fort, sich im Kreise zu drehen, so wie die Anhänger einer längst vergangenen Religion, sie schrie, betete, schlug mit blutenden Händen auf die Knöpfe ein.
Auf diese Weise öffnete sie ihr Gefängnis und entkam

– entkam in geistiger Hinsicht –, zumindest scheint es mir so, jetzt, da meine Betrachtungen enden. Daß sie in körperlicher Hinsicht entkommt – das vermag ich nicht zu erkennen. Sie berührte zufällig den Schalter, der den Öffnungsmechanismus der Tür auslöste, und als sie spürte, wie die verpestete Luft über ihre Haut strich, als sie das laut hämmernde Flüstern hörte, wußte sie, daß sie erneut am Tunneleingang und in der Nähe des fürchterlichen Bahnsteigs stand, auf dem sie die Menschen miteinander hatte kämpfen sehen. Inzwischen kämpften sie nicht mehr. Nur das Flüstern war geblieben und das leise Winseln und Stöhnen. Sie starben zu Hunderten draußen in der Dunkelheit.

Vashti brach in Tränen aus.

Tränen antworteten ihr.

Sie weinten um die Menschheit, jene beiden, nicht um sich selbst. Sie konnten den Gedanken nicht ertragen, daß dies das Ende sein sollte. Ehe die Stille vollkommen wurde, öffneten sich ihre Herzen, und sie wußten, was wichtig gewesen war auf Erden. Der Mensch, die Krone der Schöpfung, das edelste aller sichtbaren Wesen, der Mensch, den einst Gott nach seinem Bilde geschaffen hatte und dessen Stärke sich in der Stellung der Planeten widerspiegelte, der schöne nackte Mensch starb, erdrosselt in den Gewändern, die er selbst gewebt hatte. Jahrhundert um Jahrhundert hatte er sich abgemüht, und dies war seine Belohnung. Sicherlich, das Gewand hatte zuerst herrlich ausgesehen, schillernd von den Farben der Kultur, genäht mit den Fäden der Selbstverleugnung. Und herrlich war es gewesen, solange es ein Gewand war und nicht mehr, solange der Mensch es freiwillig ablegen und von der wesentlichen Substanz leben konnte, nämlich von seiner Seele, und von der genauso wesentlichen Substanz ebenfalls göttlichen Ursprungs – nämlich von seinem Körper. Die Sünde gegen den Körper – ihretwegen weinten sie in erster Linie; das jahrhundertelange Unrecht gegen Muskeln und Sehnen und gegen jene fünf Pforten, durch die allein wir etwas wahrnehmen können – sie erklärten es so lange mit dem Geschwätz von Evolution, bis der Körper nur noch ein weißlicher Brei war, ebenso farblos wie das Gefäß der Inspirationen, in dem der Geist, der einst nach den Sternen gegriffen hatte, letzte, fahrige Bewegungen vollführte.

»Wo bist du?« schluchzte sie.

Seine Stimme in der Dunkelheit entgegnete ihr: »Hier.«

»Gibt es irgendeine Hoffnung, Kuno?«

»Nicht für uns.«

»Wo bist du?«

Sie kroch über die Körper der Toten zu ihm. Sein Blut spritzte ihr über die Hände.

»Schneller«, keuchte er, »ich sterbe – aber wir berühren uns, wir sprechen miteinander, und zwar ohne Vermittlung der Maschine.«

Er küßte sie.

»Wir haben zu uns selbst zurückgefunden. Wir sterben, aber wir haben das Leben wiedererlangt, so wie es in Wessex war, als Alfred der Große die Dänen besiegte. Wir wissen, was jene dort draußen wissen, die Menschen, die sich in der Nebelbank von der Farbe einer Perle aufhielten.«

»Aber, Kuno, stimmt es denn? Leben immer noch Menschen auf der Erdoberfläche? Ist dieser – dieser unterirdische Gang, diese vergiftete Dunkelheit wirklich nicht das Ende?«

Er erwiderte:

»Ich habe sie gesehen, mit ihnen gesprochen, sie geliebt. Sie verstecken sich so lange im Nebel und in den Farnkräutern, bis unsere Zivilisation endet. Heute sind sie die Heimatlosen – morgen jedoch ...«

»Oh, morgen – irgendein Narr wird die Maschine morgen erneut in Gang setzen.«

»Niemals«, sagte Kuno, »niemals. Die Menschheit hat ihre Lektion gelernt.«

Während er sprach, brach die gesamte Stadt wie eine Bienenwabe in sich zusammen. Ein Luftschiff war bei dem Versuch, auf einem bereits zerstörten Landeplatz zu landen, durch das Vomitorium geflogen. Es krachte herunter, explodierte dabei und zertrümmerte mit seinen stählernen Flügeln einen unterirdischen Gang nach dem anderen. Für einen Augenblick erhaschten Vashti und Kuno einen Blick auf die große Anzahl von Toten und – bevor sie sich ihnen anschlossen – auf Ausschnitte des makellosen Himmels.

Der rechte Sinn

1.

»Ich sehe keinen rechten Sinn darin«, sagte Micky unter höchst idiotischem Gelächter.
Harold ruderte weiter. Sie hatten sich viel zu lange in den Dünen aufgehalten, und jetzt zog die Ebbe das Wasser mit Macht aus der Bucht. Die Sonne ging gerade unter, die Felder am gegenüberliegenden Ufer leuchteten, und die Fenster im ersten Stock des Bauernhauses, in dem sie Rast gemacht hatten, glühten, als sei das Gebäude bis oben hin angefüllt mit Feuer.
»Wir werden aufs Meer hinausgetragen«, fuhr Micky fort. »Wenn du dich nicht ein bißchen anstrengst, wirst du es niemals schaffen; dabei bist du nur ein armseliger Invalide. Ich setze auf das Meer.«
Sie erreichten die eigentliche Fahrrinne, und es sah so aus, als befänden sie sich jetzt erst so richtig im Sog des sich zurückziehenden Wassers. Wenn sie erst einmal auf der anderen Seite wären, würde die Kraft der Ebbe nachlassen, und es würde ihnen leichtfallen, bis zum Strand unterhalb des Bauernhauses weiterzurudern. Es war ein prachtvoller Abend. Es war ein überaus prachtvoller Tag gewesen. Sie waren während des Stillwassers zu den Dünen hinausgerudert, hatten gebadet, waren um die Wette gelaufen, hatten gegessen,

geschlafen, gebadet und waren um die Wette gelaufen, und sie hatten noch einmal gegessen. Micky war phantastischer Laune. Gott hatte ihm bisher noch niemals einen Strich durch die Rechnung gemacht, und er konnte sich nicht vorstellen, daß sie durch die Schuld der Ebbe wirklich zu spät zum Abendbrot kommen sollten. Als sie die Fahrrinne erreichten und das Boot, das langsam stromaufwärts getrieben war, bewegungslos in der Strömung hing, verlor Micky offensichtlich das letzte Quentchen Zurechnungsfähigkeit und brüllte:

Wer weiß, vielleicht ziehen uns die Strudel in die Tiefe,
Wer weiß, vielleicht landen wir auf den Glücklichen Inseln,
Und treffen unseren alten Bekannten, den großen Achilles.

Harold, der sich nicht für Poesie interessierte, brüllte lediglich. Auch er war phantastischer Laune, er machte nicht den Eindruck, als sei er ein armseliger Invalide, und er fühlte sich auch nicht so. Kürzlich hatte sich die Wissenschaft ernsthaft mit ihm befaßt, hatte angesichts seines sonnenverbrannten Körpers den Kopf geschüttelt. Was wußte die Wissenschaft schon? Sie hatte ihn ans Meer geschickt, damit er sich erhole, zusammen mit Micky, damit dieser darauf achte, daß er sich nicht zu sehr anstrenge. Micky war anfangs ein richtiger Quälgeist gewesen, doch schließlich hatte der gesunde Menschenverstand die

Oberhand gewonnen, so wie er dies unter jungen Leuten immer tut. Vor zwei Wochen noch wollte Micky den Patienten kein Ruder anfassen lassen. Jetzt forderte er ihn dazu auf, sich gefälligst anzustrengen, und Harold nahm ihn beim Wort. Schon bald bestand er nur noch aus Energie und Muskeln. Er vergaß seine Umgebung. Das Vibrieren der Fußleiste übertrug sich auf seine Beine, und das Vibrieren der Ebbe zog seine Arme hinauf, und es verschmolz mit der Stimme seines Freundes zu einer einzigen namenlosen Empfindung; er näherte sich nach und nach dem mystischen Stadium, welches das wahre, wenngleich unbewußte Ziel des Athleten ist: Er fing an, zu sein.
Micky sang »eins, zwei – eins, zwei« und versuchte, seinem Freund zu helfen, indem er das Steuerruder herumriß. Und Micky hatte eine Vision. Er sah zu den in Flammen stehenden Fenstern empor und stellte sich vor, das Bauernhaus sei ein Stern und das Boot sein begleitender Trabant. Dann war die Tide der rasch dahinfließende Himmelsstrom des Universums, die interstellare Sturzsee, die für alle Ewigkeit über einen hereinbricht. Ganz schön verrückt! Er gab seinen heimlichen Freuden keinen Ausdruck, nach der Art älterer gelangweilter Leute, denen es nicht immer gegeben ist, Freude zu zeigen. Er war viel zu glücklich, um dankbar zu sein. »Denke an deinen Schöpfer, jetzt in den Tagen deiner Jugend«, sind die Worte eines Menschen, der seine Jugend hinter sich gelassen hat, und alles, was Micky sang, war »eins, zwei«. Harold lachte, ohne ihn zu hören. Schweiß rann ihm

von der Stirn. Er legte einen Zwischenspurt ein, genau wie die Ebbe.

»Ich wollte, der Arzt könnte dich sehen«, rief Micky.

Keine Antwort. Mit zusammengebissenen Zähnen ruderte Harold wie ein Berserker. Seine Ahnen riefen ihm zu, lieber zu sterben, als sich von der See besiegen zu lassen. Er ruderte keuchend und mit ärgerlichen kleinen Schreien, während ihn die Stimme des Steuermannes zu immer wütenderen Anstrengungen anstachelte.

»So ist's recht – eins, zwei – hau rein, fester ... oh, ich muß schon sagen, das ist denn doch ein bißchen allzu verbissen. Vielleicht sollten wir lieber aufgeben, alter Knabe.«

Jetzt waren die Möwen überall um sie herum. Einige kreisten über ihnen, andere schnellten über die Wellenkämme. Vom Festland ertönte schwach der Gesang einer Lerche, und Micky sah den Einspänner des Arztes, der die zum Bauernhaus führende Straße entlangfuhr. Er schämte sich.

»Schau her, Harold, du solltest ... ich hätte es nicht zulassen sollen. Ich ... ich sehe keinen rechten Sinn darin.«

»Wirklich nicht?« erwiderte Harold mit einem eigenartigen Unterton. »Nun gut, eines Tages wirst du es.« Mit diesen Worten ließ er beide Ruder fallen. Das Boot drehte sich einmal um sich selbst, das Bauernhaus, der Einspänner, der Gesang der Lerche verschwanden, und Harold fiel schwer gegen die Riemendolle. Micky packte ihn. Sein Freund hatte sich das Herz überanstrengt. Halb im Boot liegend, halb aus ihm heraushängend, starb er. Eine hundsmiserable Geschichte.

2.

Eine hundsmiserable Geschichte. Sie ereignete sich, als Michael zweiundzwanzig war, und er war der Überzeugung, niemals mehr glücklich sein zu können. Der Klang seiner eigenen Stimme, die schrie, als Harold hinausgetragen wurde, die Stimme des Arztes, die sagte: »Meiner Ansicht nach sind Sie dafür verantwortlich«, die Ankunft von Harolds Eltern, die Stimme des Hilfsgeistlichen, der Harolds Beziehungen zur Vorsehung in ein paar wohlgesetzten Worten zusammenfaßte – all dies machte ihn so betroffen, daß er glaubte, für immer betroffen zu sein. Aber das war nicht der Fall, denn er wurde über siebzig, und es ist auch beim besten Willen nicht möglich, sich so lange so deutlich zu erinnern. Die Seele, wie empfindsam und bewegt auch immer, wird tagtäglich von neuen Erfahrungen bestürmt; sie kann sich des stetig erneuerten Ansturms nicht erwehren und sieht sich gezwungen, die Vergangenheit entweder zu vergessen oder zu verfälschen. So auch Michael. Mit der Zeit überdauerten nur die dramatischeren Augenblicke. Er erinnerte sich an Harolds letzte Geste (eine Hand, die nach der seinen griff, die andere, die ins Wasser sank), und zwar weil ihr eine gewisse Anmut innegewohnt hatte, nicht etwa weil es die letzte seines Freundes war. Aus dem gleichen Grund erinnerte er sich an Harolds letzte Worte.

»Siehst du wirklich keinen rechten Sinn darin? Nun gut, eines Tages wirst du es.« Der Satz beschäftigte seine Phantasie, und er übernahm ihn in sein eigenes Repertoire; nach dreißig oder vierzig Jahren vergaß er seinen Ursprung. Man kann ihn deswegen nicht tadeln; das Leben setzte ihm gewaltig zu.

Auch dies muß gesagt werden: Er und Harold hatten nichts miteinander gemein außer der Jugend. Es gab kein geistiges Band, das überdauern konnte. Sie hatten niemals über Theologie oder soziale Reformen diskutiert oder über sonst irgendeines der Probleme, die Michaels Seele zusetzten, und folgerichtig gab es nichts zu erinnern, auch wenn sie noch so vertraut miteinander gewesen waren. Je mehr Michael an Harold dachte, desto mehr verflüchtigte dieser sich. Seines Körpers beraubt, war sein Freund kaum mehr als ein Schatten. Man konnte ihn sich auch schwerlich als entschwundene Seele vorstellen, da die Welt jenseits des Todes sicherlich durch und durch erhaben ist. Weder im Himmel noch in der Hölle ist Platz für sportliche Fähigkeiten und grundlos gute Laune, und was blieb denn schon, wenn man Harold diese Eigenschaften nahm? Selbst wenn sich das jenseitige Leben als Urform dieses Lebens hienieden erweisen sollte, selbst wenn es über eine eigene Sonne und eigene Sterne verfügen sollte, so muß doch die irdische Sonnenbräune von unseren Gesichtern bleichen, sobald wir seiner ansichtig werden, die irdischen Muskeln müssen erschlaffen, bevor wir auf seinen unendlichen Wassern rudern können. Traurig überantwortete

Michael seinen Freund Gottes Barmherzigkeit. Er selbst vermochte nichts zu tun, denn die Menschen können nur jenen zur Unsterblichkeit verhelfen, die durch ihre Dichtung oder ihre Weisheit einen unauslöschlichen Eindruck hinterlassen haben.

Für sich selbst erwartete er ein anderes Schicksal. Mit aller Demut wußte er, daß er nicht so war wie Harold. Sicher, es war nicht sein Verdienst, aber er war bei seiner Geburt doch mit etwas größeren intellektuellen Fähigkeiten ausgestattet worden, und er hatte Kräfte geerbt, die es ihm erlaubten, sich dem Leben und was auch immer nach ihm kommen mochte als würdiger zu erweisen. Er interessierte sich für das Universum, für das winzige, chaotische Knäuel darin, das wir Zivilisation nennen, für seine Mitmenschen, die dieses Chaos angerichtet hatten und es zu überwinden trachteten. Liebe, die Liebe zum Menschen erwärmte ihn; und selbst wenn er an andere Dinge dachte, wenn er an kalten Winterabenden vielleicht den Orion betrachtete, versetzte ihn ein Anflug von Freude, zu süß, um ihn zu beschreiben, in Erregung, und er war sich sicher, daß unsere vornehmsten Impulse einen ewigen Wert besitzen und in einem künftigen Leben vervollkommnet werden. Eine so vitale Natur konnte nicht dauernd über dem Tod brüten.

Hier mag eine kurze Zusammenfassung seines Lebens folgen.

Bald nach der Tragödie, als er sich nun seinerseits erholte, begegnete er der Frau, die seine Lebensgefährtin werden sollte. Er hatte sie früher schon einmal getroffen und sie nicht gemocht; sie war ihm lieblos und hart erschienen. Jetzt erkannte er, daß ihre Härte moralischer Standfestigkeit entsprang, an der es ihm selbst mangelte. Wenn er an die Liebe glaubte, dann glaubte Janet an die Wahrheit. Sie unterzog alle Menschen und alle Dinge einer strengen Prüfung. Sie brachte keine Geduld mit gefühlvollen Menschen auf, die vor der Rauheit und den Wirrnissen der Welt Schutz suchen. Zu jener Zeit war sie mit einem anderen Mann verlobt und äußerte sich Michael gegenüber freimütiger, als sie es sonst getan hätte; sie vertrat die Ansicht, es sei nicht genug, das Gute nur zu fühlen, sowie zu fühlen, daß andere gut sind; es sei die Aufgabe eines jeden, andere zu bessern, und sie drängte ihn dazu, einen Beruf zu ergreifen. Während sie sprach, dämmerte dem Jüngling die Schönheit ehrlicher Arbeit. Geistig und körperlich reifte er zu einem ganzen Mann heran, und nach angemessener Vorbereitung trat er in den Staatsdienst ein – und bewarb sich um eine Stelle im Britischen Museum.

Hier begann eine äußerst bemerkenswerte und für die Menschheit wirklich nutzbringende Karriere. Seine idealistischen Vorstellungen von Menschenführung und Bildung ließen Michael nicht zufrieden sein mit der offiziellen Routine. Er wollte anderen helfen, und da ihm ein großes Taktgefühl zu eigen war, wurde sein Einsatz allgemein gebilligt. Binnen kurzem wurde er ein von allen anerkannter Vermittler in seiner Abteilung. Es gelang ihm, seine Vorgesetzten zu beschwichtigen, seine Untergebenen zu ermutigen,

ausländische Gelehrte zu trösten und allen zusammen zu demonstrieren, daß man für jeden Standpunkt Argumente ins Feld führen kann. Janet, die seinen Aufstieg beobachtete, bezichtigte ihn erneut der mangelnden Standfestigkeit. Doch diesmal hatte sie unrecht. Der junge Mann war kein bloßer Opportunist. Er hatte stets seine eigenen, festen Überzeugungen, andernfalls hätte er die Hochachtung seiner Kollegen auch gar nicht erringen können. Seine Wirkung war tatsächlich auf die ihm eigene Gutartigkeit zurückzuführen, die durch den Einfluß einer Frau so überaus reiche Früchte trug.
Nachdem sie sich zehn Jahre lang kannten, heirateten die beiden. In der Zwischenzeit hatte Janet viel gelitten, da der Mann, mit dem sie zuvor verlobt gewesen war, sich ihrer als unwürdig erwiesen hatte. Ihr Charakter war gefestigt, als sie an Michaels Seite trat, und bildete – wie der junge Mann sehr wohl wußte – einen starken Gegensatz zu seinem eigenen; und vielleicht hatten sie alles Gute bereits miteinander ausgetauscht – soweit dies in ihren Möglichkeiten lag. Doch die Ehe erwies sich als dauerhaft und hinreichend glücklich. Insbesondere Michael machte zahllose Zugeständnisse, da Toleranz und Einfühlungsvermögen immer mehr zu seinen hauptsächlichen Charaktereigenschaften wurden. Wenn seine Frau der öffentlichen Meinung gegenüber ungerecht war oder sein atheistischer Schwager die Religion verunglimpfte, pflegte er zu sich selbst zu sagen: »Sie können nichts dafür; sie sind nun einmal so, ihre Unvollkommenheiten sind

ein Spiegel ihrer Natur. Ich sollte lieber an meine eigenen Unvollkommenheiten denken und mich unablässig um einen großzügigeren Standpunkt bemühen.« Er wurde mit jedem Tag liebenswürdiger.
Es war teilweise dieses Verlangen nach einem großzügigeren Standpunkt, das ihn zur Literatur führte. Als er die Vierzig überschritt, kam es ihm in den Sinn, einige Essays zu schreiben, eine Art Rückschau, was den Tonfall anbetraf, und eher nachdenklich als tiefschürfend, was den Inhalt anbetraf. Er hatte einigen Erfolg mit ihnen. Ihr guter Geschmack, ihr klarer Stil, der gemäßigte christliche Standpunkt ihrer sittlichen Grundhaltung reizte das halbgebildete Publikum und vermittelte ihm das Gefühl, ähnlich zu denken und zu empfinden. Diese Essays stellten keine große Literatur dar, und sie wollten dies auch gar nicht, aber sie öffneten ihr das Tor und übten zweifellos einen guten Einfluß aus. Dem ersten Band folgten die »Bekenntnisse eines Mannes im vorgerückten Alter«. In ihnen zollte Michael der Jugend einen wohlklingenden Tribut, doch er zeigte, daß erst die Reife alles ist. Erfahrung, lehrte er, ist das einzige, was uns menschlich macht; Einfühlungsvermögen, inneres Gleichgewicht und Vielseitigkeit kann ein Mensch erst erlangen, wenn er älter wird. Es ist stets angenehm, wenn einem erzählt wird, daß das Beste noch zu erwarten ist, und so war der Verkauf des Buches denn auch hervorragend. Vielleicht wäre er ein populärer Autor geworden, aber der Einfluß seiner Frau hielt ihn davon ab, etwas zu schreiben, was er nicht auch zutiefst fühlte. Sie

hatte ihm inzwischen drei Kinder geboren – Henry, Catherine und Adam. Im großen und ganzen waren sie eine glückliche Familie. Henry machte niemals irgendwelche Schwierigkeiten. Catherine schlug ganz nach ihrer Mutter. Adam, der wild und ungehobelt war, erweckte in seinem Vater einige Befürchtungen. Obwohl er ihm seine besondere Aufmerksamkeit zuwandte, vermochte er ihn nicht zu verstehen, und sie wurden niemals wirkliche Freunde. Und doch war dies nur eine kleine Wolke an einem weiten Horizont. Sowohl zu Hause als auch in seinem Beruf war Michael erfolgreicher als die meisten Menschen.
So überschritt er die Grenze zu den Fünfzigern. Beim Tode seines Vaters erbte er ein Haus in den Hügeln von Surrey, und Janet, deren wirkliche Interessen im Gartenbau lagen, siedelte nach dorthin über. Letzten Endes hatte es sich erwiesen, daß sie keine Intellektuelle war. Ihre unbeugsame Art hatte ihn – und vielleicht auch sie selbst – glauben lassen, sie sei eine. Sie erzielte durchaus einige Wirkung in der Londoner Gesellschaft, aber dies langweilte sie, da ihr die Anpassungsfähigkeit ihres Mannes fehlte; außerdem alterte sie schneller als er. Doch auch das Landleben lag ihr nicht. Sie wurde zunehmend nörglerisch und stritt sich mit anderen Damen wegen dieser oder jener Blumennamen. Aber die Jahre blieben natürlich auch auf ihn nicht ohne Wirkung. Inzwischen war er eine Art Hypochonder geworden. Er hatte alle Freiluftsportarten aufgegeben, und obwohl seine Gesundheit nach wie vor ausgezeichnet war, bekam er eine Glatze und

wurde korpulent und empfindlich. Er hatte etwas gegen spätes Zubettgehen, gegen körperliche Anstrengungen und nächtliche Spaziergänge, gegen das Schwimmen, wenn es heiß war, gegen das Herumpaddeln in offenen Booten, und er mußte sich oft beherrschen, um seine Kinder nicht nervös zu machen. Henry, ein charmanter und sympathischer Bursche, pflegte ihm dann die Hand zu drücken und zu sagen: »Schon gut, Vater.« Aber Catherine und Adam runzelten bisweilen die Stirn. Er dachte mehr und mehr über die Kinder nach. Jetzt, da seine Frau zusehends verfiel, waren sie seine Zukunft, und er war entschlossen, die Verbindung mit ihnen aufrechtzuerhalten; er erinnerte sich daran, wie sein eigener Vater ihm gegenüber versagt hatte. Er glaubte an die Kraft der Güte und stand oft zwischen seinen Kindern und ihrer Mutter. Als die Jungen älter wurden, ließ er sie ihre eigenen Freunde wählen. Als Catherine im Alter von neunzehn darum bat, fortgehen zu dürfen, um sich etwas Geld als Gärtnerin zu verdienen, ließ er sie ziehen. In diesem Fall wurde seine Nachgiebigkeit belohnt, da Catherine nach Hause zurückkehrte, nachdem sie den Blumen den Garaus gemacht hatte. Sie war eine nervöse, finster blickende junge Frau, eine wahre Heimsuchung für ihre Mutter, die sich nicht vorstellen konnte, was junge Mädchen umtreibt. Schließlich heiratete sie und entwickelte sich prächtig; eigentlich war sie es, die sich in den nächsten Jahren als Michaels Hauptstütze erwies.

Denn schon bald nach Catherines Hochzeit wurde er

von einem großen Kummer heimgesucht. Janet wurde bettlägerig und segnete nach langwieriger Krankheit das Zeitliche. Sir Michael – denn er war geadelt worden – erklärte, er werde sie nicht lange überleben. Sie waren so aneinander gewöhnt, so abhängig voneinander, daß er tatsächlich fest daran glaubte, nach ihr dahinzuscheiden. Hierin irrte er sich. Sie starb, als er sechzig war, und er sollte über siebzig werden. Die Klauen des Schicksals konnten ihm nichts mehr anhaben, und seine alten Interessen und seine unbeirrbare Güte waren ihm geblieben.
Ein zweiter Kummer folgte dem ersten auf dem Fuße. Es stellte sich heraus, daß Adam sehr an seiner Mutter gehangen und das Leben zu Hause lediglich um ihretwillen erduldet hatte. Nach einer äußerst erregten Auseinandersetzung verließ er das Haus. Er schrieb aus Argentinien, es täte ihm leid, aber er müsse sein Leben in die eigene Hand nehmen. »Ich sehe keinen rechten Sinn darin«, stammelte Sir Michael. »Habe ich ihn oder einen von euch je daran gehindert, sein Leben in die eigene Hand zu nehmen?« Henry und Catherine stimmten ihm zu. Und doch fühlte er, daß sie ihren Bruder besser verstanden als er. »Ich habe ihm sein Leben lang alle Freiheiten gelassen«, fuhr er fort. »Ich habe ihm alle Freiheiten gelassen, was möchte er denn noch?« Nach kurzem Zögern meinte Henry: »Manche Menschen sind der Meinung, daß einem Freiheit nicht geschenkt werden kann; zumindest habe ich so etwas läuten hören. Vielleicht gehört Adam ja zu ihnen. Wenn er sich die Freiheit nicht selbst nimmt,

fühlt er sich vielleicht nicht frei.« Sir Michael war nicht einverstanden. »Ich habe die Jugend seit vielen Jahren studiert«, erwiderte er, »und deine Folgerungen, mein lieber Junge, sind einfach unsinnig.«
Die beiden munterten ihren Vater tapfer auf, und alles in allem verlebte er sein Alter auf eine sehr würdige Weise. Nachdem er sich aus der Leitung des Britischen Museums zurückgezogen hatte, fuhr er eine kleine, zweite Ernte seiner literarischen Bemühungen ein. Das große Publikum hatte ihn vergessen, aber die Vornehmheit seiner »Betrachtungen eines Pensionärs« verschaffte ihm einige Aufmerksamkeit innerhalb der älteren und gebildeten Leserschaft. Und er fand neuen geistigen Trost. Als eine *anima naturaliter Anglicana* hatte er gegenüber der offiziellen Kirche niemals irgendeine Art von Feindseligkeit verspürt; und als er ihre Wortlosigkeit und ihre gelegentliche Inhumanität kritisierte, sprach er als einer, der eher außerhalb von ihr als gegen sie stand. Nach dem Tode seiner Frau und der Flucht seines Sohnes verlor er jeglichen Geschmack an grüblerischem Theoretisieren. Die Erfahrung seiner Jahre verhalf ihm dazu, die Erfahrung vieler Jahrhunderte zu akzeptieren und seine geringe persönliche Bedeutung mit der großen Stimme der Tradition zu verschmelzen. Ja: ein heiteres und würdiges Alter. Wenige mißgönnten es ihm. Natürlich, er hatte Feinde, die sich hinstellten und behaupteten, sie durchschauten ihn, und die Ansicht vertraten, Adam habe ihn ebenfalls durchschaut; doch kein unvoreingenommener Beobachter stimmte

ihnen zu. Sir Michael hatte sich niemals von irgendwelchen Voreingenommenheiten beeinflussen lassen. Die Makellosigkeit seines Leumunds verdankte er nicht etwa dem Glück, sondern einer inneren Makellosigkeit, und sein versöhnliches Wesen entsprang einem versöhnlichen Geist. Er hatte Fehlschläge erlitten und Fehler gemacht, und er hatte die Ideale seiner Jugend nicht verwirklicht. Doch wer hat dies schon? Aber es war ihm besser als den meisten Menschen gelungen, jene Ideale zu verändern und der Realität der Tatsachen anzupassen, und wenn Liebe zu Sympathie wird und Sympathie sich so verändert, daß sie Kompromisse zeitigt, dann möge einer seiner Zeitgenossen den ersten Stein werfen.

Eine Tatsache blieb – die Tatsache des Todes. Bisher war Sir Michael noch nicht gestorben, aber manchmal hatte er schreckliche Angst davor. Immer öfter jedoch erschien ihm der Tod als eine Verlängerung seiner gegenwärtigen Existenz. Ruhig und taktvoll sah er sich mit Hilfe seiner Frau irgendeinen Winkel in der Unendlichkeit einrichten; Janet würde seelisch sicherlich sehr gereift sein. Er sah sich aus einer Sphäre hinüberwechseln, die das Vertraute mit dem Ewigen verband und in der er ebenfalls tüchtig sein würde – sah sich mit Würde und ohne Schmerzen in sie hinüberwechseln. Das Leben hienieden ist eine Vorbereitung auf das nächste. Diejenigen, die am längsten leben, sind folgerichtig die am besten Vorbereiteten. Erfahrung ist der große Lehrmeister; gesegnet sind diejenigen, die viele Erfahrungen gesammelt haben, denn sie brauchen ihre Ideale nicht mehr zu verändern. Sein Sterben geschah auf folgende Weise. Auch er erlitt einen Unfall. Er begab sich von seinem Stadthaus zu Catherine und wählte dafür eine Abkürzung durch eine enge, schmutzige Gasse; ein paar Frauen stritten sich wegen eines Fisches, und als Sir Michael vorbeiging, appellierten sie an seine Urteilskraft. Wie immer höflich, blieb der alte Mann stehen, meinte, er kenne nicht genügend Einzelheiten, um die Sache wirklich würdigen zu können, und riet ihnen, den Fisch erst einmal vierundzwanzig Stunden liegenzulassen. Dies schien sie eigenartigerweise zu ärgern, und sie wurden allmählich wütender auf ihn als aufeinander. Sie warfen ihm vor, sie »reinlegen« zu wollen, sie »fertigmachen« zu wollen, und eine der Frauen, die betrunken und deshalb besonders unangenehm war, rief: »Mal sehen, ob ihn dies hier fertigmacht«, und sie schlug ihm mit dem Fisch ins Gesicht. Er fiel hin. Als er wieder zu sich kam, lag er mit einem seiner Migräneanfälle im Bett.

Er konnte Catherines Stimme hören. Sie störte ihn. Und wenn er seine Augen nicht öffnete, dann nur, weil er keine Lust dazu hatte.

»So geht das jetzt schon fast zwei Jahre mit ihm«, hörte er Henrys Stimme.

Es war höchstens zehn Minuten her, seit er in der Gasse gestürzt war. Aber er hatte keine Lust, sich zu streiten.

»Ja, er ist wirklich ziemlich abgetakelt«, meinte eine dritte Stimme – es war die Stimme Adams; wie und

wann war Adam zurückgekehrt? »Aber das ist er im Grunde genommen schon in den letzten dreißig Jahren gewesen.«
»Wirklich sehr liebenswürdig, alter Junge«, meinte Henry.
»Nun, es ist doch wahr«, entgegnete Adam. »Ich kann dieser Phrasendrescherei nichts abgewinnen. Seit Mutters Tod hat er nichts mehr getan, und vorher verdammt wenig. Seine Bücher sind vergessen, weil sie aus zweiter Hand stammen; er hat in ihnen doch bloß die Fragen neu arrangiert, die er im Britischen Museum bereits auseinandersortiert hatte. Das ist alles. Was hat er denn sonst getan, außer den Leuten den Rat zu geben, sie sollten sich warm anziehen, allerdings auch nicht zu warm?«
»Adam, du solltest wirklich ...«
»Solche Menschen wie unser alter Herr werden doch nur deshalb berühmt, weil sich niemand traut, so etwas mal offen auszusprechen. Ein typisches Merkmal eurer verweichlichten Zivilisation. Ihr habt Angst – Angst vor Originalität, Angst vor Arbeit, Angst, die Gefühle anderer zu verletzen. Ihr laßt jeden an die Spitze gelangen, der euch keine Angst einjagt, und sobald er stirbt, vergeßt ihr ihn und sucht euch statt dessen irgendeine andere Galionsfigur.
Eine ihm unbekannte Stimme sagte: »Unerhört, Mr. Adam, wirklich unerhört. So ein lieber, alter Mann, und noch dazu so berühmt.«
»Sie werden sich schon noch an mich gewöhnen, Krankenschwester.«

Die Krankenschwester lachte.
»Adam, es ist eine große Erleichterung, dich hier zu wissen«, sagte Catherine nach einer Pause. »Ich möchte, daß du und dein Junge mir bei meinem Jungen helft.« Ihre Stimme klang schwächer; ohne ein Wort des Lebewohls hatte sie sich von ihrem Vater abgewandt. »Man muß aus den Fehlern anderer lernen ... alles in allem könnte etwas mehr Heldentum ... ich bin fest entschlossen, den Kontakt zu meinem Jungen nicht abreißen zu lassen ...«
»Vermöble ihn«, erwiderte Adam. »Das ist das ganze Geheimnis.« Er folgte seiner Schwester und verließ das Zimmer.
Dann erklang Henrys reizendes Lachen zum letzten Mal. »Seit du da bist, fühlen wir uns alle zwanzig Jahre jünger«, meinte er; »fast so wie damals ...«
Die Tür ging zu.
Sir Michael überlief es kalt vor Wut. So war das Leben, das war es also, was die jüngere Generation dachte. Adam ignorierte er, aber wenn er daran dachte, was Henry und Catherine gesagt hatten, beschloß er zu sterben. Er brauchte nur zu wollen, dann könnte er aufstehen und die ganze Bande in hohem Bogen rauswerfen. Aber er wollte nicht. Er wollte diese falsche und undankbare Welt lieber verlassen. Der gewaltige und übermenschliche Zynismus, der in uns allen steckt, kam endlich zum Vorschein und verwandelte ihn. Er erkannte, wie absurd die Liebe war, und diese Einsicht amüsierte ihn so sehr, daß er zu lachen begann. Die Krankenschwester, die ihn einen lieben,

alten Mann genannt hatte, beugte sich über ihn, und im gleichen Augenblick stürmten zwei kleine Jungen in das Krankenzimmer.

»Wie geht's Großpapa?« fragte einer von ihnen – Catherines Junge.

»Nicht sehr gut«, antwortete die Krankenschwester.

Es entstand eine längere Pause. Dann meinte der andere Junge: »Komm, laß uns abhauen.«

»Aber die Alten haben doch gesagt, wir sollen bleiben.«

»Warum sollten wir tun, was uns alte Leute sagen? Paps ist doch sowieso schon ziemlich erledigt, und deine Mutter ebenfalls.«

»Schrecklich! Hinaus mit euch beiden«, sagte die Krankenschwester; und mit einem kleinen Seufzer der Bewunderung folgte Catherines Junge seinem Vetter. Die Heiterkeit ihres Großvaters verstärkte sich. Er schüttelte sich in seinem Bett vor Lachen; und gerade als ihm die ganze Ironie der Situation bewußt wurde, starb er, und diese Idee verfolgte ihn bis ins Jenseits.

3.

Micky lag noch immer im Bett. Im Verlauf langer, melancholischer Träume waren ihm viele Dinge klargeworden. Als er jedoch den Mund zum Lachen öffnete, füllte sich dieser mit Staub. Als er beschloß, die Augen zu öffnen, merkte er, daß sein Körper ungeheuer aufgedunsen und tief in den Sand einer unermeßlich weiten Ebene eingesunken war. Genau wie er erwartet hatte, erhielt er keine Gelegenheit, seine Ideale groß zu verändern; sein Schlafzimmer und London waren lediglich von der Unendlichkeit abgelöst worden. Auf ihrer Oberfläche bewegte sich nichts, außer ein paar Sandsäulen, die bisweilen ineinander verschmolzen, als plauderten sie vertraulich miteinander, um dann mit einem leichten Zischen in sich zusammenzufallen. Abgesehen davon, gab es keinerlei Bewegung, kein Geräusch, noch konnte er den geringsten Windhauch verspüren.

Wie lange hatte er hier gelegen? Vielleicht schon seit Jahren, vielleicht schon lange vor seinem Tode, während sein Körper noch zwischen den Menschen umherzuwandeln schien. Das Leben ist so kurz und trivial, wer könnte da schon sagen, ob wir es ganz erlangen, ob mehr als ein Bruchteil unserer Seele aus dem Schlaf gerissen wird, um sich mit einer Hülle aus Fleisch zu umgeben? Knospe und Blüte vergehen in einem Augenblick, die Hülse überdauert; könnte die Seele nicht vielleicht eine Hülse sein? Es schien Micky so, als habe er seit jeher in diesem Staub gelegen, habe gelitten und spöttisch gegrinst, und als sei das Wesen aller Dinge, die ursprüngliche Kraft, die jenseits der Sterne beheimatet ist, Senilität. Alter, zahnloses, wassersüchtiges Alter; kleinlich gegenüber jung und alt; vor allen Zeitaltern geboren und sie überdauernd; das Universum als betagtes Alter.

Der Ort entwürdigte, während er peinigte. Er war unendlich weit, doch er war gemein. Er fiel steil ab in das Dunkel, und er stieg hoch empor in die Wolken, aber in was für ein Dunkel, in was für Wolken! Sie wurden von keinem tragischen Glanz verklärt. Als er sie betrachtete, verstand er, warum er so unglücklich war, denn sie betrachteten ihn, grinsten spöttisch über ihn, während er seinerseits spöttisch grinste. Ihr Schmutz war älter als die Schattierungen von Tag und Nacht, ihr Spott tiefgründiger; er gehörte zu ihren Scherzen, genau wie die Jugend zu ihm gehörte, und langsam wurde ihm klar, daß er sich in der Hölle befand – und zwar bereits seit vielen Jahren.

Überall um ihn herum lagen Gestalten, riesig und aufgeschwemmt. Es war, als sei die Ebene mit Eitergeschwüren bedeckt. Einige der Gestalten konnten aufrecht sitzen, andere ragten kaum aus dem Sand heraus, und er wußte, daß sie im Leben den gleichen Fehler gemacht hatten wie er, auch wenn er noch nicht wußte, worin dieser bestanden hatte; wahrscheinlich irgendein kleiner Fehltritt, den man leicht hätte vermeiden können, wenn es einem nur jemand gesagt hätte.

Zu reden war gestattet. Jetzt sagte eine Stimme: »Ist unser Himmel nicht herrlich? Ist er nicht schön?«

»Wunderschön«, antwortete Micky und empfand jedes Wort als eine Qual. Dann wurde ihm klar, daß eine der Sünden, die hier bestraft wurden, allzu großes Verständnis war; er mußte für all das Lob büßen, mit dem er das Schlechte und Mittelmäßige auf der Erde bedacht hatte; damals, als er aus Faulheit gelobt hatte oder um den Leuten zu gefallen oder um Menschen zu ermutigen; für all das Lob, dem er nicht die Flügel leidenschaftlicher Überzeugung verliehen hatte. Er wiederholte: »wunderschön«, und der Himmel schwankte, da er jetzt härteren Peinigungen ausgesetzt war. Ein Hoffnungsschimmer blieb ihm: Seine Frau würde nicht an diesem Ort weilen. Sie hatte nicht mit den Menschen der Ebene zusammen gesündigt und konnte deren Entstellung nicht erleiden. Ihre Lebensauffassung hatte sich letzten Endes als richtig erwiesen; und in seinem äußersten Elend tröstete ihn dies. Janet sollte erneut sein Fetisch sein, und in dem Maße, in dem die Ewigkeit vorwärts schlich und auf sich selbst zurückgeworfen wurde und wieder vorwärts schlich, würde sie ihm zeigen, daß das Alter, wenn man es nur richtig anstellte, etwas sehr Schönes sein kann und daß die Erfahrung, falls man nur die richtigen Schlüsse aus ihr zieht, die Seele des Menschen zur Seligkeit führen kann. Er wandte sich seinem Nachbarn zu, der in seiner Lobeshymne fortfuhr.

»Ich könnte bis in alle Ewigkeit hier liegen«, meinte der Mann. »Wenn ich an meine Rastlosigkeit im Leben denke – das heißt, während der Zeit, die die Menschen fälschlicherweise Leben nennen, denn in Wirklichkeit ist es der Tod: dies hier ist das Leben –, wenn ich an meine Rastlosigkeit auf Erden denke, dann überkommt mich eine unendliche Güte und Barmherzigkeit, ich könnte bis in alle Ewigkeit hier liegen.«

»Werden Sie das denn?« fragte Micky.

»Oh, das ist die höchste Seligkeit – ich werde es, und Sie ebenfalls.«

In diesem Augenblick schob sich eine Sandsäule zwischen ihnen hindurch. Es dauerte lange, bis sie miteinander sprechen oder etwas sehen konnten. Dann nahm Micky, gereizt durch die in seiner Seele arbeitenden Partikel, den Gesang auf.

»Auch ich bedaure die Stunden, die ich vergeudet habe«, sagte er, »insbesondere die Stunden meiner Jugend. Ich bedaure die Zeit, die ich in der Sonne verbracht habe. In späteren Jahren habe ich dies bereut, deshalb bin ich auch hier zugelassen, wo keine Sonne ist; ja, und kein Wind und keiner der Sterne, die mich des Nachts einmal beinahe wahnsinnig gemacht haben. Es wäre schrecklich, nicht wahr, noch einmal den Orion zu erblicken, bei dessen Schwert der zentrale Stern gar kein Stern ist, sondern eine Nebelwolke, die goldene Saat künftiger Welten. Wie fürchtete ich mich auf Erden vor dem Herbst, der Zeit, da der Orion aufgeht, denn er rief mir das Abenteuer und meine Jugend in Erinnerung. Es war schrecklich. Wie dankbar bin ich, ihn nicht mehr zu sehen.«

»Ah, aber viel schlimmer war es«, rief der andere, »oben links vom Orion die Zwillinge zu sehen. Kastor und Pollux waren Brüder, der eine ein Mensch, der andere ein Gott; und Kastor starb. Doch Pollux ging in die Hölle hinunter, um mit ihm zusammensein zu können.«

»Ja; so ist es. Pollux ging in die Hölle.«

»Dann hatten die Götter Mitleid mit den beiden und erhoben sie in den Himmel, damit sie dort zu Sternen werden konnten, die von den Seeleuten verehrt werden. Und von all denen, die jung sind und sich lieben. Zeus war ihr Vater und Helena ihre Schwester, jene

Helena, die der Anlaß dafür war, daß die Griechen gegen Troja zogen. Ich fürchtete die beiden mehr als den Orion.«

Sie schwiegen und beobachteten ihren eigenen Himmel. Er billigte ihr Gespräch. Auf der Erde waren sie gebildete Männer gewesen, und solchen Leuten wird später erlaubt, angenehmere Qualen zu erleiden. In ihrer Erinnerung tauchten köstliche Bilder auf, um ihren Schmerz zu steigern. »Ich werde nichts mehr sagen«, sagte sich Micky. »Ich will die ganze Ewigkeit hindurch schweigen.« Doch die Dunkelheit öffnete ihm die Lippen, und sogleich sprach er.

»Erzählen Sie mir mehr über diesen Ort des Segens«, bat er. »Kennt er Abstufungen? Gibt es in unserem Himmel verschiedene Ränge?«

»Es gibt zwei Himmel«, erwiderte der andere, »den Himmel der Strengen und den Himmel der Milden. Wir befinden uns hier im Himmel der Milden. Es ist eine praktische Einrichtung, denn wenn die Menschen alt werden, werden sie entweder streng oder mild.«

Während er sprach, lichteten sich die Wolken, und als Micky mit seinen Blicken der sanft ansteigenden Ebene folgte, sah er, daß sie in der Entfernung von Bergen aus Felsgestein begrenzt wurde, und ohne daß es ihm jemand gesagt hätte, wußte er, daß Janet zwischen diesen Bergen lag, starr und unbeweglich, und daß er sie niemals mehr wiedersehen würde. Sie war also nicht gerettet worden! Die Dunkelheit würde auch sie verhöhnen, bis in alle Ewigkeit. Er lag mit den Gefühlsseligen, den Versöhnlern, den Friedensmachern, den Humanisten und all denen zusammen, die auf eine menschlichere Welt gebaut hatten; seine Frau befand sich in der Gesellschaft der Reformer und Asketen, in der Gesellschaft all derjenigen, deren Seelen einem Schwert glichen. Auf unterschiedlichen Pfaden waren sie zur Hölle gelangt, und Micky erkannte endlich, was die Geschäftigkeit des Lebens so lange verbirgt: daß das Leben dazu dient, einen Menschen entweder zu schmelzen oder hart zu machen, und daß Liebe und Wahrheit, die scheinbar wie die Engel um unsere Seelen ringen, den Keim unseres Verfalls in sich tragen.

»Es ist in der Tat eine praktische Einrichtung«, sagte er; »sowohl praktisch als auch simpel. Aber bitte beantworten Sie mir noch eine Frage, damit meine Seligkeit vollkommen sei; in welchem dieser beiden Himmel befinden sich die Jungen?«

Sein Nachbar antwortete: »In keinem; es gibt dort keine Jungen.«

Er sprach nicht mehr und schmiegte sich tiefer in den Staub. Micky tat das gleiche. Ihn überkamen vage Erinnerungen an Männer und Frauen, die gestorben waren, bevor sie ein reifes Alter erreicht hatten, an Knaben und unverheiratete Frauen und Jünglinge, die vor den Augen ihrer Eltern in das Grab hinabgesenkt worden waren. Wohin waren diese gegangen, die sich nicht zu Ende hatten entwickeln können? Worin lag der Sinn ihrer kurzen Existenz? Waren sie für immer entschwunden, oder war ihnen eine erneute Chance gegeben worden, Erfahrungen zu sammeln, bis sie wie Janet

oder er selbst wurden? Eins war sicher: Es gab keine jungen Menschen, weder in den Bergen noch in der Ebene, und vielleicht war sogar die Erinnerung an solche Wesen eine von der Wolke genährte Illusion.
Die Zeit war jetzt reif für eine Rückschau auf sein Leben auf Erden. Micky verfolgte die Spuren seines Verfalls – seine Tätigkeit war von Milde gekennzeichnet gewesen, seine Bücher ebenfalls, er hatte seine Beziehungen zu anderen Menschen zunehmend unter dem Aspekt der Milde betrachtet. Er hatte in allem und jedem nur Gutes gesehen, und das ist schon an sich ein Zeichen des Verfalls. Was auch immer geschehen war, er war verständnisvoll, tolerant, nachgiebig gewesen. So hatte sich der Erfolg ganz von selbst eingestellt; Adam hatte recht: die Zivilisation war an einen Punkt gelangt, der Leute seines Schlages begünstigte. Er hatte Selbstkritik mit Selbstdisziplin verwechselt; er hatte in sich und anderen die harte, heroische Seite zum Schweigen gebracht. Und doch blieb ihm der Luxus der Reue versagt. Es war zwar sein Fehler, aber dieses Schicksal betrifft die gesamte Menschheit, da mit zunehmendem Alter jeder hart oder milde wird.
»Dies ist mein Leben«, dachte Micky. »Meine Bücher sind vergessen, die Spuren meiner Tätigkeit verweht. Dies ist die Quintessenz meines Lebens.« Und seine Seelenpein nahm zu, weil in jenem Leben trotz allem eine schwer zu definierende Freude geherrscht hatte, die, wenn er nur imstande gewesen wäre, sie herauszudestillieren, die Unendlichkeit versüßt hätte. Es war

Teil des Spottes, dem er ausgesetzt war, daß er genau dies versuchen und ewig zwischen Abscheu und Sehnsucht hin und her schwanken sollte. Denn in der Hölle gibt es nichts Endgültiges; die Menschen lassen nicht alle Hoffnung fahren, wenn sie sie betreten, es sei denn, sie erlangten die Großartigkeit der Verzweiflung. Ein Gedicht über die Hölle zu machen, heißt, ihr eigentliches Wesen mißverstanden zu haben; es ist die Einbildungskraft der auf Schönheit bestehenden Menschen, die die Hölle mit ewigem Eis oder sengenden Flammen ausstaffieren. Alt, aber dazu imstande, noch älter zu werden, lag Micky in der sandigen Landschaft und erinnerte sich daran, daß er sich einst einer Landschaft erinnert hatte – einer Landschaft, die nicht aus Sand bestanden hatte ...

Er wurde von dem Gemurmel der Seelen ringsum geweckt. Eine Unruhe, wie er sie zuvor noch nie an ihnen bemerkt hatte, hatte sich breitgemacht. »Eine Sandsäule«, meinte die eine. Eine andere widersprach: »Nein, es kommt vom Fluß.«

Er fragte: »Von welchem Fluß?«

»Die Seelen der Verdammten schweben über ihm; wir sprechen niemals von diesem Fluß.«

»Ist es ein breiter Fluß?«

»Reißend und sehr breit.«

»Überqueren ihn die Verdammten denn jemals?«

»Keiner weiß warum, aber es wird ihnen erlaubt, ihn hin und wieder zu überqueren.«

Und aus diesen Antworten hörte er einen neuen Unterton heraus, als ob seine Gefährten Angst hätten und

Möglichkeiten ausfindig machten, ihrer Angst Ausdruck zu verleihen. Sobald er sagte: »Wenn ich mir die Bemerkung erlauben darf, die Verdammten können uns doch gar keinen Schaden zufügen«, wurde ihm geantwortet: »Sie schaden uns mit Licht und mit Gesang.« Und dann erneut: »Sie schaden uns, weil sie sich erinnern und weil sie versuchen, in uns Erinnerungen wachzurufen.«

»Was wollten sie uns denn in Erinnerung rufen?«

»Die Zeit, da wir waren wie sie.«

Als er seine Fragen stellte, erhob sich ein Flüstern aus den niedrig liegenden Bereichen. Die Seelen riefen einander mit schwacher Stimme. Er konnte hören: »Es kommt; jag es über den Fluß zurück, zerschmettere es, zwing es dazu, alt zu sein.« Und dann zerteilte sich die Finsternis, und heftiger Schmerz erfüllte Mickys Seele. Jetzt verstand er; eine Qual, die größer war als alles Bisherige, stand ihm bevor.

»Ich habe existiert, bevor die Wahl getroffen wurde«, kam der Gesang. »Ich habe existiert, bevor Härte und Milde getrennt wurden. Ich habe in den Tagen existiert, als Wahrheit gleich Liebe war. Und ich existiere.«

Die Ebene erzitterte. Doch der Eindringling konnte nicht zerschmettert werden. Als er hereindrängte, teilte sich die Luft und die Sandsäulen zerfielen, und überall, wo er hinkam, war die Luft von greisenhaftem Schniefen erfüllt.

»Ich bin jedermann gewesen, doch jedermann hat mich vergessen. Ich habe die Welt so lange für sie verwandelt, bis sie die Welt lieber mochten. Sie kamen als Kinder zu mir, und sie hatten Angst; ich brachte ihnen etwas bei, und sie verachteten mich. Kindheit ist ein Traum, der von mir handelt, Erfahrung ist ein langsames Vergessen: Ich beherrsche die magischen Jahre zwischen ihnen, und ich existiere.«

»Warum behelligst du uns?« stöhnten die Schatten. »Wir konnten unsere Qual ertragen, sie gerade eben ertragen, so lange, bis es hell wurde und ein Lied ertönte. Geh wieder zurück über den Fluß. Dies hier ist der Himmel, wir haben gesagt, daß das Dunkel Gott ist; wir konnten die beiden lobpreisen, bis du kamst. Das Buch unserer Tage ist geschlossen; warum es erneut öffnen? Wir waren von Geburt an verdammt; belaß es dabei. Oh, du großartiger Spaßvogel, geh fort, wir haben gesündigt, wir wissen es, und dieser Ort bedeutet Tod und Hölle.«

»Der Tod kommt«, erschallte die Stimme, »und der Tod ist kein Traum und kein Vergessen. Der Tod ist wirklich. Aber auch ich bin wirklich, und wen ich will, den rette ich. Ich erkenne den Plan der Welt und sehe darin keinen Platz für mich. Hirn und Körper stellen sich gegen mich. Deshalb spalte ich den Plan in zwei Teile und schaffe mir Platz und unter zahllosen Namen bin ich zur Hölle niedergefahren. Kommt.«

Und dann, im Tonfall unaussprechlicher Süße: »Kommt her zu mir, alle, die ihr euch erinnern könnt. Kommt her aus eurer Ewigkeit in meine. Es ist leicht, denn ich befinde mich immer noch in euren Augen und warte darauf, aus ihnen herauszublicken; ich bin immer noch in euren Herzen und warte darauf, zu

schlagen. Die Jahre, die ich mit euch verbrachte, schienen kurz, aber sie waren von einem magischen Zauber erfüllt und setzten die Zeit außer Kraft.«
Die Schatten schwiegen. Sie konnten sich nicht erinnern.
»Wer verspürt Sehnsucht, sich zu erinnern? Sehnsucht genügt bereits. Es gibt keine bleibende Wohnstätte für Stärke und Schönheit unter den Menschen. Die Blüte verblaßt, die Meere trocknen in der Sonne aus, die Sonne und sämtliche Sterne verblassen gleich einer Blüte. Aber es ist die Sehnsucht nach diesen Dingen, die ewig ist, die dauern kann, und derjenige, der Sehnsucht nach mir verspürt, gleicht mir.«
Dann starb Micky einen zweiten Tod. Diesmal löste er sich unter schrecklichen Schmerzen auf, versengt in jenem funkelnden Blick, durchbohrt von jener Stimme. Doch als er starb, sagte er: »Ich verspüre Sehnsucht«, und sofort verschwand der Eindringling, und er stand ganz alleine auf der sandigen Ebene. Es war bloß ein Traum gewesen. Aber er stand. Wie war das gekommen? Warum hatte er nicht vorher daran gedacht, zu stehen? Er war unglücklich gewesen in der Hölle, und alles, was er tun mußte, war, woanders hinzugehen. Er schritt abwärts, nicht länger gepeinigt von dem Gespött der Wolke. Er streifte die Säulen, und sie stürzten um, und das unten herrschende Dunkel reichte ihm über den Kopf. Er ging weiter, bis er zu dem Ufer des Höllenflusses kam; und dort stolperte er – stolperte über ein Stück Holz, keine unbestimmbare Substanz, sondern ein Stück Holz, das einst zu einem

Baum gehört hatte. Als er es anstieß, bewegte es sich, und Wasser leckte an seiner Seite empor. Er war an Bord gegangen. Jemand ruderte. Er konnte erkennen, wie die Ruderblätter sich durch die Gischt auf ihn zubewegten, aber der Ruderer war unsichtbar, eingehüllt in die Wolke. Als sie sich der Mitte der Fahrrinne näherten, wurde das Boot langsamer, denn es war Ebbe, und Micky wußte, daß er bis in alle Ewigkeit verloren wäre, falls er aufs Meer hinausgetragen würde; es gab keine zweite Hoffnung auf Rettung. Er konnte nicht sprechen, doch sein Herz schlug im Takt zu den Rudern – eins, zwei. Die Hölle unternahm ihre letzte Anstrengung, und alles, was die Schöpfung an Bösem hervorgebracht hat, alle Entstellungen von Liebe und Wahrheit, von denen wir gepeinigt werden, kam die Flußmündung heruntergeströmt, und das Boot dümpelte bewegungslos vor sich hin, und das Geräusch von keuchendem Atmen, es übertönte das Geräusch des Ruderns, er hörte das Reißen von Sehnen; dann hörte er, wie eine Stimme sagte: »Der Sinn der ganzen Sache liegt darin ...«, und ein Gewicht fiel von seinem Körper ab, und er überquerte die Flußmitte.

Es war ein prächtiger Abend. Und das Boot war ohne Übergang in die Sonne geglitten. Der Himmel war wolkenlos, die Erde golden, und Möwen hüpften auf dem aufgewühlten Wasser auf und ab. An dem Ufer, das sie gerade verlassen hatten, erhoben sich einige Sanddünen zu majestätischen Hügeln; an dem Ufer, das vor ihnen lag, stand ein Bauernhaus, bis obenhin angefüllt mit Feuer.

Das andere Königreich

1.

»›*Quem,* wen – *fugis,* fliehst du – *ah demens,* Vollidiot – *habitarunt di quoque in silvas,* auch Götter haben in den Wäldern gelebt.‹ Macht jetzt weiter!«
Ich gebe mir stets Mühe, die Lektüre der Klassiker etwas lebendiger zu gestalten – das gehört zu meinem Unterrichtssystem –, und deswegen übersetzte ich *demens* mit ›Vollidiot‹. Aber Miß Beaumont hätte diese Übersetzung ja nicht unbedingt schriftlich festhalten müssen, und Ford, der es schließlich besser weiß, hätte mir nicht unbedingt nachplappern müssen. »Wen fliehst du, Vollidiot, auch Götter haben in den Wäldern gelebt.«
»Nun ja«, meinte ich, und versuchte meinem Zögern einen gelehrten Anstrich zu verleihen. »Nun ja, *silvas* – Wälder, bewaldete Flächen, das Land im allgemeinen. Ja, *demens,* natürlich, es bedeutet *de-mens.* Ah, geistloser Bursche! Die Götter, sage ich, selbst die Götter haben vor Zeiten in den Wäldern gewohnt.«
»Ich dachte, Götter hätten immer im Himmel gelebt«, sagte Mrs. Worters und unterbrach damit unsere Unterrichtsstunde zum wohl dreiundzwanzigsten Mal.

»Nicht immer«, erwiderte Miß Beaumont. Als sie sprach, setzte sie ›geistloser Bursche‹ als Alternative zu ›Vollidiot‹ ein.
»Ich dachte immer, sie lebten im Himmel.«
»O nein, Mrs. Worters«, wiederholte das Mädchen. »Nicht immer.« Und nachdem sie die Stelle in ihrer Kladde gefunden hatte, las sie wie folgt: »Götter. Wo. Obergottheiten – der Berg Olymp. Pan – die meisten Stätten, wie der Name schon andeutet. Oreaden – Berge. Sirenen, Tritonen, Nereiden – Wasser (Salz). Najaden – Wasser (frisch). Satyren, Faune usw. – Wälder. Dryaden – Bäume.«
»Gut, meine Liebe, Sie haben eine Menge gelernt. Aber würden Sie mir jetzt bitte einmal erzählen, was Ihnen das ganze gebracht hat?«
»Es hat mir geholfen ...«, kam es zögernd von Miß Beaumont. Sie nahm ihre klassischen Studien sehr ernst. Sie wünschte sagen zu können, was sie ihr gebracht haben.
Ford kam ihr zu Hilfe. »Natürlich haben die Klassiker Ihnen etwas gebracht. Die Klassiker sind voller Fingerzeige. Sie bringen einem bei, wie man gewissen Dingen ausweichen kann.«
Ich bat meinen jungen Freund inständig, seiner Vergil-Stunde nicht auszuweichen.
»Aber sie bringen es einem wirklich bei!« rief er. »Stellen Sie sich bloß einmal vor, dieser langhaarige Rohling Apollo will Ihnen eine Musikstunde geben. Nun, Sie machen sich aus dem Staube und flitzen in die Lorbeerbüsche. Oder die Schöpfungsgeschichte

kommt dran. Sie sind aber nicht so fürchterlich erpicht auf die Schöpfungsgeschichte, und so verschwinden Sie und verwandeln sich in Schilf.«

»Ist Jack verrückt geworden?« fragte Mrs. Worters.

Aber Miß Beaumont hatte die Anspielungen – die zugegebenermaßen ziemlich raffiniert waren – begriffen. »Und Krösus?« erkundigte sie sich. »Wie war das mit dem Verschwinden und dem Sich-Verwandeln, um von Krösus fortzukommen?«

Ich beeilte mich, etwas Ordnung in ihre Mythologie zu bringen. »Midas, Miß Beaumont, nicht Krösus. Und er verwandelt sie – sie verwandeln sich nicht selbst: Er verwandelt sie in Gold.«

»Midas kann man wohl kaum ausweichen«, sagte Ford.

»O, doch ...«, sagte Miß Beaumont. Sie lernte zwar seit noch nicht einmal vierzehn Tagen Latein, aber sie hätte auch den Professor der königlichen Akademie verbessert.

Er fing an, sie zu necken. »Oh, Midas kann man nicht ausweichen! Er kommt einfach des Weges, berührt einen, und man zahlt ihm auf der Stelle mehrere tausend Prozent. Sie sind aus Gold – eine junge, goldene Lady –, sofern er Sie berührt.«

»Ich will aber nicht, daß mich jemand berührt!« rief sie und verfiel erneut in ihre gewohnte frivole Haltung.

»Er wird Sie aber berühren.«

»Das soll er aber nicht!«

»Er wird es aber.«

»Das soll er aber nicht!«
»Er wird es aber.«
Miß Beaumont nahm ihren Vergil und knallte ihn Ford auf den Kopf.
»Evelyn! Evelyn!« sagte Mrs. Worters. »Jetzt vergißt du dich aber, und du vergißt außerdem meine Frage. Was hat dir das Latein gebracht?«
»Mr. Ford – was hat Ihnen das Lateinlernen gebracht?«
»Mr. Inskip – was hat uns das Lateinlernen gebracht?«
So ließ ich mich also in einen Disput über die Klassiker verwickeln. Die Argumente für das Studium des Lateinischen sind absolut einleuchtend, aber es ist schwierig, sie zu beherzigen. Und die Nachmittagssonne schien heiß herein, und ich brauchte meinen Tee. Ich mußte jedoch meine Existenz als Nachhilfelehrer rechtfertigen, und so nahm ich meine Brille ab, hauchte auf die Gläser und sagte: »Mein lieber Ford, was für eine Frage!«
»Für Jack ist dies alles durchaus sinnvoll«, sagte Mrs. Worters. »Jack muß demnächst seine Aufnahmeprüfung bestehen. Aber was bringt es Evelyn? Überhaupt nichts.«
»Nein, Mrs. Worters«, beharrte ich und deutete mit meiner Brille auf sie. »Dem kann ich nicht zustimmen. Miß Beaumont ist – in einem gewissen Sinne – neu in unserer Zivilisation. Sie betritt sie gerade erst, und auch in ihrer Aufnahmeprüfung ist Latein eines der Themen. Niemand kann die heutige Zeit begreifen, ohne über zumindest einige Kenntnisse ihrer Ursprünge zu verfügen.«

»Aber warum sollte sie die heutige Zeit begreifen?« fragte diese lästige Frau.
»Da haben wir es!« erwiderte ich und ließ die Bügel meiner Brille mit einem scharfen Klicken zusammenschnappen.
»Mr. Inskip. Ich komme nicht mehr mit. Bitte verraten Sie mir, wozu das alles gut sein soll. Oh, ich habe alles durchgenommen: Jupiter, Venus, Juno, ich weiß eine Menge über sie. Und viele ihrer Geschichten sind alles andere als schicklich.«
»Klassische Bildung«, sagte ich trocken, »beschränkt sich nicht ausschließlich auf klassische Mythologie. Obwohl die Mythologie durchaus ihren Wert hat. Träume, wenn Sie so wollen, aber auch in Träumen liegt eine gewisse Wahrheit.«
»Ich habe ebenfalls Träume«, sagte Mrs. Worters, »aber ich bin nicht so töricht und erzähle sie.«
Zum Glück wurden wir unterbrochen. Unmittelbar hinter uns sagte eine klangvolle, männliche Stimme: »Halten Sie Ihre Träume nur in Ehren!« Unser Gastgeber, Harcourt Worters, hatte sich zu uns gesellt – Mrs. Worters' Sohn, Miß Beaumonts Verlobter, Fords Vormund, mein Arbeitgeber: Ich muß von ihm als von Mr. Worters sprechen.
»Laßt uns unsere Träume in Ehren halten!« wiederholte er. »Den ganzen Tag lang habe ich mich abgestrampelt, gefeilscht, geschachert. Und jetzt hier auf diesen Rasen herauszutreten und Sie alle Latein lernen zu sehen, so glücklich, so leidenschaftslos, so arkadisch ...«

Er beendete den Satz nicht, sondern ließ sich in den Stuhl neben Miß Beaumont sinken und bemächtigte sich ihrer Hand. Währenddessen sang sie: »Ah, du Vollidiot, auch Götter haben in den Wäldern gelebt!«

»Was haben wir denn da?« fragte Mr. Worters mit einem leichten Stirnrunzeln.

Mit der anderen Hand zeigte sie auf mich.

»Vergil ...«, stammelte ich. »Eine umgangssprachliche Übersetzung ...«

»Oh, ich verstehe; eine umgangssprachliche Übersetzung von Poesie.« Dann kehrte sein Lächeln zurück. »Wenn Götter in Wäldern leben, dann vielleicht deshalb, weil Wälder so teuer sind. Ich habe gerade das Gehölz ›Das andere Königreich‹ gekauft!«

Laute Freudenschreie. In Wirklichkeit sind die Buchen jenes Gehölzes auch nicht schöner als alle anderen in Hertfordshire. Allerdings hat es – genau wie die davorliegende Wiese – stets einen häßlichen Keil in den abgerundeten Grenzen des Wortersschen Gutes dargestellt. Deshalb waren wir alle sehr froh darüber, daß Mr. Worters ›Das andere Königreich‹ erworben hatte. Nur Ford schwieg beharrlich und fuhr sich mit der Hand über die Stirn, dort, wo der Vergil ihn getroffen hatte, und lächelte dabei still vor sich hin.

»Wenn man nach dem Preis urteilt, den ich bezahlt habe, könnte man meinen, daß dort in jedem Baum ein Gott wohnt. Aber der Preis war dieses eine Mal kein Hinderungsgrund.« Er sah Miß Beaumont an. »Du magst Buchen sehr, Evelyn, nicht wahr?«

»Ich vergesse immer, wie sie aussehen. So?«
Sie schlang ihre Arme über den Kopf, ganz eng, so daß sie wie eine schlanke Säule aussah. Dann schwankte ihr Körper hin und her, und das zartgrüne Kleid, in dem er steckte, erzitterte, als wolle sie zahllose Blätter andeuten.
»Mein liebes Kind!« rief ihr Verlobter aus.
»Nein: Das ist eine Silberbirke«, sagte Ford.
»Oh, natürlich. Dann also so.« Und sie zupfte ihre Röcke auseinander, so daß sie sich einen Augenblick lang in weiten, horizontalen Schichten ausbreiteten, genau wie die Schichten einer Buche.
Wir blickten zum Haus, aber keiner der Dienstboten sah her. So lachten wir denn und sagten, sie solle zum Varieté gehen.
»Ah, dies sind die Bäume, die ich mag!« rief sie und übte noch einmal die Buche.
»Das habe ich mir gedacht«, sagte Mr. Worters. »Das habe ich mir gedacht. ›Das andere Königreich‹ gehört dir.«
»Mir ...?« Sie hatte noch niemals in ihrem Leben ein solches Geschenk erhalten. Sie konnte es gar nicht fassen. »Der Kauf wird in deinem Namen getätigt. Du wirst die Übertragungsurkunde unterschreiben. Nimm das Wäldchen zusammen mit meiner Liebe entgegen. Es ist ein zweiter Verlobungsring.«
»Aber es ... es gehört mir? Und ich kann ... dort tun, was ich will?«
»Das kannst du«, sagte Mr. Worters und lächelte.
Sie eilte zu ihm und küßte ihn. Sie küßte Mrs. Worters.

Sie hätte sogar mich und Ford geküßt, wenn wir nicht die Ellbogen abwehrend ausgestreckt hätten. Die Besitzerfreude hatte ihr den Kopf verdreht.
»Es gehört mir! Ich kann dort spazierengehen, dort arbeiten, dort leben. Ein Wald für mich ganz allein! Mein, für immer.«
»Dein, zumindest neunundneunzig Jahre lang.«
»Neunundneunzig Jahre?« Es tut mir leid sagen zu müssen, daß in ihrer Stimme ein Anflug von Enttäuschung mitschwang.
»Mein liebes Kind! Erwartest du denn, länger zu leben?«
»Das ist vermutlich unmöglich«, erwiderte sie und errötete ein wenig. »Ich weiß nicht.«
»Den meisten Menschen scheint neunundneunzig Jahre zu reichen. Ich habe dieses Haus und diesen Rasen, auf dem du gerade stehst, für neunundneunzig Jahre zur Pacht bekommen. Und doch nenne ich sie mein eigen, und ich denke, das ist auch gerechtfertigt. Oder etwa nicht?«
»Oh ja.«
»Neunundneunzig Jahre bedeutet praktisch für immer. Nicht wahr?«
»Oh ja. So ist es wohl.«
Ford besitzt ein höchst aufrührerisches Tagebuch. Außen ist es mit einem Etikett »Privat« versehen, innen mit der Überschrift »Sozusagen ein Buch«. Ich sah, wie er jetzt einen Eintrag machte: »Ewigkeit: sozusagen neunundneunzig Jahre.«
Mr. Worters meinte jetzt, so als spräche er zu sich

selbst: »Du meine Güte! Du meine Güte! Wie sehr Land im Preis doch gestiegen ist! Absolut erstaunlich.« Ich bemerkte, daß er einen Boswell benötigte, und so fragte ich ihn: »Ist es wirklich so?«

»Mein lieber Inskip. Raten Sie einmal, für welche Summe ich dieses Gehölz vor zehn Jahren hätte bekommen können! Doch seinerzeit wollte ich nicht. Raten Sie einmal, warum.«

Wir konnten nicht raten, warum.

»Weil die Transaktion nicht reell gewesen wäre.« Als er das noble Wort äußerte, wurde sein Gesicht von einer blassen Röte überzogen, was ihm sehr gut zu Gesicht stand. »Nicht reell. Vom gesetzlichen Standpunkt aus gesehen durchaus reell, aber nicht vom moralischen Standpunkt aus. Wir hätten dem Mann, dem es gehörte, die Unterschrift abnötigen müssen. Ich habe mich gewehrt. Die anderen – in ihrer Art durchaus anständige Burschen – meinten, ich sei überempfindlich. Ich erwiderte: ›Ja. Vielleicht bin ich das. Mein Name lautet schlicht und ergreifend Harcourt Worters – nicht unbedingt ein bekannter Name, wenn man die City und meinen eigenen Landkreis einmal hinter sich läßt. Aber ein Name, der dort, wo man ihn kennt, einiges Gewicht hat; so schmeichle ich mir wenigstens. Und ich werde meinen Namen nicht unter dieses Dokument setzen. Das ist alles. Nennen Sie mich meinetwegen überempfindlich, aber ich werde nicht unterschreiben. Es ist einfach eine Laune. Lassen Sie es uns eine Laune nennen.‹« Er wurde erneut rot. Ford ist der festen Überzeugung, daß sein Vormund am ganzen Körper errötet – daß er, wenn man ihn ausziehen könnte und ihn von noblen Dingen sprechen ließe, wie ein gekochter Hummer aussähe. Fords Tagebuch enthält eine Zeichnung von ihm in dieser Situation.

»Dann gehört das Gehölz dem Mann, dem es damals gehörte, jetzt also nicht mehr?« fragte Miß Beaumont, die der Erzählung mit einigem Interesse gefolgt war.

»O nein!« erwiderte Mr. Worters.

»Natürlich nicht!« sagte Mrs. Worters abwesend, da sie im Gras gerade Jagd auf ihre Stricknadel machte. »Selbstverständlich nicht. Es gehört der Witwe.«

»Tee!« rief ihr Sohn und sprang munter auf. »Ich sehe Tee, und ich will Tee. Komm, Mutter. Komm her, Evelyn. Ich kann euch versichern, so ein harter Tag in der Schlacht des Lebens ist alles andere als ein Scherz. Denn das Leben ist praktisch eine Schlacht. Trotz aller Vorsätze und Absichten eine Schlacht. Außer für ein paar glückliche Burschen, die Bücher lesen dürfen und sich auf diese Weise um die Wirklichkeit herummogeln. Ich aber ...«

Seine Stimme wurde allmählich heiser, als er die beiden Damen jetzt über den kurzgeschorenen Rasen führte und die Steinstufen der Terrasse hinaufbegleitete, auf der der Diener Tische und kleine Stühle und ein silbernes Gestell für den Teekessel aufbaute. Weitere Damen traten aus dem Haus. Wir konnten nur ihre Entzückensschreie hören, als ihnen ebenfalls von dem Erwerb des ›anderen Königreichs‹ erzählt wurde.

Ich mag Ford sehr gerne. Der Junge hat die Anlagen

zu einem Gelehrten und – obwohl er das Wort aus irgendeinem Grunde nicht mag – zu einem Gentleman. Es amüsierte mich, als ich sah, wie sich seine Lippen jetzt in einem Anflug von jugendlichem Zynismus kräuselten. Er hat kein Verständnis für den Diener und das silberne Gestell für den Teekessel. Sie veranlassen ihn, sich zu bekreuzigen. Denn er hat Träume – nicht unbedingt geistige Träume: dafür ist Mr. Worters zuständig, – eher Träume der greifbaren und konkreten Art: robuste Träume, die ihn nicht in den Himmel, sondern auf eine andere Erde entführen. Auf dieser anderen Erde gibt es keine Diener, und die Gestelle für die Teekessel sind wahrscheinlich nicht aus Silber, und alles ist es selbst und nicht sozusagen etwas anderes. Aber was das bedeutet und, falls es etwas bedeutet, wozu es gut ist, das vermag ich nicht zu sagen. Denn obwohl ich zuvor gesagt habe: »Auch in Träumen liegt eine gewisse Wahrheit«, habe ich das nur gesagt, um Mr. Worters zum Schweigen zu bringen.

»Los, Mann, machen Sie weiter! Wir können nicht zum Tee erscheinen, ehe wir nicht noch etwas durchgenommen haben.«

Er drehte seinen Stuhl von der Terrasse weg, so daß er die Wiesen und den Fluß, der durch die Wiesen fließt, sehen konnte und die Buchen des ›anderen Königreichs‹ die am anderen Ufer des Flusses aufragen. Dann begann er, Vergils Hirtengedichte auf höchst ernsthafte und respektheischende Weise zu analysieren.

2.

›Das andere Königreich‹ sieht genauso aus wie alle anderen Buchenwäldchen, deshalb kann ich mir die Mühe ersparen, es zu beschreiben. Und der Fluß davor wird – wie andere Flüsse – nicht an der richtigen Stelle von einer Brücke überspannt, sondern man muß entweder eine Meile weit gehen oder hinüberwaten. Miß Beaumont schlug vor, wir sollten waten. Mr. Worters nahm den Vorschlag mit stürmischer Begeisterung auf. Erst nach und nach wurde deutlich, daß er ihn sich nicht zu eigen machte.

»Was für ein Spaß! Was für ein Spaß! Wir werden zu deinem Königreich waten. Wenn nur ... wenn nur die Teesachen nicht wären.«

»Aber die Teesachen kannst du doch auf dem Rücken rübertragen.«

»Ach ja! Das ist richtig. Oder die Diener könnten es.«

»Harcourt – keine Diener. Dies ist mein Picknick und mein Wäldchen. Ich werde alles arrangieren. Ich habe dir noch gar nicht erzählt, daß ich das ganze Essen eingekauft habe. Ich bin mit Mr. Ford im Dorf gewesen.«

»Im Dorf ...«

»Ja. Wir haben Bisquits und Apfelsinen und ein halbes Pfund Tee geholt. Das ist alles, was du bekommst. Er hat es raufgeschleppt. Und er wird es über den Fluß schleppen. Ich möchte nur, daß du mir die Sachen für den Tee leihst – nicht die besten. Ich werde auf sie achtgeben. Das ist alles.«

»Mein liebes Geschöpf ...«

»Evelyn«, sagte Mrs. Worters, »wieviel habt ihr für diesen Tee bezahlt?«

»Zehn Pence für das halbe Pfund.«

Mrs. Worters nahm diese Angabe mit düsterem Schweigen auf.

»Mutter!« rief Mr. Worters. »So etwas! Das habe ich ja ganz vergessen! Wie sollen wir denn mit Mutter hinüberwaten?«

»Oh, Mrs. Worters, wir könnten Sie doch hinübertragen.«

»Danke dir, liebstes Kind. Ich bin sicher, daß ihr das könntet.«

»O weh! O weh! Evelyn, Mutter lacht uns aus. Sie würde lieber sterben, als getragen zu werden. Und o weh! Da sind ja auch noch meine Schwestern und Mrs. Osgood: Sie hat sich erkältet, diese lästige Person. Nein, wir werden wohl doch die ganze Strecke laufen müssen und dann über die Brücke gehen.«

»Aber ein paar von uns ...«, fing Ford an. Sein Vormund unterbrach ihn mit einem raschen Blick.

So liefen wir die ganze Strecke – eine Prozession bestehend aus acht Menschen. Miß Beaumont ging an der Spitze. Sie war äußerst fröhlich – zumindest dachte ich das damals, aber wenn ich mir hinterher ihre Äußerungen ins Gedächtnis rufe, kann ich an ihnen nichts Amüsantes finden. Sie waren alle von dieser Art: »Geht im Gänsemarsch! Tut so, als seid ihr in der Kirche und sprecht nicht. Mr. Ford, gehen Sie außen. Harcourt – an der Brücke mußt du der Wassernymphe eine Prise Tee hinunterwerfen. Sie hat Kopfschmerzen. Sie hat seit neunzehnhundert Jahren Kopfschmerzen.« Alles, was sie sagte, war ziemlich töricht. Ich verstehe nicht, wieso ich es seinerzeit mochte.

Als wir uns dem Gehölz näherten, sagte sie: »Mr. Inskip, singen Sie, und wir werden Ihnen nachsingen: He, du Vollidiot, auch Götter leben in den Wäldern.« Ich räusperte mich und gab den abscheulichen Satz von mir, und wir sangen ihn alle zusammen, als wäre er eine Litanei. Es war etwas äußerst Anziehendes an Miß Beaumont. Ich war nicht überrascht, daß Harcourt sie sich in Irland aufgelesen und als Braut mit nach Hause gebracht hatte: ohne Geld, ohne Verbindungen, beinahe ohne Vorfahren. Es war gewagt von ihm, aber er hielt sich ja für einen waghalsigen Burschen. Sie brachte nichts mit in die Ehe, aber das konnte er sich leisten, er besaß geistige und materielle Güter im Überfluß. »Mit der Zeit«, hörte ich ihn einmal zu seiner Mutter sagen, »mit der Zeit wird Evelyn es mir tausendfach zurückzahlen.« In der Zwischenzeit strahlte sie einen höchst attraktiven Zauber aus. Wenn es mir zustünde, Menschen zu mögen, ich hätte sie sehr gemocht.

»Hört auf zu singen!« rief sie. Wir betraten den Wald. »Seid willkommen.« Wir verbeugten uns. Ford, der nicht gelacht hatte, verbeugte sich bis zum Boden. »Und jetzt setzt euch. Mrs. Worters, würden Sie bitte hier Platz nehmen, an jenem Baum dort mit dem grünen Stamm? Er wird sich von ihrem wunderschönen Kleid farblich abheben.«

»Sehr schön, meine Liebe, das tue ich«, erwiderte Mrs. Worters.
»Anna – dort. Mrs. Inskip neben sie. Dann Ruth und Mrs. Osgood. Oh, Harcourt – setz dich ein bißchen weiter vor, damit man das Haus nicht sehen kann. Ich möchte das Haus überhaupt nicht sehen.«
»Nein, das tue ich nicht!« erwiderte ihr Verlobter lachend, »ich will mich auch an einen Baumstamm lehnen.«
»Miß Beaumont«, fragte Ford, »wo soll ich sitzen?« Er stand in Habachtstellung, wie ein Soldat.
»Oh, schaut mir all diese Worters*!« rief sie, »und mitten unter ihnen ein kleiner Ford**!« Denn sie befand sich in jenem Stadium der geistigen Erziehung, in dem man ein Wortspiel zu schätzen weiß.
»Soll ich stehen bleiben, Miß Beaumont? Soll ich das Haus von hier aus, wo ich stehe, vor Ihren Blicken verbergen?«
»Setzen Sie sich, Jack, Sie Kindskopf!« rief sein Vormund, indem er sich mit unnötiger Schärfe einmischte. »Setzen Sie sich!«
»Er kann ebensogut stehen bleiben, wenn er möchte«, sagte Evelyn. »Aber schieben Sie Ihren Hut ein wenig zurück, Mr. Ford. So wie einen Heiligenschein. Jetzt verdecken Sie sogar den Rauch aus dem Kamin. Und er steht Ihnen ausgezeichnet.«
»Evelyn! Evelyn! Du bist zu dem Jungen allzu streng.

---

* Wort = englisch: Pflanze, Kraut (Anmerkung des Übersetzers)
** Ford = englisch: Fluß, Strom, Furt (A. d. Ü.)

Du wirst ihn ermüden. Er ist einer dieser Bücherwürmer. Er ist nicht so kräftig. Laß ihn sich setzen.«
»Sind Sie nicht kräftig?« fragte sie.
»Ich bin kräftig!« rief er. Das ist allerdings wahr. Ford hat eigentlich kein Recht dazu, kräftig zu sein, aber er ist es. Er hat seine Hanteln niemals angerührt, noch an seiner Schule Rugby gespielt, aber seine Muskeln haben sich trotzdem entwickelt. Er ist der Ansicht, sie hätten sich während der Lektüre von Pindar entwickelt.
»Wenn Sie möchten, können Sie ebensogut stehen.«
»Evelyn! Evelyn! Kindisches, selbstsüchtiges Mädchen! Wenn der arme Jack müde wird, übernehme ich seinen Platz. Warum möchtest du das Haus denn nicht sehen? Wie?« Mrs. Worters und die beiden Miß Worters bewegten sich unbehaglich hin und her. Sie sahen, daß ihrem Harcourt irgend etwas nicht so recht behagte. Und es war keine Frage, was das war. Es war an Evelyn, sein Unbehagen zu besänftigen, und sie blickten sie erwartungsvoll an.
»Nun, warum möchtest du dein künftiges Heim nicht sehen? Ich muß schon sagen – obwohl ich das Haus praktisch selbst geplant habe –, es sieht von hier aus sehr gut aus. Ich mag die Giebel. Miß! Antworte mir!«
Ich verstand Miß Beaumont sehr gut: Ein selbstgebauter Giebel ist etwas Schreckliches, und Harcourts Herrenhaus sah aus wie eine Hütte, die an Wassersucht leidet. Aber was würde sie erwidern?
Sie erwiderte nichts.
»Nun?«
Es war, als hätte er sie nie etwas gefragt. Sie war ge-

nauso glücklich, lächelte genauso, war genauso hübsch wie immer, und sie erwiderte nichts. Sie schien sich nicht im klaren darüber, daß eine Frage eine Antwort fordert.

Uns war die Situation äußerst peinlich. Ich versuchte sie zu retten, indem ich eine taktvolle Anspielung auf die Aussicht machte, die, wie ich behauptete, mich ein wenig an die Landschaft in der Nähe von Veji erinnerte. Es stimmte nicht – und es konnte auch gar nicht stimmen, da ich niemals auch nur in der Nähe von Veji war. Aber es ist Teil meiner Taktik, stets Anspielungen auf die Klassik zu machen. Jedenfalls rettete ich die Situation.

Miß Beaumont wurde sofort ganz ernst und verständig. Sie fragte mich über Veji aus. Ich gab eine einigermaßen passende Antwort.

»Ich mag die Klassiker«, gab sie zum besten. »Sie sind so natürlich. Sie notieren die Dinge ganz einfach.«

»Ja-a«, entgegnete ich. »Aber die Klassiker haben neben Prosa natürlich auch ihre Poesie hervorgebracht. Sie bestehen aus mehr als aus einer Aneinanderreihung von Tatsachen.«

»Sie notieren die Dinge ganz einfach«, sagte Miß Beaumont und lächelte, als fände sie an dieser törichten Definition Gefallen.

Harcourt hatte sich erholt. »Eine äußerst gerechtfertigte Kritik«, meinte er. »Es ist genau das, was auch ich angesichts der Antike immer empfinde. Die Dichtkunst trägt nicht sehr weit. Sie notiert die Dinge lediglich.«

»Was willst du damit sagen?« fragte Evelyn.
»Ich will folgendes sagen – auch wenn es vielleicht etwas vermessen ist, so etwas in Gegenwart von Mr. Inskip zu äußern. Ich will also folgendes sagen: Die klassische Dichtkunst ist nicht alles. Wir schulden ihr ungeheuer viel; ich bin der letzte, der dies unterschätzen würde; ich habe sie auf der Schule ebenfalls durchgenommen. Sie ist voller Eleganz und Schönheit. Aber sie ist nicht alles. Sie wurde verfaßt, bevor die Menschen wirklich zu empfinden begannen.« Er wurde puterrot. »Folglich fehlt der kalten Schönheit der klassischen Kunst – nun, es fehlt ihr eben etwas. Wohingegen die späteren Werke – Dante, eine Madonna von Raffael, einige Takte Mendelssohn ...« Seine Stimme verlor sich ehrfürchtig. Wir saßen mit gesenkten Blicken da und mochten Miß Beaumont nicht in die Augen sehen. Es ist ein einigermaßen offenes Geheimnis, daß auch ihr etwas fehlt. Sie hat ihre Seele noch nicht entwickelt.
Das Schweigen wurde durch die immer noch leise Stimme von Mrs. Worters unterbrochen, die bemerkte, ihr sei ganz schwach vor Hunger.
Die junge Gastgeberin sprang auf. Sie wollte sich von niemandem helfen lassen: Es war ihre Party. Sie öffnete den Korb und holte die Bisquits und Apfelsinen aus ihren Tüten und machte Feuer unter dem Teekessel und schenkte den Tee aus, der schrecklich schmeckte. Aber wir lachten und sprachen mit der Leichtfertigkeit, die zur frischen Luft gehört, und sogar Mrs. Worters hustete die Fliegen mit einem Lä-

cheln aus. Über uns allen erhob sich die schweigende, ritterliche Gestalt Fords, der seinen Tee vorsichtig trank, um sich nicht vom Fleck zu rühren und auch ja das Haus vor Evelyns Blicken zu verbergen. Sein Vormund, der ein Witzbold ist, zog ihn auf und kitzelte ihn an den Knöcheln und Waden.

»Nun, es ist wirklich hübsch hier!« sagte Miß Beaumont. »Ich bin glücklich.«

»Dein Wäldchen, Evelyn!« sagten die Damen.

»Ihr Wäldchen für immer!« rief Mr. Worters. »Es ist wirklich eine unbefriedigende Vereinbarung, so ein Pachtvertrag für neunundneunzig Jahre. Da kann ja kein Gefühl für Dauer aufkommen. Ich habe die Verhandlungen neu eröffnet. Ich habe ihr das Wäldchen für alle Ewigkeit gekauft – in Ordnung, Liebling, in Ordnung: keine unnötige Aufregung.«

»Doch!« rief sie. »Denn alles ist vollkommen! Alle sind so nett – und vor einem Jahr kannte ich die meisten von euch noch gar nicht. Oh, es ist so wundervoll – und nun ein Wäldchen – ein Wäldchen, das mir gehört – ein Wäldchen für alle Ewigkeit – und ihr seid alle mit zum Tee hierhergekommen! Lieber Harcourt – ihr Lieben – und genau an der Stelle, von wo aus man das Haus sehen könnte und alles verderben würde, steht Mr. Ford!«

»Ha, ha!« lachte Mr. Worters und umfaßte mit seiner Hand den Fußknöchel des Jungen. Ich weiß nicht, was genau passierte, aber Ford brach mit einem lauten Ausruf zusammen. Für einen Außenstehenden mag es wie ein Ausruf des Ärgers oder des Zorns geklungen haben. Wir, die wir es besser wußten, lachten schallend.

»Da geht er in die Knie! Da geht er in die Knie!« Und sie schubsten ihn scherzhaft hin und her und wirbelten mit ihren Schuhen lockere Erde und trockene Blätter auf.

»Macht mir mein Wäldchen nicht kaputt!« rief Miß Beaumont. Ford gab einen weiteren lauten Ausruf von sich. Mr. Worters zog seine Hand zurück. »Sieg!« rief er aus. »Evelyn! Sieh dir den Familiensitz an!« Aber Miß Beaumont hatte uns in ihrer schmetterlingshaften Art verlassen und schlenderte in ihrem Wäldchen herum.

Wir packten die Teesachen zusammen und teilten uns dann in zwei Gruppen auf. Ford ging mit den Damen. Mr. Worters erwies mir die Ehre, mir Gesellschaft zu leisten.

»Nun!« sagte er und gebrauchte seine übliche Redensart. »Und wie steht's mit den Klassikern?«

»Ziemlich gut.«

»Läßt Miß Beaumont irgendein Talent erkennen?«

»Ich glaube, ja. Auf jeden Fall zeigt sie viel Begeisterung.«

»Finden Sie nicht, daß es die Begeisterung eines Kindes ist? Ich will offen mit Ihnen sprechen, Mr. Inskip. In vielerlei Hinsicht ist Miß Beaumont praktisch ein Kind. Sie muß alles lernen. Das gibt sie selbst zu. Ihr neues Leben ist so gänzlich anders – so fremd. Unsere Gewohnheiten, unsere Gedanken – in all das muß sie erst eingeführt werden.«

Ich sah, worauf er hinauswollte, aber ich bin kein Narr, und so erwiderte ich: »Und wie könnte man sie besser einführen als mit Hilfe der Klassiker?«

»Genau, genau«, sagte Mr. Worters. In der Ferne hörten wir ihre Stimme. Sie zählte die einzelnen Buchen.

»Die einzige Frage ist – all dieses Latein und Griechisch, was soll sie damit anfangen? Kann sie überhaupt etwas damit anfangen? Kann sie ... nun, es sieht nicht so aus, als müßte sie es jemals anderen beibringen.«

»Das ist richtig.« Und ein aufmerksamer Beobachter hätte vielleicht meinen können, daß meine Gesichtszüge einen etwas unentschlossenen Ausdruck annahmen.

»Wie auch immer, da sie so wenig weiß ... ich räume Ihnen ein, daß sie begeisterungsfähig ist. Aber sollte man ihre Begeisterung nicht in andere Bahnen lenken – zum Beispiel auf die englische Literatur? Sie kennt ihren Tennyson kaum. Gestern abend habe ich ihr im Wintergarten jene wundervolle Szene zwischen Arthur und Ginevra vorgelesen. Griechisch und Latein sind ja wunderschön, aber ich habe bisweilen das Gefühl, wir sollten am Anfang anfangen.«

»Sie haben das Gefühl«, entgegnete ich, »daß die Klassiker für Miß Beaumont eine Art Luxus darstellen.«

»Eine Art Luxus. Das ist genau das Wort, Mr. Inskip. Eine Art Luxus. Eine Grille. Das ist alles sehr schön für Jack Ford. Und damit kommen wir zu einem anderen Thema. Sie hält Jack doch sicherlich auf? Ihre Kenntnisse müssen rudimentär sein.«

»Nun ja, ihre Kenntnisse *sind* rudimentär; und ich muß gestehen, daß es schwierig ist, die beiden zusammen zu unterrichten. Jack hat eine ganze Menge gelesen, auf die eine oder andere Weise, während Miß Beaumont, obwohl sie so fleißig und begeisterungsfähig ist ...«

»Ich habe das gleiche Gefühl. Das Arrangement ist in bezug auf Jack wohl kaum mehr fair?«

»Nun, ich muß zugeben ...«

»Richtig. Ich hätte es niemals vorschlagen dürfen. Es muß ein Ende haben. Natürlich soll die Tatsache, daß wir einen Schüler zurückziehen, keine Rolle für Sie spielen, Mr. Inskip.«

»Die gemeinsamen Unterrichtsstunden werden sofort aufhören, Mr. Worters.«

An dieser Stelle schloß Evelyn zu uns auf. »Harcourt, in dem Wäldchen stehen achtundsiebzig Bäume. So viele habe ich jedenfalls gezählt.«

Er lächelte auf sie hinunter. Ich muß noch erwähnen, daß er groß ist und gut aussieht. Mit einem energischen Kinn und klaren, braunen Augen, einer hohen Stirn und mit Haaren, die noch keine einzige graue Strähne aufweisen. Es gibt nur wenig Bemerkenswerteres als eine Fotografie von Mr. Harcourt Worters.

»Achtundsiebzig Bäume?«

»Achtundsiebzig.«

»Bist du zufrieden?«

»Oh, Harcourt ...!«

Ich fing an, die Teeutensilien zusammenzupacken.

Beide sahen und hörten mich. Es war ihnen selbst zuzuschreiben, wenn sie nicht weiter weggingen.
»Ich werde mich um die Brücke kümmern«, sagte er. »Zuerst einmal eine rustikale Brücke und später vielleicht einen asphaltierten Pfad vom Haus über die Wiese hinüber, so daß wir bei jedem Wetter trockenen Fußes hierher gelangen können. Außerdem kommen die Dorfjungen in das Wäldchen – sieh dir all diese Monogramme an –, deshalb habe ich daran gedacht, einen einfachen Zaun zu ziehen, um alle, außer uns selbst, daran zu hindern ...«
»Harcourt.«
»Einen einfachen Zaun«, fuhr er fort, »genau in der Art, wie ich ihn um meinen Garten und die Felder gezogen habe. Dann würde ich auf der anderen Seite des Gehölzes ein Tor machen lassen und zwei Schlüssel, denke ich, einen für mich und einen für dich, nicht mehr; und ich würde den Asphaltweg ...«
»Aber Harcourt ...«
»Aber Evelyn!«
»Ich – ich – ich ...«
»Du – du – du ...?«
»Ich – ich möchte keinen Asphaltweg.«
»Nein? Vielleicht hast du recht. Vielleicht einen Weg mit Schlacke. Ja. Oder sogar einen Kiesweg.«
»Aber Harcourt – ich möchte überhaupt keinen Weg. Ich – ich – kann mir keinen Weg leisten.«
Er gab ein triumphierendes Lachen von sich. »Aber Liebling! Als ob dich das kümmern müßte! Der Weg gehört zu meinem Geschenk.«

»Das Wäldchen ist dein Geschenk«, sagte Miß Beaumont. »Weißt du – ich lege keinen Wert auf den Weg. Ich würde lieber immer so kommen, wie wir heute gekommen sind. Und ich möchte keine Brücke. Nein – und auch keinen Zaun. Die Jungens und ihre Monogramme sind mir egal. Sie und die Mädchen sind schon immer zum ›anderen Königreich‹ gekommen und haben ihre Namen in die Rinde geschnitzt. Man nennt das die ›vierte Zeit des Aufgebots‹. Ich möchte nicht, daß das aufhört.«

»Da!« Er zeigte auf ein großes, von einem Pfeil durchbohrtes Herz. »Da! Da!« Wahrscheinlich wollte er Zeit gewinnen.

»Sie schnitzen ihre Namen hinein und gehen fort, und nach der Geburt des ersten Kindes kommen sie wieder und vertiefen die Schnitte. Und so machen sie es bei jedem Kind. Du mußt wissen: Die Monogramme, die bis auf den Stamm gehen, deuten auf Väter und Mütter großer Familien, und dort, wo die Rinde nur ein bißchen angekratzt ist, so daß sie bald wieder zusammenwächst, waren Jungen und Mädchen am Werk, die nie geheiratet haben.«

»Du wundervolles Geschöpf! Ich habe mein ganzes Leben hier verbracht und niemals auch nur ein Wort davon gehört. Dieses wunderschöne Volkstum in Hertfordshire! Ich muß es dem Erzdiakon erzählen. Er wird entzückt sein ...«

»Aber Harcourt, ich möchte nicht, daß das aufhört.«

»Mein liebes Mädchen, die Dorfleute werden andere

Bäume finden! Es ist ja nichts Besonderes am ›anderen Königreich‹.«

»Aber ...«

»Das ›andere Königreich‹ soll für uns sein. Ganz allein für dich und mich. Nur unsere Monogramme.« Seine Stimme sank zu einem Flüstern hinab.

»Ich möchte nicht, daß es eingezäunt wird.« Ihr Gesicht war mir zugewandt; ich bemerkte einen verwirrten und erschrockenen Ausdruck auf ihm. »Ich hasse Zäune. Und Brücken. Und alle Arten von Wegen. Es ist mein Wäldchen. Bitte. Du hast mir das Wäldchen geschenkt.«

»Nun gut!« erwiderte er und beschwichtigte sie. Aber ich konnte sehen, daß er ärgerlich war. »Natürlich. Aber sieh doch, Evelyn, die Wiese gehört mir; ich habe das Recht, dort einen Zaun zu ziehen – zwischen meinem Besitz und deinem!«

»Oh, dann zäune mich doch aus, wenn du willst! Zäune mich aus, soviel du willst! Aber niemals ein. Oh, Harcourt, niemals ein. Ich muß draußen sein, muß dort sein, wo jeder mich erreichen kann. Jahr für Jahr – während die Monogramme sich vertiefen – das einzige, was zu ertasten sich lohnt – und schließlich wachsen sie zusammen – aber man hat sie ertastet.«

»Unsere Monogramme!« murmelte er und griff begierig das einzige Wort auf, das er verstanden hatte und das ihm nutzen konnte. »Laß uns unsere Initialen gleich jetzt hineinschnitzen. Du und ich – ein Herz, wenn du willst, und ein Pfeil und alles, was dazugehört. H. W. – E. B.«

»H. W.«, wiederholte sie, »und E. B.«
Er holte sein Taschenmesser heraus und zog sie auf der Suche nach einem jungfräulichen Baum mit sich fort. »E. B. wie ewige Betörung. Du bist mein! Meine Zufluchtsstätte in dieser Welt! Mein Tempel der Reinheit. Oh, diese Hochstimmung – du kannst das nicht verstehen, aber eines Tages wirst du es verstehen! Oh, die Abgeschiedenheit des Paradieses. Jahr für Jahr, wir beide ganz allein, ganz und gar füreinander da – Jahr für Jahr, Seele für Seele, E. B. Ewige Betörung!«
Er streckte die Hand aus, um die Initialen hineinzuschnitzen. In diesem Augenblick schien sie aus einem Traum zu erwachen. »Harcourt!« rief sie, »Harcourt! Was ist das? Was ist das für eine rote Flüssigkeit auf deinem Zeigefinger und deinem Daumen?«

3.

Oh, du meine Güte! Oh, all ihr Göttinnen und Götter! Das ist eine böse Geschichte. Mr. Worters hat Fords aufrührerisches Tagebuch gelesen.
»Ich bin selbst schuld«, sagte Ford. »Ich hätte es mit einem Etikett ›Sozusagen privat‹ versehen sollen. Wie hätte er wissen sollen, daß der Inhalt nicht für ihn bestimmt war?«
Ich sprach mit strenger Stimme, so wie es einem *employé* zukommt. »Mein lieber Junge, Unsinn, das Etikett hatte sich gelöst. Deshalb hat Mr. Worters das Buch geöffnet. Er hatte keine Ahnung, daß es privat ist, sehen Sie – das Etikett ist fort.«

»Abgekratzt«, erwiderte Ford grimmig und starrte auf seinen Fußknöchel.

Ich tat so, als verstünde ich nicht. »Die Sache ist die: Mr. Worters wird die Sache vierundzwanzig Stunden überdenken. Falls Sie meinen Ratschlag hören wollen, dann entschuldigen Sie sich, bevor diese Zeit verstrichen ist.«

»Und wenn ich es nicht tue?«

»Das müssen Sie natürlich selbst entscheiden. Aber vergessen Sie nicht, daß Sie jung sind und praktisch nichts vom Leben wissen und daß Sie kaum etwas Geld Ihr eigen nennen können. Soweit ich es beurteilen kann, hängt Ihre Karriere praktisch von Mr. Worters' Gunst ab. Sie haben sich über ihn lustig gemacht. Er mag es nicht, wenn man sich über ihn lustig macht. Ich glaube, der Weg, den Sie einschlagen sollten, liegt ziemlich deutlich vor Ihnen.«

»Ihn um Verzeihung bitten?«

»Sehr richtig.«

»Und wenn ich es nicht tue?«

»Abreisen.«

Er setzte sich auf die steinernen Stufen und bettete seinen Kopf auf die Knie. Auf dem Rasen unter uns zog Miß Beaumont mit ein paar Krocketbällen umher. Ihr Verlobter war draußen auf der Wiese und begutachtete die Richtung, die der Asphaltweg nehmen sollte. Denn der Weg soll angelegt werden, und das Gleiche gilt für die Brücke und den Zaun, der nun doch rund um das ›andere Königreich‹ gezogen werden soll. Miß Beaumont hat zur rechten Zeit eingesehen, wie unvernünftig ihre Einwände waren. Aus eigenem Antrieb gab sie eines Abends im Salon Harcourt die Erlaubnis zu tun, was er wollte. »Es sieht aus, als sei das Wäldchen nähergerückt«, meinte Ford.

»Die inneren Zäune sind verschwunden; das bringt es näher. Aber mein lieber Junge – Sie müssen sich entscheiden, was Sie tun wollen.«

»Wieviel hat er gelesen?«

»Natürlich hat er das Buch lediglich geöffnet. Nach dem zu urteilen, was Sie mir gezeigt haben, würde ein Blick genügen.«

»Hat er es bei den Gedichten geöffnet?«

»Bei den Gedichten?«

»Hat er von den Gedichten gesprochen?«

»Nein. Ging es darin um ihn?«

»Es ging darin nicht um ihn.«

»Dann wäre es doch egal, ob er sie gesehen hat oder nicht.«

»Bisweilen ist es ein Kompliment, erwähnt zu werden«, sagte Ford und warf mir einen Blick zu. Diese Bemerkung verströmte sozusagen einen beißenden Wohlgeruch – den gleichen Wohlgeruch, der nach dem Genuß eines hervorragenden Weins im Mund haften bleibt. Sie hörte sich nicht nach der Bemerkung eines Jungen an. Es tat mir leid, daß mein Schüler drauf und dran war, seine Karriere zugrunde zu richten; und ich sagte ihm erneut, er täte besser daran, sich zu entschuldigen.

»Ich spreche nicht von Mr. Worters' Anspruch auf eine

Entschuldigung. Das ist ein Aspekt, den ich lieber nicht berühren möchte. Die entscheidende Frage lautet: Wohin wollen Sie, wenn Sie sich nicht entschuldigen?«

»Zu einer Tante in Peckham.«

Ich deutete auf die hübsche, liebliche Landschaft voll grasender Kühe und weidender Kutschpferde und höflicher Dienstboten. Mitten darin stand Mr. Worters, strahlte Energie und Reichtum aus, wie eine irdische Sonne. »Mein lieber Ford – spielen Sie nicht den Helden! Entschuldigen Sie sich.«

Unglücklicherweise erhob ich meine Stimme ein wenig, und Miß Beaumont unten auf dem Rasen hörte mich.

»Sich entschuldigen?« rief sie. »Weswegen denn?« Und da sie sich nicht für ihr Spiel interessierte, stieg sie die Stufen zu uns empor und zog den Krocketschläger hinter sich her. Ihr Gang war ziemlich lustlos. Sie wirkte endlich ein wenig gedämpft.

»Kommen Sie herein!« flüsterte ich. »Wir müssen einen Ausweg aus dieser Sache finden.«

»Kommt überhaupt nicht in Frage«, sagte Ford.

»Was ist denn los?« fragte sie und blieb neben ihm auf der Stufe stehen.

Er schluckte, als er sie ansah. Plötzlich verstand ich. Ich erkannte die Natur und das Thema seiner Gedichte. Jetzt war ich nicht mehr so sicher, daß er sich lieber entschuldigen sollte. Je schneller er hier rausgeworfen würde, desto besser.

Trotz meiner Proteste erzählte er ihr von dem Tagebuch, und ihre erste Bemerkung lautete: »Oh, lassen Sie es mich sehen!« Sie hatte wirklich keinerlei Feingefühl. Dann fragte sie: »Aber warum schauen Sie denn beide so betreten?«

»Wir warten auf Mr. Worters' Entscheidung«, entgegnete ich.

»Mr. Inskip! Was für ein Unsinn! Glauben Sie etwa, Harcourt könne deswegen ärgerlich werden?«

»Natürlich ist er ärgerlich, und das mit Recht.«

»Aber warum denn?«

»Ford hat sich über ihn lustig gemacht.«

»Aber was soll denn das?« Und zum erstenmal schwang Ärger in ihrer Stimme mit. »Wollen Sie damit sagen, daß er jemanden bestraft, der über ihn lacht? Aber warum, wozu denn sonst, aus welch anderem Grund sind wir denn alle hier? Nicht über den anderen lachen zu dürfen! Ich lache den ganzen Tag über irgendwelche Leute. Über Mr. Ford. Über Sie. Und das gleiche tut Harcourt. Oh, Sie verkennen ihn! Er würde doch nicht – er könnte doch nicht ärgerlich über Leute sein, die gelacht haben.«

»Mein Lachen war nicht unbedingt nett«, sagte Ford. »Er kann mir nicht gut vergeben.«

»Sie sind ein törichter Junge.« Sie grinste ihn spöttisch an. »Sie kennen Harcourt nicht. In jeder Hinsicht so großzügig. Also, ich glaube, er wäre genauso wütend wie ich, wenn Sie ihn um Entschuldigung bäten. Mr. Inskip, ist es nicht so?«

»Ich glaube, er hat jedes Recht auf eine Entschuldigung.«

»Recht? Was für ein Recht? Sie gebrauchen zuviele neue Worte. ›Recht‹ – ›Entschuldigung‹ – ›Gesellschaft‹ – ›Stellung‹ – ich kann Ihnen da nicht folgen. Weshalb sind wir denn überhaupt alle hier?«
Ihre kleine Ansprache war voll zitternder Lichter und Schatten – in einem Augenblick leichtfertig, im nächsten schwang die unausgesprochene Frage mit, wo denn die Menschlichkeit bliebe. Ich habe kein Abschlußexamen in Ethik abgelegt, deshalb konnte ich ihr keine Antwort darauf geben.
»Eins weiß ich jedenfalls – Harcourt ist nicht so beschränkt wie Sie beide. Er steht über den Konventionen. Er kümmert sich nicht um ›Rechte‹ und ›Entschuldigungen‹. Er weiß, daß Lachen immer nett ist und daß andere nette Dinge Geld und die Seele und so weiter sind.«
Die Seele und so weiter! Ich wunderte mich, daß Harcourt draußen auf der Wiese keinen Schlaganfall erlitt.
»Also wirklich, was für ein armseliges Geschäft wäre euer Leben«, fuhr sie fort, »wenn ihr dauernd Beleidigungen und Entschuldigungen austauschen würdet! Vierzig Millionen Engländer, und alle empfindlich! Was glauben Sie wohl, wie man lachen würde, wenn es so wäre! Stellen Sie sich das bloß einmal vor!« Und sie lachte. »Aber sehen Sie sich Harcourt doch an. Er weiß es besser. Er ist nicht so engstirnig. Mr. Ford! Er ist nicht so engstirnig. He, was haben Sie denn mit Ihren Augen?«
Er bettete seinen Kopf erneut auf die Knie, und wir

konnten seine Augen nicht länger sehen. In sachlichem Tonfall teilte sie mir mit, sie sei der Meinung, er weine. Dann versetzte sie ihm mit ihrem Schläger einen leichten Schlag auf den Kopf und sagte: »Heulsuse! Heule-Heulesuse! Heulen wegen nichts!« und rannte lachend die Stufen hinunter. »Nun gut!« rief sie vom Rasen zu uns rauf. »Sagen Sie der Heulsuse, er soll aufhören zu weinen. Ich gehe jetzt zu Harcourt und spreche mit ihm!«

Schweigend beobachteten wir, wie sie losmarschierte. Ford hatte kaum geweint. Seine Augen waren nur groß und entzündet. Er benutzte sämtliche Flüche, die er kannte, dann stand er unvermittelt auf und ging ins Haus. Ich glaube, er konnte es nicht ertragen, mit anzusehen, wie ihr die Illusionen genommen wurden. Ich war nicht so zartfühlend und beobachtete mit großem Interesse, wie Miß Beaumont sich ihrem Herrn und Meister näherte.

Sie marschierte vertrauensvoll über die Wiese und nickte den Arbeitern zu, als diese ihre Mützen zogen. Ihre Trägheit war vorbei und damit auch ihre Andeutung von ›Haltung‹. Sie war dieselbe, direkte, unverbildete Person, die Harcourt in Irland aufgelesen hatte – außerordentlich schön und lächerlich zugleich und – falls man etwas für Pathos übrig hat – außerordentlich pathetisch.

Ich sah, wie sie aufeinandertrafen, und sogleich hing sie an seinem Arm. Die Bewegungen seiner Hände erläuterten ihr die Konstruktion von Brücken. Zweimal unterbrach sie ihn: Er mußte alles noch einmal erklären. Dann kam sie endlich zu Wort, und was nun folgte, war viel besser als jedes Theaterstück. Die beiden kleinen Gestalten gingen auseinander und trafen sich und gingen erneut auseinander, sie gestikulierte, er wirkte höchst wichtigtuerisch und ruhig. Sie bat ihn ständig um etwas, sie argumentierte und – falls Bissigkeit eine Entfernung von ein paar hundert Metern überbrücken kann – versuchte, bissig zu sein. Um einem ihrer kindischen Standpunkte mehr Nachdruck zu verleihen, machte sie zwei Schritte zurück. Platsch! Sie strampelte in dem kleinen Fluß.

Das war die Auflösung der Komödie. Harcourt rettete sie, während sich die Arbeiter in einem aufgeregten Chor um die beiden scharten. Sie war tatsächlich bis zu den Knien naß und bis über die Fußknöchel voller Schmutz. In diesem Zustand wurde sie zu mir geführt, und nach und nach vernahm ich die Worte: »Influenza – ein leichtes Einsinken – Gesundheit ist wichtiger als Kleider – bete, Liebste, statt dir Sorgen zu machen – ja, es muß ein Schock gewesen sein – Bett! Bett! Ich bestehe darauf! Versprochen? Braves Mädchen. Dann also hinauf und ab ins Bett.«

Sie trennten sich auf dem Rasen, und sie kam gehorsam die Stufen rauf. In ihrem Gesicht zeichneten sich Schrecken und Verwirrung ab.

»Sie haben also ein unfreiwilliges Bad genommen, Miß Beaumont!«

»Ein Bad? Oh, ja. Aber Mr. Inskip – ich verstehe das nicht: Ich habe mich geirrt.«

Ich brachte meine Überraschung zum Ausdruck.

»Mr. Ford muß gehen – sofort. Ich habe mich geirrt.«

»Es tut mir leid.«

»Ich habe mich in bezug auf Harcourt geirrt. Er ist beleidigt. Er will nicht darüber lachen. Er will mich nicht tun lassen, was ich möchte. Mit Latein und Griechisch fing es an: Ich wollte etwas über Götter und Helden lernen, und er wollte es nicht zulassen; dann wollte ich keinen Zaun um das ›andere Königreich‹ ziehen lassen, wollte keine Brücke und keinen Weg haben – sehen Sie selbst, was daraus geworden ist! Und jetzt bitte ich, Mr. Ford, der doch nichts getan hat, nicht zu bestrafen – und er muß für immer fortgehen.«

»Ungehörigkeit ist nicht ›nichts‹, Miß Beaumont«, denn ich mußte die Partei von Harcourt ergreifen.

»Ungehörigkeit *ist* nichts!« rief sie. »Sie existiert gar nicht. Sie ist ein Schwindel, genau wie ›Ansprüche‹ und ›Stellung‹ und ›Rechte‹. Sie ist ein Teil des großen Traums.«

»Welchen großen Traums?« fragte ich und versuchte, nicht zu lächeln.

»Sagen Sie Mr. Ford ..., dort kommt Harcourt; ich muß ins Bett. Bestellen Sie Mr. Ford ganz herzliche Grüße von mir und sagen Sie ihm, er soll es ›erraten‹. Ich darf ihn nie wiedersehen, aber das ertrage ich nicht. Sagen Sie ihm, er soll es erraten. Es tut mir leid, daß ich ihn eine Heulsuse genannt habe. Er hat nicht wie ein Baby geweint. Er hat wie ein Erwachsener geweint, und inzwischen bin ich ebenfalls erwachsen geworden.«

Ich hielt es für richtig, meinem Arbeitgeber von dieser Unterhaltung zu berichten.

4.

Die Brücke ist errichtet, der Zaun beendet, und das ›andere Königreich‹ ist durch ein Asphaltband mit unserer Haustür verbunden. Seine achtundsiebzig Bäume sind jetzt gewiß nähergerückt, und während der windigen Nächte, die auf Fords Abreise folgten, konnten wir ihre Äste seufzen hören, und morgens entdeckten wir, daß Blätter bis an das Haus geweht worden waren. Miß Beaumont machte keine Anstalten auszugehen, sehr zur Erleichterung der Damen, denn Harcourt hatte Anweisung gegeben, sie dürfe nicht ohne Begleitung ausgehen; außerdem brachte das stürmische Wetter ihre Unterröcke in Unordnung. So blieb Evelyn drinnen, las nicht, lachte auch nicht und kleidete sich nicht länger in Grün, sondern in Braun.

Ohne ihre Anwesenheit zu bemerken, warf Mr. Worters eines Tages einen Blick in das Zimmer und meinte mit einem Seufzer der Erleichterung: »Es ist vollbracht. Der Kreis ist geschlossen.«

»So ist es!« erwiderte sie.

»Da bist du ja, du stille, kleine Maus! Ich wollte nur sagen, daß unsere gnädigen Herren, die britischen Arbeiter, endlich geruht haben, ihre Arbeit zu beenden und uns von der Welt ausgegrenzt haben. Ich – nun, im Grunde genommen war ich ein unartiger, anmaßender Tyrann und habe deine Bitte mißachtet. Ich habe am anderen Ende des Gehölzes kein Tor errichten lassen, wie wir es ursprünglich besprochen hatten. Wirst du mir vergeben?«

»Alles, Harcourt, was dir gefällt, gefällt sicherlich auch mir.«

Die Damen lächelten einander zu, und Mr. Worters sagte: »So ist's recht, und sobald der Wind nachläßt, begeben wir uns alle in dein Wäldchen und ergreifen formell von ihm Besitz, denn das letzte Mal hat doch wirklich nicht gezählt.«

»Nein, das letzte Mal hat wirklich nicht gezählt«, kam es wie ein Echo von Miß Beaumont.

»Evelyn meint, dieser Wind wird niemals nachlassen«, bemerkte Mrs. Worters. »Ich habe keine Ahnung, woher sie das wissen will.«

»Er wird niemals nachlassen, solange ich im Haus bin.«

»Wirklich?« meinte Mr. Worters gut gelaunt. »Dann komm jetzt gleich raus und weise ihn mit mir zusammen in die Schranken.«

Sie gingen ein paarmal auf der Terrasse auf und ab. Der Wind schlief einen Augenblick lang ein, blies während des Mittagessens jedoch stärker als je zuvor. Als wir speisten, heulte und pfiff er den Kamin hinunter, und die Bäume des ›anderen Königreiches‹ schäumten wie die See. Blätter und Zweige flogen durch die Gegend, und ein Ast, ein richtiger, großer Ast, wurde auf den makellos sauberen Asphaltweg geschleudert und peitschte dann tatsächlich im Zickzack über die

Brücke, die Wiese herauf und quer über unseren eigenen Rasen. (Ich wage ›unseren‹ zu sagen, da ich inzwischen Harcourts Sekretär bin.) Nur die Steintreppe hat ihn daran gehindert, auf die Terrasse zu fliegen und vielleicht das Fenster des Eßzimmers zu durchschlagen. Miß Beaumont sprang auf und rannte mit der Serviette in der Hand nach draußen und berührte ihn mit der Hand.

»Oh, Evelyn ...«, riefen die Damen.

»Laßt sie doch«, sagte Mr. Worters nachsichtig. »Das ist gewiß ein bemerkenswerter Zwischenfall, äußerst bemerkenswert. Wir dürfen nicht vergessen, dem Erzdiakon davon zu erzählen.«

»Harcourt«, rief sie, und zum erstenmal war wieder eine Andeutung von Farbe in ihren Wangen zu erkennen, »könnten wir nach dem Mittagessen nicht in das Gehölz gehen, nur du und ich?«

Mr. Worters zog den Vorschlag in Erwägung.

»Natürlich, falls du dich nicht noch eines Besseren besinnst.«

»Inskip, was sagen Sie dazu?«

Ich sah, was sie gerne wollte, und rief: »Oh, lassen Sie uns gehen!«, obwohl ich den Wind genauso verabscheute wie alle anderen.

»Sehr schön. Mutter, Anna, Ruth, Mrs. Osgood – wir werden alle miteinander gehen.«

Und wir gingen. Es war eine etwas traurige Prozession, aber die Götter meinten es diesmal gut mit uns. Denn sobald wir losmarschierten, legte sich der Sturm, und es folgte eine außerordentliche Stille.

Alles in allem erwies sich Miß Beaumont als so etwas wie eine Wetterprophetin. Ihre Laune besserte sich von Minute zu Minute. Sie tänzelte vor uns her, den Asphaltweg entlang und drehte sich ein um das andere Mal um, um ihrem Verlobten etwas Nettes oder Verführerisches zu sagen. Ich bewunderte sie dafür. Ich bewundere Menschen, die wissen, auf welcher Seite ihr Brot gebuttert ist.
»Evelyn, komm her!«
»Komm doch selbst.«
»Gib mir einen Kuß.«
»Komm doch und hol ihn dir.«
Er rannte hinter ihr her, und sie rannte fort, während unsere ganze Gesellschaft beifällig lachte.
»Oh, ich bin so glücklich!« rief sie. »Ich glaube, ich habe alles, was ich mir auf der Welt wünsche. Oh, Liebling, diese Tage im Haus! Oh, aber jetzt bin ich so glücklich!« Sie hatte ihr braunes Kleid gegen das alte, wallende Grüne ausgetauscht. Und mitten auf der Wiese fing sie an, ihren Schlangentanz zu tanzen, wobei sie unvermutet von einigen plötzlich hervorbrechenden Sonnenstrahlen getroffen wurde. Es war wirklich ein hübscher Anblick, und Mr. Worters wies sie nicht zurecht. Vielleicht war er froh, daß sich ihre Laune gebessert hatte, selbst wenn sie ihre ›Haltung‹ verlor. Ihre Füße bewegten sich kaum, aber ihr Körper schwankte so anmutig und ihr Kleid breitete sich so wundervoll um sie herum aus, daß wir von tiefer Freude ergriffen wurden. Sie tanzte zu dem Gesang eines Vogels, der im ›anderen Königreich‹ leiden-

schaftlich trällerte, und der Fluß hielt seine Wellen zurück, um sie zu beobachten (dies hätte man jedenfalls meinen können), und der Wind lag gefesselt am Himmel. Sie tanzte fort aus unserer Gesellschaft und aus unserem Leben, zurück, zurück durch die Jahrhunderte, bis Häuser und Zäune in sich zusammenfielen, und die Erde in ihrem ursprünglichen Zustand unter der Sonne dalag. Ihr Gewand war wie Laubwerk an ihrem Körper, die Beweglichkeit ihrer Glieder glich der von Zweigen, die Zartheit ihres Halses ähnelte den dünnen, oberen Ästen, die den Morgen begrüßen oder im Regen glänzen. Blätter bewegen sich, Blätter verbargen ihr Gewand, so wie es durch die Bewegung ihrer Haare verborgen wurde. Blätter bewegen sich erneut, und sie ist erneut unser, wie ihr Hals erneut unser war, als sie das Gewirr der Äste teilte, sich uns zuwandte und rief: »Oh!«, rief: »Oh, Harcourt! Ich war noch nie so glücklich, ich habe alles, was es gibt auf der Welt.«

Und er, entfesselt in wilder Liebesekstase, vergaß gewisse Madonnen von Raffael, vergaß, stelle ich mir vor, seine Seele und stürmte vorwärts, um sie zu umarmen mit einem: »Evelyn! Ewige Betörung! Mein bis in alle Ewigkeit! Mein!« Und er stürmte hinweg. Musik kam hinzu, und sie sang: »O Ford! O Ford, zwischen all diesen Worters, ich komme durch mein Königreich hindurch zu dir. O Ford, du warst mein Liebhaber, als ich eine Frau war, ich werde dich niemals vergessen, niemals, solange ich Zweige habe, um dir Schatten zu spenden und dich vor der Sonne zu schützen.« Und singend überquerte sie den Fluß.

Warum er ihr so leidenschaftlich folgte, vermag ich nicht zu sagen. Es war ein Spiel, sie befand sich auf seinem Besitz, der von einem Zaun umgeben war, und sie konnte ihm im Grunde genommen nicht entkommen. Aber er stürmte über die Brücke, als ob ihre Liebe auf dem Spiele stünde, und verfolgte sie mit aller Energie den Hügel hinauf. Sie rannte gut, aber das Ende war vorhersehbar, und wir stellten lediglich Vermutungen darüber an, ob er sie außerhalb oder innerhalb des Gehölzes einfangen würde. Zentimeter um Zentimeter holte er auf; jetzt befanden sie sich im Schatten der Bäume; er hatte sie fast gepackt, er hatte sie verfehlt; sie war zwischen den Bäumen verschwunden, er folgte ihr.

»Harcourt ist großartiger Laune«, sagten Mrs. Osgood, Anna und Ruth wie aus einem Munde.

»Evelyn!« Hörten wir ihn im Innern des Gehölzes rufen.

Wir gingen den Asphaltweg weiter.

»Evelyn! Evelyn!«

»Er hat sie offensichtlich noch nicht eingeholt.«

»Evelyn, wo bist du?«

»Miß Beaumont muß sich ziemlich geschickt versteckt haben.«

»Hört mal«, rief Harcourt und tauchte zwischen den Bäumen auf, »habt ihr Evelyn gesehen?«

»Oh, nein, sie ist sicherlich noch da drinnen.«

»Das denke ich mir auch.«

»Evelyn saust sicherlich um einen der Baumstämme herum. Sie gehen dort lang, ich gehe hier lang. Wir werden sie bald finden.«

Wir suchten, zuerst noch gut gelaunt und stets in dem Gefühl, Miß Beaumont müsse ganz in der Nähe sein, ihre zarten Glieder befänden sich gerade hinter diesem Baumstamm, ihr Haar und ihre Gewänder wehten zwischen jenen Blättern. Sie war neben uns, über uns; hier konnte man ihren Fußabdruck auf der lilabraunen Erde erkennen – ihren Busen, ihren Hals – sie war überall und nirgends. Fröhlichkeit verwandelte sich in Verwirrung, Verwirrung in Ärger und Angst. Miß Beaumont war offensichtlich verschwunden. »Evelyn!« fuhren wir fort zu rufen. »Oh, wirklich, das ist kein Scherz mehr.«

Dann erhob sich der Wind und wurde stärker, um so heftiger nach seinem vorübergehenden Nachlassen; schließlich trieb uns ein schrecklicher Sturm in das Haus. Wir sagten: »Jetzt wird sie jedenfalls zurückkommen.« Aber sie kam nicht, und der Regen prasselte herunter und stieg von den trockenen Wiesen wie Weihrauch empor und riß die zitternden Blätter zu Beifall hin. Dann blitzte es. Die Damen schrien, und wir erblickten das ›andere Königreich‹; es sah so aus, als klatsche es in die Hände, und es hörte sich so an, als brülle es vor lauter Lachen in den Donner hinein. Nicht einmal der Erzdiakon kann sich an einen solchen Sturm erinnern. Harcourts Sämlinge waren vernichtet, links und rechts flogen die Ziegel von seinen Giebeln. Dann trat er mit einem fahlen, eingefallenen

Gesicht auf mich zu und fragte mich: »Inskip, kann ich Ihnen vertrauen?«

»Natürlich können Sie das.«

»Ich habe es schon seit langem vermutet; sie ist mit Ford durchgebrannt.«

»Aber wie ...« Ich schnappte nach Luft.

»Die Kutsche steht bereit – wir sprechen während der Fahrt darüber.« Dann brüllte er gegen den Regen an: »Kein Tor im Zaun, ich weiß, aber was ist mit einer Leiter? Während ich drauflos stürme, ist sie über den Zaun, und er ...«

»Aber Sie waren ihr so nahe. Ihr blieb gar keine Zeit.«

»Es bleibt immer genug Zeit«, sagte er gehässig, »sobald eine treulose Frau im Spiel ist. Sie war kaum besser als eine Wilde, als ich sie kennengelernt habe, ich bildete sie aus, ich erzog sie. Aber ich werde sie beide vernichten. Ich habe die Möglichkeit dazu; ich werde ihre Seele und ihren Körper vernichten.«

Ford kann inzwischen niemand mehr vernichten. Das ist unmöglich. Aber ich zitterte für Miß Beaumont.

Wir verpaßten den Zug. Junge Pärchen hatten ihn benutzt, mehrere junge Pärchen, und in London hörten wir von weiteren Pärchen, als wolle sich alle Welt über Harcourts Einsamkeit lustig machen. Verzweifelt machten wir uns auf die Suche nach dem verwahrlosten Vorort, in dem Ford jetzt wohnt. Wir stürmten an dem schmuddeligen Dienstmädchen und der erschrockenen Tante vorbei, stürmten die Treppe hinauf, um ihn, wenn möglich, auf frischer Tat zu ertappen. Er saß am Tisch und las in *Oedipus Coloneos* von Sophokles.

»Darauf falle ich nicht rein!« brüllte Harcourt. »Sie haben Miß Beaumont hier irgendwo versteckt, das weiß ich genau.«

»Kein Glück«, sagte Ford.

Worters stammelte vor Wut. »Inskip – hören Sie das? ›Kein Glück!‹ Führen Sie die Beweise gegen ihn an. Ich kann nicht sprechen.«

So führte ich ihren Gesang an. »›O Ford! O Ford, zwischen all diesen Worters, ich komme durch mein Königreich hindurch zu dir! O Ford, du warst mein Liebhaber, als ich eine Frau war, ich werde dich niemals vergessen, niemals, solange ich Zweige habe, um dir Schatten zu spenden und dich vor der Sonne zu schützen.‹ Bald danach haben wir sie aus den Augen verloren.«

»Und – und bei einer anderen Gelegenheit übermittelte sie eine Botschaft ähnlichen Inhalts. Inskip, ich rufe Sie zum Zeugen auf. Er muß etwas ›vermutet‹ haben.«

»Ich habe etwas vermutet«, sagte Ford.

»Dann geben Sie also praktisch zu ...«

»Oh, nein, Mr. Worters, Sie mißverstehen mich. Ich habe nicht ›praktisch‹ etwas vermutet. Ich habe etwas vermutet. Ich könnte es Ihnen erzählen, aber es würde zu nichts führen, denn sie ist Ihnen nicht ›praktisch‹ entkommen. Sie ist Ihnen endgültig entkommen, für immer und ewig, solange es Zweige gibt, um Menschen Schatten zu spenden und vor der Sonne zu schützen.«

Koordination

»Hämmere nicht so auf den Tasten herum«, sagte Miß Haddon. »Außerdem sollte jeder Lauf wie eine Perlenschnur sein. Das ist er aber nicht. Warum nicht?«
»Ellen, du Aas, du hast meine Noten geklaut.«
»Nein, habe ich nicht. Du hast meine geklaut.«
»Schön, wessen Noten sind dies?«
Miß Haddon schaute an ihren Zöpfen vorbei. »Es sind Mildreds Noten«, entschied sie. »Geh bis zum Doppelstrich zurück, und hämmere nicht so.«
Die Mädchen gingen bis zum Doppelstrich zurück, und erneut kämpfte der kleine Finger von Mildreds rechter Hand mit dem kleinen Finger von Ellens linker Hand um das eingestrichene g.
»Das geht doch gar nicht«, sagten sie. »Der Mann, der das komponiert hat, hat einen Fehler gemacht.«
»Es geht ganz leicht, wenn du den Ton nicht so lange hältst, Ellen«, entgegnete Miß Haddon.
Es schlug vier. Mildred und Ellen gingen, und Rose und Enid traten an ihre Stelle. Sie spielten das Duett schlechter als Mildred, aber nicht so schlecht wie Ellen. Um vier Uhr fünfzehn kamen Margaret und Jane. Sie spielten schlechter als Rose und Enid, aber nicht so schlecht wie Ellen. Um vier Uhr dreißig kamen Dolores und Violet. Sie spielten schlechter als

Ellen. Um vier Uhr fünfundvierzig ging Miß Haddon zum Tee zur Direktorin, die ihr erklärte, warum sie wünschte, daß alle Schülerinnen dasselbe Duett lernen sollten. Es war Teil ihres neuen Koordinationssystems. Die Schule nahm sich ein Thema für das gesamte Jahr vor, nur ein einziges – Napoleon –, und sämtliche Studien galten diesem einen Thema. So lernten die Schülerinnen – von Französisch und Geschichte einmal ganz abgesehen – Wordsworths politische Gedichte auswendig, lasen im Literaturunterricht Auszüge aus ›Krieg und Frieden‹, kopierten im Zeichenunterricht einige Bilder von David, im Handarbeitsunterricht entwarfen sie Gewänder des Empire, und die Musikschülerinnen mußten natürlich Beethovens ›Eroica‹ üben, die zu Ehren des Kaisers begonnen (wenn auch nicht beendet) worden war. Mehrere der anderen Lehrerinnen waren beim Tee, und sie versicherten eifrig, daß sie die Koordination schätzten und daß es ein schönes System sei: Es mache die Arbeit sowohl für sie als auch für die Mädchen sehr viel interessanter. Miß Haddon jedoch reagierte nicht. Zu ihrer Zeit hatte es keine Koordination gegeben, und das ganze System war ihr unverständlich. Sie wußte nur, daß sie allmählich alt wurde und Musik immer schlechter unterrichtete, und sie fragte sich, wann die Direktorin dies herausfinden und sie entlassen würde.

Währenddessen saß Beethoven hoch oben im Himmel, und um ihn herum, aufgereiht auf kleineren Wolken, saßen seine Schreiber. Jeder machte Eintragungen in ein Hauptbuch, und derjenige, dessen Hauptbuch mit dem Titel »›Eroica‹: eingerichtet für vier Hände von Carl Müller« versehen war, machte die folgenden Notizen: »Drei Uhr fünfundvierzig: Mildred und Ellen; Dirigentin: Miß Haddon. Vier Uhr: Rose und Enid; Dirigentin: Miß Haddon. Vier Uhr fünfzehn: Margaret und Jane; Dirigentin: Miß Haddon. Vier Uhr dreißig ...

Beethoven unterbrach ihn: »Wer ist diese Miß Haddon«, fragte er, »deren Name wie das Dröhnen einer Trommel immer wiederkehrt?«

»Sie interpretiert Ihre Werke seit vielen Jahren.«

»Und ihr Orchester?«

»Es sind Mädchen der oberen Mittelklasse, die in ihrer Anwesenheit die ›Eroica‹ ununterbrochen spielen. Ihr Musizieren nimmt kein Ende. Es tönt wie stetig wehender Weihrauch aus dem Fenster hinaus und ist die ganze Straße hinauf und hinunter zu hören.«

»Spielen sie mit Feingefühl?«

Da Beethoven taub war, konnte der Schreiber guten Gewissens erwidern: »Mit höchst ausgeprägtem Feingefühl. Es gab eine Zeit, da Ellen etwas weiter von Ihrem Geist entfernt war als die übrigen Mädchen, aber das ist anders geworden, seitdem Dolores und Violet dazugekommen sind.«

»Neue Kameradinnen haben sie inspiriert. Ich verstehe.«

Der Schreiber schwieg.

»Ich billige ihre Einstellung«, fuhr Beethoven fort, »und zum Zeichen meiner Billigung entscheide ich, daß Miß Haddon und ihr Orchester und alle übrigen Personen, die sich dort im Hause aufhalten, noch heute abend eine mustergültige Darbietung meines a-Moll-Quartetts zu hören bekommen sollen.«
Während die Verfügung protokolliert wurde und der Mitarbeiterstab sich fragte, wie sie ausgeführt werden sollte, spielte sich in einem anderen Teil des Empyreums eine Szene von noch größerem Glanz ab. Dort saß Napoleon, umgeben von seinen Schreibern, die so zahlreich waren, daß die Throne der am äußersten Rand Sitzenden nicht größer aussahen als Schäfchenwolken. Sie protokollierten eifrig alle Äußerungen, die auf Erden über ihren Arbeitgeber gemacht wurden, eine Aufgabe, für die er höchstselbst sie eingeteilt hatte. Alle paar Augenblicke fragte er: »Und wie ist der letzte Stand?«
Der Schreiber, dessen Hauptbuch »Preislieder von Wordsworth« betitelt war, antwortete: »Fünf Uhr: Mildred, Ellen, Rose, Enid, Margaret und Jane haben das Sonett ›Einst befand sich das prächtige Ostreich in ihrem Besitz‹ rezitiert. Dolores und Violet versuchten es zu rezitieren, doch sie scheiterten.«
»Der Dichter feiert darin meine Eroberung der venezianischen Republik«, meinte der Kaiser, »und die Größe des Themas hat Violet und Dolores überwältigt. Es ist nur allzu verständlich, daß sie gescheitert sind. Und wie ist der letzte Stand?«
Ein anderer Schreiber sagte: »Fünf Uhr fünfzehn: Mil-

dred, Ellen, Rose, Enid, Margaret und Jane skizzieren das linke Vorderbein von Pauline Bonapartes Ruhebank. Dolores und Violet lernen immer noch ihr Sonett.«

»Ich habe den Eindruck«, sagte Napoleon, »daß ich diese charmanten Namen schon einmal gehört habe.«

»In meinem Hauptbuch stehen sie ebenfalls«, sagte ein dritter Schreiber. Sie erinnern sich vielleicht, Sire, daß sie vor etwa einer Stunde Beethovens ›Eroica‹ gespielt haben ...«

»Komponiert zu meinen Ehren«, beendete der Kaiser den Satz. »Ich billige es.«

»Fünf Uhr dreißig«, sagte ein vierter Schreiber, »singt die gesamte Gesellschaft – mit Ausnahme von Dolores und Violet, denen man aufgetragen hat, Bleistifte anzuspitzen – die ›Marseillaise‹.«

»Das wird ja immer schöner«, rief Napoleon und erhob sich. »Diese Demoiselles bringen ja eine echte Begeisterung für den Glanz des Ruhms mit. Ich verfüge, daß sie und ihre ganze Schule morgen zur Belohnung am Sieg von Austerlitz teilnehmen sollen.«

Die Verfügung wurde protokolliert.

Die abendlichen Schularbeiten waren für neunzehn Uhr dreißig anberaumt. Die Mädchen setzten sich mürrisch, denn das neue System langweilte sie bereits zu Tode. Aber etwas Wundervolles geschah. Ein Kavallerieregiment ritt an der Schule vorüber, angeführt von einer hinreißenden Musikkapelle. Die Mädchen gerieten außer sich vor Freude. Sie sprangen von ihren Sitzen auf, sie stürzten an das Fenster, sie sangen, sie tanzten, sie hüpften umher, sie machten Trompeten aus Papier und benutzten die Wandtafel als Kesselpauke. Sie konnten all dies tun, weil Miß Haddon, die sie eigentlich beaufsichtigen sollte, den Raum verlassen hatte, um ein Papier mit dem Stammbaum von Marie-Louise zu holen; die Geschichtslehrerin hatte sie eigens darum gebeten, ihn für die Hausarbeiten der Mädchen mitzubringen, damit diese darin herumklettern könnten, aber sie hatte ihn vergessen. »Ich bin wirklich zu nichts nutze«, dachte Miß Haddon, als sie ihre Hand nach dem Stammbaum ausstreckte; er lag zusammen mit anderen Papieren unter einer Muschel, die die Direktorin aus St. Helena hatte kommen lassen. »Ich bin dumm und müde und alt, ich wünschte, ich wäre tot.« Während sie dies dachte, hob sie die Muschel unwillkürlich ans Ohr; als sie jung war, hatte ihr Vater, der ein Seemann gewesen war, bei ihr oft das gleiche getan ...

Sie konnte das Meer hören; zuerst war es die Tide, die dicht über dem Watt flüsterte oder gegen die Steine anschwatzte, dann war es das kurze, spröde Brechen einer Welle am Strand oder das lang widerhallende Brüllen einer Welle zwischen Felsen oder die Geräusche mitten auf dem Ozean, wo sich das Wasser zu Bergen auftürmt und in Schluchten teilt; oder es war der Augenblick, wenn der Nebel herabsinkt und das Meer sanft auf- und abdümpelt oder wenn die Luft so frisch ist, daß die großen Wellen und die kleinen Wellen, die es sich in den großen Wellen bequem machen, alle miteinander vor Freude singen und einander Küsse weißen Gischts zusenden. Sie hörte sie alle, doch zum Schluß hörte sie das Meer selbst, und sie wußte, daß es ihr für immer gehörte.

»Miß Haddon!« sagte die Direktorin. »Miß Haddon! Wieso beaufsichtigen Sie die Mädchen nicht?«

Miß Haddon nahm die Muschel von ihrem Ohr und sah ihre Arbeitgeberin mit grimmiger Entschlossenheit an.

»Ich kann Ellens Stimme hören, obwohl wir uns am anderen Ende des Hauses befinden«, fuhr diese fort. »Ich dachte schon, die Schülerinnen erhielten Unterricht in Vortragskunst. Legen Sie den Briefbeschwerer sofort hin, Miß Haddon, und kehren Sie bitte zu ihren Pflichten zurück.«

Sie nahm die Muschel aus der Hand der Musiklehrerin und wollte sie an ihren Platz im Regal zurücklegen. Nur der Nachahmungstrieb veranlaßte sie dazu, sie an das eigene Ohr zu pressen. Auch sie lauschte ...

Sie hörte das Rauschen der Bäume in einem Wald. Es war kein Wald, wie sie ihn je gesehen hatte, aber alle Menschen, die sie gekannt hatte, ritten darin umher und riefen einander sanft mit Jagdhörnern. Es war Nacht, und sie jagten. Hier und dort raschelten wilde Tiere, und einmal erklang ein ›He da!‹, und ein gejagtes Tier preschte an ihr vorbei, öfter aber ritten ihre Freunde langsam dahin und sie mit ihnen, und sie drangen tief in den Wald ein, in jeder Richtung und für alle Zeiten.

Während sie all dies mit einem Ohr hörte, sprach Miß

Haddon wie folgt in ihr anderes: »Ich werde nicht zu meinen Pflichten zurückkehren. Ich habe sie vernachlässigt, seit ich hergekommen bin, und einmal mehr spielt auch keine große Rolle. Ich bin gar nicht musikalisch. Ich habe die Schüler und die Eltern und auch Sie betrogen. Ich bin gar nicht musikalisch, ich habe nur so getan, um Geld zu verdienen. Ich weiß nicht, was jetzt mit mir geschehen soll, aber ich kann nicht länger so tun als ob. Ich kündige.«

Die Direktorin hörte erstaunt, daß ihre Musiklehrerin unmusikalisch sei; der Klang der Klaviere war über so viele Jahre zu vernehmen gewesen, daß sie gedacht hatte, alles sei in Ordnung. Unter normalen Umständen hätte sie Miß Haddon eine vernichtende Antwort gegeben, denn sie war eine tüchtige Frau, doch der murmelnde Wald veranlaßte sie zu der Erwiderung: »Oh, Miß Haddon, nicht jetzt; lassen Sie uns morgen früh noch einmal darüber sprechen. Jetzt möchte ich, falls Sie wollen, daß Sie sich in meinem Wohnzimmer ein wenig hinlegen, während ich die Beaufsichtigung der Hausaufgaben für Sie übernehme, denn es ist immer so erholsam für mich, bei den Mädchen zu sein.«

So legte sich Miß Haddon hin, und als sie so vor sich hindöste, kehrte die Seele des Meeres zu ihr zurück. Und die Direktorin, den Kopf voll von Waldesmurmeln, ging in den Raum, in dem die Mädchen ihre Hausaufgaben machten, und räusperte sich dreimal, bevor sie die Tür öffnete. Sämtliche Mädchen waren an ihren Schreibpulten, außer Dolores und Violet, doch sie tat so, als sehe sie die beiden nicht. Nach einiger Zeit ging sie, um den Stammbaum von Marie-Louise zu holen, den sie vergessen hatte, und während ihrer Abwesenheit ritt die Kavallerie erneut vorüber …

Am nächsten Morgen sagte Miß Haddon: »Ich möchte immer noch gehen, aber ich wünschte, ich hätte noch etwas damit gewartet, mit Ihnen zu sprechen. Ich habe einige außerordentliche Neuigkeiten. Vor vielen Jahren rettete mein Vater einen Mann vor dem Ertrinken. Dieser Mann ist vor kurzem gestorben, und er hat mir ein Häuschen am Meer hinterlassen und Geld, um darin zu leben. Ich brauche nicht mehr zu arbeiten; und wenn ich bis heute gewartet hätte, hätte ich Ihnen gegenüber höflicher sein können und« – sie errötete ein wenig – »auch mir selbst gegenüber.«

Doch die Direktorin schüttelte ihr beide Hände und küßte sie auf beide Wangen. »Ich bin froh, daß Sie nicht gewartet haben«, sagte sie. »Was Sie gestern gesagt haben, war ein Augenblick der Wahrheit, ein deutlich vernehmbarer Ruf im Dickicht. Ich wünschte, ich könnte ebenfalls …« Sie hielt inne. »Doch als nächstes will ich der Schule einen Ferientag schenken.«

So wurden die Mädchen zusammengerufen, und die Direktorin hielt eine Ansprache und Miß Haddon eine weitere; darin gab sie jeder einzelnen die Adresse des Häuschens und lud sie ein, sie dort zu besuchen. Dann wurde Rose zum Konditor geschickt, um Eis zu holen, und Enid zum Obstladen, um Früchte zu holen, und Mildred mußte im Süßwarenladen Limonade besorgen, und Jane mußte Kutschen im Mietstall bestellen; und alle zusammen fuhren sie weit hinaus aufs Land und spielten Spiele gegen alle Spielregeln. Jedermann versteckte sich, und niemand suchte; jedermann schlug den Ball, und niemand warf ihn zurück; keines der Mädchen wußte, zu welcher Partei sie gehörte, und keine Lehrerin versuchte, es ihm einzutrichtern; und es war sogar möglich, zwei Spiele auf einmal zu spielen und im Frage-und-Antwort-Spiel der Clumps zu sein und Peter Pan im anderen Spiel. Und was das koordinative System anbetrifft, so wurde es kein einziges Mal erwähnt, oder aber es wurde zur Zielscheibe des Spottes gemacht. Ellen zum Beispiel komponierte ein maliziöses Lied, das folgendermaßen lautete:

Der dumme alte Boney
saß auf seinem Pony,
und er aß seinen Plumpudding
und steckte seinen Daumen rein
und zog heraus ein Pfläumelein,
und er sagte: ›Was bin ich doch für ein braver Junge‹

Und die kleineren Mädchen sangen es ununterbrochen drei Stunden lang.

Am Abend scharte die Direktorin die ganze Gesellschaft um Miß Haddon und sich. Sie war umringt von glücklichen, müden Gesichtern. Die Sonne ging unter, der Staub, den der Tag aufgewirbelt hatte, legte sich. »Nun, Mädels«, sagte sie lachend, wenn auch ein kleines bißchen schüchtern, »ihr scheint mein koordinatives System also nicht so zu schätzen?«

»Nein, wirklich nicht!« »Nicht besonders!« erwiderten die Mädchen.

»Nun, ich muß euch ein Geständnis machen«, fuhr die Direktorin fort. »Ich eigentlich auch nicht. Im Grunde genommen kann ich es nicht ausstehen. Aber ich konnte nicht umhin, es einzuführen, denn das gehört zu den Dingen, die Eindruck auf das Erziehungsministerium machen.«
Bei diesen Worten lachten sämtliche Lehrerinnen, und die Mädchen freuten sich, und Dolores und Violet, die dachten, das Erziehungsministerium sei ein neues Gesellschaftsspiel, lachten ebenfalls.

Nun kann man sich natürlich unschwer vorstellen, daß dieser unglaubliche Vorfall die Aufmerksamkeit von Mephistopheles erregte. Bei der nächsten sich bietenden Gelegenheit trat er vor den Richterstuhl Gottes; er hatte sich eine riesige Schriftrolle unter den Arm geklemmt, auf der in großen Buchstaben: »J'accuse!« stand. Auf halbem Wege nach oben traf er den Engel Raphael, der ihn in seiner zuvorkommenden Art fragte, ob er ihm irgendwie helfen könne.
»Nein, diesmal nicht. Danke«, erwiderte Mephistopheles. »Nun habe ich wirklich einen hieb- und stichfesten Fall.«
»Es könnte nicht schaden, ihn mir zu zeigen«, schlug der Erzengel vor. »Es wäre ein Jammer, für nichts und wieder nichts so weit zu fliegen, wo du doch eine solche Enttäuschung wegen Hiob hinter dir hast.«
»Oh, das war etwas ganz anderes.«
»Und dann war da noch die Sache mit Faust; wenn ich

mich recht erinnere, fiel der Richterspruch schließlich gegen dich aus.«

»Oh, das war wieder etwas ganz anderes. Nein, diesmal bin ich mir sicher. Ich kann die Vergeblichkeit genialen Tuns beweisen. Große Menschen glauben, sie würden verstanden, und sie werden es doch nicht; die Menschen glauben, sie verstünden das Genie, und sie verstehen es doch nicht.«

»Wenn du das beweisen kannst, dann hast du wahrlich einen Fall«, sagte Raphael. »Denn dieses Universum gründet sich nun einmal auf Koordination, und alle Lebewesen wirken gemäß ihren Kräften zusammen und stimmen sich aufeinander ab.«

»Hör zu. Erster Anklagepunkt: Beethoven verfügt, daß gewisse weibliche Personen eine Aufführung seines a-Moll-Quartetts zu Gehör bekommen sollen. Doch was hören sie? Einige von ihnen eine Musikkapelle, andere eine Muschel. Zweiter Anklagepunkt: Napoleon verfügt, daß die gleichen Personen den Sieg von Austerlitz nacherleben sollen. Ergebnis: eine Erbschaft, gefolgt von einem Schulausflug. Dritter Anklagepunkt: Weibliche Personen spielen Beethoven. Da dieser taub ist und von unaufrichtigen Schreibern umgeben, glaubt er, sie spielten seine Musik einfühlsam. Anklagepunkt vier: Um Eindruck auf das Erziehungsministerium zu machen, studieren weibliche Wesen Napoleon. Er wird zu der Annahme verführt, daß sie ihn ernsthaft studieren. Ich habe noch andere Punkte, diese werden jedoch genügen. Seit Abel von Kain erschlagen wurde, haben das Genie und der durchschnittliche Mensch noch niemals miteinander koordiniert und harmonisch zusammengewirkt.«

»Und nun zu deinem Fall«, sagte Raphael verständnisvoll.

»Mein Fall?« stammelte Mephistopheles. »Aber dies ist doch mein Fall.«

»Oh, einfältiger Teufel«, rief der andere. »Oh, aufrichtige, wenn auch infernalische Seele. Geh auf die Erde zurück, und spaziere dort wieder auf und ab. Denn diese Leute haben koordiniert, Mephistopheles. Sie haben durch die beiden wichtigsten Quellen Wohlklang und Sieg miteinander koordiniert.«

Dr. Woolacott

For this, from stiller seats we came
Shakespeare, Cymbeline

1.

Es waren mehrere Leute, die den Park durchquerten ... Clesant sagte sich: »Es gibt keinen Grund, warum ich nicht noch jahrelang leben sollte, jetzt wo ich damit aufgehört habe, Geige zu spielen«, und er lehnte sich in dem Bewußtsein zurück, einer offensichtlichen Tatsache ins Auge gesehen zu haben. Von dort aus, wo er lag, konnte er ein wenig vom Gemüsegarten und ein wenig vom Park sehen, ein wenig von den Feldern und vom Fluß, und er konnte ein wenig vom Tennisplatz herüber hören; ein wenig von allem, das war es, was gut für ihn war und was Dr. Woolacott ihm verschrieben hatte. Alle paar Wochen mußte er mit einem Rückfall rechnen, und er würde niemals in der Lage sein, zu reisen oder zu heiraten oder sein Gut zu bewirtschaften, immer noch wünschte er sich nicht allzuviel, und er wünschte sich nicht allzusehr, überhaupt etwas zu tun. Eine elektrische Klingel verband ihn mit dem Haus, dem mächtigen, schönen Haus, das ihn immer ein bißchen beunruhigte, das Haus, in dem sein Vater gestorben war und das immer noch dort stand, gar nicht so schrecklich beängsti-

gend, gar nicht so unangenehm, wie es sich dort in der lauwarmen Sonne breitmachte und die farblosen, schattenlosen Dörfler beobachtete ...
Nein, es gab keinen Grund, warum er nicht noch Jahre leben sollte.
»1990, ja sogar das Jahr 2000 könnte ich noch erleben, ich bin schließlich jung«, dachte er. Dann runzelte er die Stirn, da Dr. Woolacott im Jahr 2000 unweigerlich tot sein würde und die Behandlung dann eventuell nicht ordentlich fortgesetzt werden könnte. Die Angst verursachte ihm Kopfschmerzen, die Bäume und Wiesen wurden plötzlich schwarz oder rotflimmernd, und er war drauf und dran, an dem Glockenstrang zu ziehen. Doch die sich nähernden Gestalten beruhigten ihn, und er nahm Abstand davon. Diese Leute waren offensichtlich auf der Suche nach Pilzen, und sie beruhigten ihn vor allem deswegen, weil sie hier so fehl am Platze waren. Im Park wuchsen keine Pilze. Er verspürte den Drang, sich hilfsbereit zu zeigen, und rief freundlich: »Kommt doch näher.«
»O ja, gewiß«, erscholl die Antwort.
»Ich bin der Gutsherr, ich möchte Sie einen Augenblick sprechen, es ist alles in Ordnung.«
Derjenige, der geantwortet hatte, setzte sich in Bewegung und kletterte über den Gartenzaun. Das hatte Clesant nicht beabsichtigt, und aus Angst, belästigt zu werden, sagte er: »Sie werden hier keine Pilze finden, aber man wird Ihnen im Haus etwas zu trinken geben oder auch sonst irgend etwas, was Sie mögen.«
»Der Gutsherr haben Sie gesagt, Sir?«

»Ja; ich gelte hier als der Gutsherr.«
»Der, der krank ist?«
»Ja, genau der.«
»Das tut mir leid.«
»Ich danke Ihnen, vielen Dank«, sagte der Junge, erfreut über den unerwarteten Fetzen Mitgefühl.
»Sir ...«
»Nun, was ist denn?« Er lächelte ermutigend.
»Was ist das für 'ne Krankheit?«
Clesant zögerte. Für gewöhnlich zuckte er vor dieser Frage ärgerlich zurück, aber heute morgen freute er sich über sie, es war ihm so, als sei er von freundlichen Augen entdeckt worden, die auf der Suche nach einem nicht existierenden Schatz kreuz und quer in allen Richtungen suchten. Er erwiderte: »Vielleicht ganz einfach die, zu existieren! Nun ja, das, was man so funktionell nennt. Nichts Organisches. Ich werde wahrscheinlich nicht sterben, aber mein Herz setzt meinen Nerven zu, meine Nerven meiner Verdauung, dann bekomme ich Kopfschmerzen, so daß ich nicht schlafen kann, das wiederum nimmt mein Herz mit, und schon geht es wieder von vorne los. Wie auch immer, heute morgen geht es mir besser.«
»Wann werden Sie wieder gesund sein?«
Er ließ das geringschätzige Lachen eines chronisch Kranken hören. »Gesund? Das ist eine sehr schwierige Frage. Es kommt darauf an. Es kommt auf eine ganze Menge Dinge an. Darauf, wie sehr ich mich in acht nehme. Ich muß jede Aufregung meiden, ich darf mich niemals überanstrengen, ich darf nicht ...« Er

hätte beinahe gesagt, »ich darf mit niemandem intim werden«, aber es hatte keinen Sinn, Ausdrücke zu benutzen, die einem Landarbeiter, und genau dies schien der Mann zu sein, nichts sagten, und so meinte er statt dessen: »Ich muß tun, was Dr. Woolacott sagt.«

»Oh, Woolacott ...«

»Sie kennen ihn natürlich, jeder hier in der Gegend kennt ihn; ein wundervoller Arzt.«

»Ja, ich kenne Woolacott.«

Clesant stutzte, irgend etwas in der Stimme des anderen weckte seine Neugier, und er blickte auf.

»Woolacott, Woolacott, dann muß ich aber weiter.« Auf einem etwas anderen Wege als er gekommen war, schwang sich der Mann über das Parkgitter, hielt einen Augenblick lang inne, sagte noch einmal »Woolacott« und ging schnell hinter seinen Kameraden her, die inzwischen kaum noch zu sehen waren.

Jetzt reagierte ein Dienstbote auf die Klingel. Sie hatte beim erstenmal nicht angeschlagen, und es wäre ärgerlich gewesen, falls sich herausgestellt hätte, daß sie kaputt war, und der Besucher sich als lästig erwiesen hätte. Doch der kleine Zwischenfall war schon vergessen, und nichts störte mehr den Frieden des Vormittags. Der Park, die Blumenbeete, die Geräusche vom Tennisplatz, alle Dinge nahmen wieder die ihnen gemäßen Proportionen an, es schien Clesant jedoch, als seien sie erfreulicher und bedeutungsvoller als zuvor, als wohne den Farben des Rasens und den Schatten der Bäume eine besondere Art von Schönheit inne, als zöge die Sonne mit einer bestimmten Absicht über den Himmel, als bewegten sich die kleinen Wölkchen, die von westlichen Winden herangeweht wurden, gegen den Lauf von Schicksal und Verhängnis und lüden ihn ein, ihm zu folgen.

2.

Die Erholung dauerte an ... es gab Tee im Jagdzimmer. Das Jagdzimmer, ein großartiger Ort zu Zeiten des alten Gutsherrn, viel Energie hatte hier gewaltet, geistige und körperliche. Jetzt waren die Bücherschränke verschlossen, die Trophäen zwischen ihnen wirkten trostlos und fehl am Platz, die hohe, flache Kredenz, die für Angelruten gefertigt worden war und die fast ganz in der Wandtäfelung verschwand, enthielt lediglich Medizinflaschen und ein paar Kissen. Dennoch bedeuteten die Stunden im Jagdzimmer Clesants größte Annäherung an die Normalität, da die übrigen Hausbewohner ihren Tee ebenfalls dort einnahmen. Harmlos plaudernd huschten sie hinein und wieder hinaus, gingen ihren Geschäften so leicht nach wie Vögel und störten ihn nur durch das Funkeln ihres Gefieders. Obwohl sie seine Krankenwärter und ein durchaus vertrauter Anblick waren, wußte er nichts von ihnen; sogar ihr Geschlecht hinterließ bei ihm keinen bleibenden Eindruck. Er thronte auf seinem Piedestal von Sofa, und während er sich im Kreis seiner Gedanken verbarrikadierte, hörte er, wie sie von ihren Wünschen und Plänen sprachen und einan-

der zu verstehen gaben, von welch leidenschaftlichen Regungen sie besessen waren.
Er dachte an Musik. Kam es wirklich nicht in Frage, seine Geige wieder hervorzuholen? Er fühlte sich besser, der Vormittag im Garten war ein guter Anfang gewesen, ein erfrischender Schlaf war gefolgt. Jetzt erfüllte ihn eine vage Sehnsucht, warum sollte sie nicht von der Geige befriedigt werden? Sie könnte jedoch auch das Gegenteil bewirken, die Sehnsucht könnte sich in Schmerz verwandeln, doch sogar der Schmerz schien in diesem freundlichen Haus keine Heimstatt mehr zu haben, in diesem Haus, das nicht immer freundlich gewesen war, doch an diesem Nachmittag war es ganz offensichtlich einverstanden mit ihm.
Ein Fremder trat in sein Bewußtsein – ein junger Mann mit einem angenehmen und beherzten Gesichtsausdruck, gut, wenn auch ein wenig provinziell gekleidet. Es tauchten immer wieder Leute im Hause auf, gingen diesem oder jenem Geschäft nach und verschwanden dann wieder. Dieser Mann blieb mitten im Zimmer stehen, er war offensichtlich ein wenig schüchtern. Niemand sprach ihn an, und zwar aus dem einfachen Grunde, weil niemand da war: Während Clesant seinen Gedanken nachhing, hatten sie den Raum allesamt verlassen. Nach einiger Zeit fühlte sich Clesant verpflichtet, irgend etwas zu sagen, und er meinte: »Es tut mir leid – ich nehme an, Sie möchten einen der anderen sprechen.«
Der Bursche lächelte und drehte seine Mütze in der Hand.

»Ich fürchte, ich kann mich nicht selbst mit Ihnen unterhalten. Ich bin ziemlich krank, und dies ist der erste Tag, an dem ich auf bin. Ich leide an einer dieser abscheulichen funktionellen Störungen – zum Glück nichts Organisches.«
Der andere lächelte noch breiter und meinte: »O ja, gewiß.«
Clesant preßte seine Hand auf das Herz, sprang auf, setzte sich wieder hin und brach in lautes Lachen aus. Es war der Landarbeiter, der den Park durchstreift hatte.
»Dachte ich mir doch, daß ich Sie ein bißchen überrasche, konnte mir vorstellen, daß Sie platt sind«, rief der Bursche fröhlich. »Ich bin wegen der Erfrischung gekommen, die Sie mir versprochen haben.«
Clesant konnte nicht sprechen vor lauter Lachen, das ganze Zimmer schien mit einzustimmen, es war ein toller Spaß.
»Als Sie mich heute früh einluden, hatte ich mein Arbeitszeug an, und nachdem ich mich ein bißchen gewaschen und rasiert hatte, dachte ich, ich sollte mein merkwürdiges Benehmen erklären«, fuhr er etwas ernster werdend fort. Seine Stimme hatte einen frischen und ungestümen Klang, der dem Jungen ans Herz griff.
»Aber wer um alles in der Welt sind Sie, für wen arbeiten Sie?«
»Für Sie.«
»Ach Unsinn, seien Sie nicht töricht.«
»Das ist kein Unsinn, ich bin nicht töricht, ich bin

einer Ihrer Landarbeiter. Vielleicht ein etwas ungewöhnlicher, wenn Sie so wollen. Jedenfalls hab ich hier während der vergangenen drei Monate gearbeitet, können ja Ihren Verwalter fragen, ob es stimmt. Aber was ich sagen wollte – ich hab dauernd an Sie gedacht. Wie geht es Ihnen?«

»Besser – weil ich Ihnen begegnet bin heute morgen.«

»Das freut mich. Und jetzt, da Sie mir heute nachmittag begegnet sind, werden Sie bald gesund sein.«

Doch diese letzte Bemerkung war respektlos, und der Besucher verlor mehr an Boden, als er vorher gutgemacht hatte. Sie erinnerte Clesant daran, daß der Mann an seinem Lachanfall und der plötzlichen Aufregung schuld war, und er erwiderte in vorwurfsvollem Ton: »Es ist ein großer Unterschied, ob man gesund ist oder ob es einem nur besser geht. Ich fürchte, man kann nicht von selbst gesund werden. Entschuldigen Sie mich, wenn wir uns nicht weiter unterhalten, es ist schlecht für mein Herz.« Er schloß die Augen. Gleich darauf öffnete er sie wieder. Während dieses Augenblicks, in dem er von Halbdunkel umfangen war, hatte er ein eigenartiges und angenehmes Gefühl empfunden. In der anderen Ecke des Zimmers stand jedoch noch immer dieser junge Mann. Er lächelte. Er war anziehend – frisch wie ein Gänseblümchen, stark wie ein Pferd. Seine Schüchternheit war dahin.

»Vielen Dank für den Tee, ein wahrer Genuß«, meinte er und zündete sich eine Zigarette an. »Jetzt zu meiner Person. Ich bin Landwirt – oder vielmehr dabei, Landwirt zu werden. Im Augenblick bin ich nur landwirtschaftlicher Arbeiter – genau das, wofür Sie mich heute morgen gehalten haben. Ich hab mit dieser dreisten Plauderei keinesfalls angeben wollen. Man kommt von ganz allein dazu zu sagen: »O ja, gewiß, vor allem, wenn man erschrocken ist.«

»Habe ich Sie erschreckt?«

»Ja, ich hatte gar nicht mit Ihnen gerechnet.«

»Ich dachte, Sie hätten Pilze gesucht.«

»Das hab ich auch. Wir tun es alle, wenn wir so herumlaufen, und wenn wir irgendwo einen Markt finden, verkaufen wir sie. Ich habe den ganzen Sommer über mit diesen Leuten gelebt, mit Ihren regulären Knechten; Saisonarbeiter wie ich, Wanderknechte; ich habe ihre Arbeit geteilt und ihre Gedanken gedacht, falls sie welche haben.« Er machte eine Pause. »Ich mag sie.«

»Mögen die Leute Sie auch?«

»Nun ja ...« Er lachte, zog einen Ring von seinem Finger, legte ihn sich auf die Handfläche, betrachtete ihn einen Augenblick lang, streifte ihn wieder über. All seine Bewegungen waren entschieden und ein klein wenig ungewöhnlich. »Ich bin keineswegs überheblich und ich habe auch keinen Grund dazu. Ich hab nur meine Gesundheit, und die hab ich nicht immer gehabt. Ich hab am eigenen Leib erfahren, was es bedeutet, krank zu sein, auch wenn es inzwischen niemand mehr vermuten würde.« Er sah freundlich zu Clesant hinüber. Sein Blick schien zu sagen: »Komm zu mir, und du wirst ebenso glücklich sein wie ich, und ebenso stark.« Er gab einen kurzen Abriß seines Lebens. Er befaßte sich mit den Tatsachen, gerade so, wie sie auftauchten – und die Geschichte, die er da ausbreitete, klang schneidig und hier und da ein klein wenig abenteuerlich, aber keineswegs bemerkenswert. Er war zweiundzwanzig und der Sohn eines Ingenieurs aus Wolverhampton, seine beiden Brüder waren ebenfalls Ingenieure, er selbst war jedoch schon seit jeher nach der Familie seiner Mutter geschlagen und bevorzugte das Landleben. Seine Ferien verbrachte er immer auf einem Bauernhof. Der Krieg. Danach wandte er sich ernsthaft der Landwirtschaft zu und absolvierte einen Lehrgang in Cirencester. Der Lehrgang endete im vorigen Frühjahr, er hatte gut abgeschnitten, seine Leute waren drauf und dran, Geld in ihn zu investieren, er aber hatte nach all dem das Gefühl, »allzusehr mit Theorie vollgestopft« zu sein. Er war entschlossen, »mitten in die Jauche zu steigen« und die Leute hautnah kennenzulernen, statt nur über sie nachzudenken. »Später ist es dann zu spät.« So ging er fort und schlug sich durch, hatte ein paar anständige Sachen in seinem Koffer und nahm sie dann und wann heraus, bloß so zum Spaß, und warf sich in Schale. Er beschrieb das Gut, wie nett der Verwalter sei, wie traurig die Leute offensichtlich über die Krankheit des Gutsherrn waren, wie er eine ganze Menge Freizeit habe, praktisch jeden Abend. Er drückte seine Zigarette aus und verwahrte den Rest für den späteren Gebrauch in seinem Etui, legte seine Hände auf die Knie, lächelte.

Es entstand eine Pause.
Clesant wußte nicht, was er sagen sollte, und begann zu zittern.
»Übrigens, ich heiße ...«
»Ach ja, natürlich, wie heißen Sie?«
»Ich schreib's Ihnen auf, auch meine Adresse. Alle beide, ich gebe Ihnen meine Adresse in Wolverhampton und meine hiesige; falls Sie also jemals ... haben Sie einen Stift?«
»Ja.«
»Bleiben Sie sitzen.«
Er kam herüber und setzte sich auf das Sofa; sein Gewicht ließ die Polster schwanken, die Wärme und die Frische seines Körpers warfen ihre Netze aus.
»Und jetzt haben wir kein Papier.«
»Machen Sie sich nichts draus«, sagte Clesant, und sein Herz schlug heftig.
»Miteinander zu sprechen ist viel besser, nicht wahr?«
»Ja.«
»Oder auch nicht zu sprechen.« Seine Hand kam näher, seine Blicke tanzten in dem Zimmer herum, das sich allmählich mit goldenen Schleiern füllte. Der Bursche machte ihm ein Zeichen, und Clesant sank ihm in die Arme. Clesant hatte sich oft etwas auf sein Leiden eingebildet, aber niemals, niemals etwas auf seinen Körper, niemals war ihm der Gedanke gekommen, er könne jemandes Verlangen erregen. Die plötzliche Entdeckung erschütterte ihn, er fiel von seinem Piedestal, aber nicht allein, da war jemand, an den er sich klammern konnte, breite Schultern, ein

sonnenverbrannter Hals, Lippen, die sich öffneten, als sie ihn berührten, um gleich darauf zu murmeln: »Zur Hölle mit Woolacott.«

Woolacott! Er hatte die Existenz des Arztes vollkommen vergessen. Woolacott! Der Name stürzte krachend zwischen sie und explodierte in einem grellen Blitz, und in dem ungeschminkten Licht der bereits vergangenen sowie der noch vor ihm liegenden Jahre sah er, wie lächerlich er sich aufführte. Zur Hölle mit Woolacott, also wirklich! Was für ein Einfall! Sein bezaubernder neuer Freund mußte verrückt sein. Er schrak zusammen und rief: »Um Himmels willen, warum sagen Sie so etwas?«

Der andere erwiderte nichts. Er blickte ziemlich töricht in die Gegend und schrak ebenfalls zusammen, lehnte sich in die entgegengesetzte Ecke des Sofas und rieb sich die Stirn. Schließlich behauptete er: »Woolacott ist kein guter Arzt.«

»Wieso denn, er ist unser Hausarzt, er kommt zu allen Leuten hier in der Gegend!«

»Ich wollte nicht taktlos sein – es ist mir so herausgerutscht. Ich mußte es einfach sagen, es hat sich wahrscheinlich eigenartig angehört.«

»Also schön«, sagte der Junge und ließ sich nur allzugern beschwichtigen. Aber der Glanz war erloschen, und auch wenn sich alle beide noch so große Mühe gaben, sie konnten ihn nicht neu entfachen.

Der junge Mann kramte seine nicht zu Ende gerauchte Zigarette hervor und steckte sie sich zwischen die Lippen. Er war offensichtlich ziemlich beunruhigt.

»Vielleicht sollte ich lieber erklären, was ich damit sagen wollte«, meinte er.
»Wie Sie wollen, es spielt keine Rolle.«
»Haben Sie ein Streichholz?«
»Ich fürchte, nein.«
Der andere ging in die entgegengesetzte Ecke des Zimmers und setzte sich wieder hin. Dann begann er:
»Ich bin vollkommen offen – ich versuche nicht, Ihnen irgendeinen Freund von mir als Arzt einzureden. Ich kann nur den Gedanken nicht ertragen, daß dieser bestimmte in Ihr Haus kommt – in dieses großartige Haus –, zu Ihnen, der Sie auf den ersten Blick so reich und bedeutend sind und doch so schrecklich wehrlos und betrogen.« Er zögerte. »Nein, wir wollen nicht mehr darüber sprechen. Sie haben recht. Wir haben einander gefunden, nur das zählt, es ist eine Chance von eins zu einer Million, daß wir einander gefunden haben. Ich würde alles für Sie tun, ich würde für Sie sterben, wenn ich könnte, und doch gibt es da diese eine Sache, die Sie sofort für mich tun müssen: Schmeißen Sie Woolacott raus.«
»Sagen Sie mir, was Sie gegen ihn vorzubringen haben, statt sich so rührselig aufzuführen.«
Der andere verhärtete sich auf der Stelle. »War ich wirklich rührselig? Nun schön, ich habe gegen Woolacott vorzubringen, daß er niemals auch nur irgend jemanden gesund macht, was bei einem Arzt doch wohl immerhin eine Unvollkommenheit darstellt. Ich kann mich natürlich irren.«
»Ja, Sie irren sich«, sagte Clesant; die bloße Wiederho-

lung des Namens von Doktor Woolacott ernüchterte ihn. »Ich bin seit Jahren bei ihm in Behandlung.«
»Das hätte ich mir denken können.«
»Bei mir ist das natürlich etwas anderes, ich bin nicht gesund, Gesundheit ist für mich kein normaler Zustand, es ist ungerecht, mich als Gradmesser zu nehmen, aber die anderen ...«
»Welche anderen?«
Die Namen der von Dr. Woolacott erfolgreich behandelten Patienten waren Clesant im Augenblick entfallen. Sie lagen ihm auf der Zunge, doch jetzt, da er sie aussprechen wollte, schwanden sie dahin.
»Eben«, sagte der andere. »Woolacott«, fuhr er fort, »Woolacott! Ich behalte ihn im Auge. Was bedeutet das Leben für uns, wenn wir die Fünfundzwanzig überschritten haben? Impotenz, Blindheit, Lähmung. Was bedeutet das Leben davor, es sei denn, man ist gesund? Woolacott! Nicht einmal die Armen können ihm entkommen. Das Weinen, das Hinken, das Keifen, die Medizinflaschen, die entzündeten Wunden – in den Hütten ist es das gleiche; der reizende Dr. Woolacott gebietet all dem keinen Einhalt ... Sie denken, ich bin verrückt, aber es ist nicht Ihr eigener Gedanke, den Sie da denken: Woolacott hat ihn rechtzeitig vergiftet und in Ihr Hirn gepflanzt.«
Clesant seufzte. Er betrachtete die Arme des anderen, die jetzt verschränkt waren, und er sehnte sich danach, zu spüren, wie sie ihn umschlangen. Er brauchte nur zu sagen: »Gut, ich werde den Arzt wechseln«, und sogleich ... Aber er zögerte keinen Augenblick. Sein

Leben bis zum Jahre 1990 oder 2000 drängte den vorangegangenen Impuls zurück. »Er sorgt dafür, daß die Leute am Leben bleiben«, beharrte er.
»Am Leben, wozu?« – »Und außerdem ist da immer noch die bewundernswert selbstlose Arbeit, die er während des Krieges ausgeübt hat.«
»Stimmt ja gar nicht. Ich habe ihn dabei beobachtet.«
»Oh ... dann haben Sie ihn also schon in Frankreich kennengelernt?«
»Hab ich nicht. Tag und Nacht hat er seine bewundernswert selbstlose Arbeit getan, und kein einziger Mann, den er angerührt hat, ist jemals gesund geworden. Woolacott verabreichte Arzneimittel, Woolacott impfte, Woolacott operierte, Woolacott sagte sogar ein freundliches Wort; und dort waren sie, und hier sind Sie.«
»Waren Sie selbst im Hospital?«
»Ja, gewiß, eine Granate. Diese Hand – ganz zerquetscht und zermalmt, der Kopf ... jetzt sind wieder genug Haare drauf, aber damals lag das Hirn bloß, ebenso meine Eingeweide, ich war ein regelrechter Fleischerladen. Genau der richtige Fall für Woolacott. Er kam mit seinem: ›Ich werde Sie zusammenflicken, lassen Sie mich nur machen, ich will Sie nur eben zusammenflicken‹, oh, Geduld und all das, aber ich schätzte ihn richtig ein, ich war damals noch fast ein Junge, aber ich weigerte mich.«
»Kann man sich in einem Militärhospital weigern?«
»Man kann sich überall weigern.«
»Ich habe gar nicht bemerkt, daß Sie verwundet gewesen sind. Sind Sie jetzt wieder ganz in Ordnung?«

»Ja, danke«, und er nahm sein Klagelied wieder auf. Der hübsche, anthrazitfarbene Anzug, die derben, solide gearbeiteten Schuhe und der weiche, weiße Hemdkragen, all dies ließ auf einen verständigen Landburschen schließen, der Urlaub hatte, sich vielleicht auf Freiersfüßen befand – Landarbeiter oder Bauer, jedenfalls vom Lande. Und doch war damit diese elende Besessenheit vom Kriege verbunden, dieser Wunsch, sich an einem Mann zu rächen, der ihm niemals etwas zuleide getan hatte und der inzwischen sogar vergessen haben mußte, daß er überhaupt existierte. »Er ist stärker als ich«, sagte der Bursche jetzt ärgerlich. »Er kann alleine kämpfen, ich nicht. Das ist mein großer Nachteil – ich konnte noch nie alleine kämpfen. Ich habe auf Sie gezählt, damit Sie mir helfen, aber Sie ziehen es vor, mich im Stich zu lassen, Sie taten zu Beginn so, als wollten Sie sich mit mir verbünden – Sie sind schlecht.«
»Schauen Sie, Sie müssen jetzt gehen. So viel zu sprechen kann fatale Folgen für mich haben, ich darf mich ganz einfach nicht überanstrengen. Ich habe mich schon weit mehr angestrengt, als mir guttut, und ich kann mich auf solche Dinge sowieso nicht einlassen. Finden Sie den Weg hinaus selbst, oder soll ich diese Klingel hier betätigen?« Denn in den Bezug des Sofas war eine elektrische Klingel eingearbeitet worden.
»Ich gehe. Ich merke es, wenn ich unerwünscht bin. Sie brauchen sich keine Sorgen zu machen, Sie werden mich niemals wiedersehen.« Und er stülpte sich seine Mütze auf und ging mit schnellen Schritten zur

Tür. Als er sie öffnete, drangen die normalen Geräusche des Hauses ins Jagdzimmer – Dienstboten, andere Bewohner des Hauses, die auf dem Flur draußen und in der Halle miteinander sprachen. Dies beunruhigte den jungen Mann, er kehrte um, und sein Verhalten hatte sich völlig verändert; bevor er auch nur zu sprechen begann, hatte Clesant das Gefühl, eine unglaubliche Katastrophe komme auf sie beide zu.

»Gibt es noch einen anderen Ausgang?« fragte der andere ängstlich.

»Nein, natürlich nicht. Nehmen Sie den Weg, den Sie hereingekommen sind.«

»Ich habe Ihnen zwar nichts davon erzählt, aber ich habe Ärger.«

»Wie können Sie es wagen. Ich darf mich nicht aufregen, genau diese Dinge sind es, die mich krank machen«, jammerte Clesant.

»Ich darf diesen Leuten nicht begegnen ... sie haben davon läuten gehört, wie ich in Frankreich aufgeräumt habe.«

»Worum handelte es sich dabei?«

»Das kann ich Ihnen nicht sagen.«

In dem drückenden Schweigen schlug Clesants Herz erneut heftig, und obwohl die Tür jetzt geschlossen war, konnte man durch sie hindurch Stimmen hören. Sie näherten sich. Der Fremde hastete zum Fenster und versuchte, auf das Fensterbrett zu klettern. Er stürzte hierhin und dorthin, besudelte sein untadeliges Aussehen und winselte: »Verstecken Sie mich.«

»Es gibt nirgends ein Versteck.«

»Es muß aber doch ...«
»Nur diese Kredenz dort«, sagte Clesant mit einer Stimme, die nicht die seine war.
»Ich kann sie nicht finden«, keuchte der Mann und hämmerte töricht gegen die Wandtäfelung. »Tun Sie es für mich. Öffnen Sie sie. Sie kommen.«
Clesant stand mühsam auf und schleppte sich quer durch das Zimmer, er öffnete die Kredenz, und der Mann kroch rasch hinein und versteckte sich, und so kam die Sache zu einem Ende.
Ja, so kam sie zu einem Ende. Das kommt davon, wenn man nett ist zu hübschen Fremden und sie anfassen möchte. Dr. Woolacott hatte um das ganze Ausmaß seiner Schwäche gewußt und ihn vor dieser da gewarnt. Er kroch zu seinem Sofa zurück, wo ein heftiger Schmerz sein Herz durchbohrte und ein weiterer mitten zwischen seine Augen fuhr. Ihm wurde schlecht.
Die Stimmen kamen näher, und mit der Verschlagenheit eines Leidenden entschied er, was zu tun sei. Er mußte seinen ehemaligen Freund verraten und so tun, als habe er ihn absichtlich in die Kredenz gesperrt, mußte schreien: »Öffnet sie ...«
Die Stimmen drängten ins Zimmer. Sie sprachen von den Klängen einer Geige. Offenbar hatte man während der letzten halben Stunde in dem großen Haus eine Geige spielen hören, und niemand konnte herausfinden, wo sie sich befand. Sie spielte alle Arten von Musik: heiter, ernst und leidenschaftlich. Brachte jedoch ein Thema kein einziges Mal zu Ende. Brach es jedesmal unvermittelt wieder ab. Ein schönes Instru-

ment. Und doch so unbefriedigend ... es ließ die Zuhörer viel trauriger zurück, als wäre es niemals erklungen. Worin lag der Nutzen (fragte jemand) einer derartigen Musik? Besser absolute Stille als dieses ziellose Stören unseres Friedens. Die Unterhaltung brach ab, man hatte Clesants Erschöpfung bemerkt, und wie ein vertrauter Refrain erscholl es: »Telefon, Krankenschwester, Arzt ...« Ja, sie kehrte zurück – die Krankheit, rein funktionell, das Herz hatte die Nerven angegriffen, die Muskeln, das Gehirn. Er stöhnte, schrie, aber schließlich starb die Liebe; als er sich in Zuckungen wand, rief er: »Geht nicht zur Kredenz, dort ist niemand.«

Also gingen sie hin. Und dort war niemand. Sie befand sich in dem Zustand, in dem sie sich seit dem Tode seines Vaters immer befunden hatte – flach, ordentlich aufgeräumt, ein paar Medizinflaschen auf dem oberen Bord, ein paar Kissen auf dem unteren.

3.

Zusammenbruch ... Ohne weiteren Zwischenfall geriet er von neuem in den Teufelskreis des sich beschleunigenden Verfalls, und innerhalb weniger Stunden wurde jeder andere Lebensantrieb bedeutungslos. Es war immer so, es war in zunehmendem Maße so, wenn er krank war. Unwohlsein und Schmerzen bedeuteten eine gewisse Entschädigung, weil sie auf so prachtvolle Weise organisiert waren. In dem kleinen Winkel des großen Hauses pulsierten sein Schlafzimmer, der Vorraum, in dem die Nachtschwester saß, das Badezimmer und die winzige Küche wie eine Lebensader, während das Leben woanders seinen normalen Gang nahm und die Menschen in Bahnen, die ihn nicht störten, ihren Beschäftigungen nachgingen. Delirium ... Die Krankenschwester kam andauernd herein, sie führte irgendwelche medizinischen Beschwörungsriten durch und machte sich in Erwartung des Arztes Notizen. Sie verbesserte seinen Zustand keineswegs, es ging ihm immer schlechter, aber die Krankheit kennt genausogut wie die Gesundheit Augenblicke harmonischen Wohlbefindens, und mitten hinein in ihre sanften Annäherungsversuche klang jetzt das Versprechen: »Du wirst leben und alt werden.«

»Ich habe etwas Schlechtes getan, bitte sag mir, was das war.« Es machte ihn glücklich, sich vor seiner Krankheit zu erniedrigen, außerdem war dieses Gespräch nicht ihr erstes.

»Es waren Intimitäten«, erwiderte die Krankheit.

»Ich erinnere mich ... Bitte bestrafe mich dieses eine Mal nicht, laß mich leben, und ich werde mich vorsehen. Oh, rette mich vor ihm.«

»Nein, vor dir selbst. Nicht vor ihm. Er existiert nicht. Er ist eine Illusion, die du dir im Park erschaffen hast, weil du dich so fühlen wolltest, als seist du begehrenswert.«

»Ich weiß, daß ich nicht begehrenswert bin, und ich werde mich nie mehr selbst erregen, aber ich glaube, daß er existiert.«

»Nein.«

»Vielleicht ist er der Tod, aber er existiert.«
»Nein. Er hat das Jagdzimmer niemals betreten. Du hast dir nur gewünscht, er möge es tun. Er hat sich nie neben dich auf das Sofa gesetzt und dich geliebt. Du hast ihm einen Bleistift gereicht, aber er hat ihn nie genommen, du bist in seine Arme gesunken, aber es gab sie gar nicht, es war alles ein verbotener Tagtraum. Und als die anderen ins Zimmer kamen und die Kredenz öffneten, war dein muskulöser und intelligenter Landarbeiter, dein Erlöser aus Wolverhampton in seinem Sonntagsanzug – war er etwa darin?«
»Nein, er war es nicht«, schluchzte der Junge.
»Nein, er war es nicht«, erklang das Echo, »aber vielleicht bin ich ja hier.«
Die Krankheit duckte sich und begann zu keuchen. Man konnte das Geräusch eines Kampfes vernehmen, etwas spuckte aus, fiel hin. Clesant, der gar nicht so furchtbar erschrocken war, setzte sich aufrecht hin und starrte in das Durcheinander. Der Alptraum verging, und er fühlte sich besser. Irgend etwas überdauerte das eben Geschehene, ein Echo, das sagte: »Hier, hier.« Er erhob keinen Widerspruch, und es hörte sich so an, als tapsten nackte Füße zu dem Tisch neben ihm, und erfüllt von dem Dunkel, beugte sich ihm eine leere Hülle von Nacktheit entgegen und seufzte: »Hier.«
Clesant scheute vor einer Antwort zurück.
»Hier ist das Ende, es sei denn, du ...« Dann trat Stille ein. Dann vernahm man – so als stieße eine Maschine sie aus – die Silben: »O ja, gewiß.«

Clesant überlegte einen Augenblick, dann streckte er die Hand aus und berührte den Klingelknopf.
»Ich habe sie in Schlaf versetzt, als ich an ihr vorbeiging, dies ist meine Stunde, ich vermag so viel ...« Er schien aus jeder Anerkennung seiner Gegenwart Kraft zu schöpfen, und er sagte: »Erzähle meine Geschichte für mich, erkläre, wie ich hierher gelangt bin, flöße mir Leben ein, und ich werde ebenso lebendig sein wie vorhin, als sich unsere Körper berührten.« Er seufzte. »Komm jetzt nach Hause mit mir, vielleicht ist es ja ein Bauernhof. Ich habe gerade Kraft genug. Komm einen Abend lang mit mir zu meinem irdischen Wohnsitz, es ist ganz leicht, so etwas kann ein ... der ... ein solcher Besuch würde Liebe bedeuten. Ah, das war das Wort – Liebe –, dessentwegen sie mich verfolgt haben, und sie wissen, daß ich immer noch im Hause bin; Liebe war das Wort, das sie nicht ertragen können, so ist es mir schließlich doch noch eingefallen.«
Dann sprach Clesant und seufzte seinerseits: »Ich weiß nicht einmal, was wahr ist oder wirklich, wie kann ich also wissen, was Liebe ist? Außer, daß sie Aufregung bedeutet, und davor habe ich Angst. Liebe mich nicht, wer auch immer du bist; dies ist mein Leben, und niemand darf es stören; ein kurzer Schlaf, gefolgt von einem kurzen Schmerz.«
Aber seine kleine Rede machte bei dem anderen Kräfte frei. Er antwortete jetzt bestimmter, führte Beispiele und Gründe an, legte die Glut der Gefühle, die sie bei Tage in sich entdeckt hatten, in seine Argumentation. Clesant wurde in einen Kampf hineingezogen,

aber er wußte nicht, ob er dazu diente, die schwankende Erscheinung zu erreichen oder sich ihr zu entziehen. Es gab immer und überall eine Schranke, und diese war stets er selbst. Er begann, um Hilfe zu rufen, doch der Gegner wurde auf köstliche und mächtige Weise stärker, er streckte alle nur möglichen Helfer nieder, bevor diese erwachen und helfen konnten. Die anderen Bewohner des Hauses gingen zugrunde, die ganze Erde lichtete sich, noch einen Augenblick, und er würde alleine sein mit seiner Spukgestalt – und dann erblickte er durch die Mauern des Hauses hindurch die Lichter eines Autos, das rasch durch den Park fuhr.

So war Dr. Woolacott schließlich doch noch gekommen.

Augenblicklich brach der Zauber, die Toten wurden wieder lebendig und kamen die Treppe herunter, um des Lebens allumfassenden Herrn zu empfangen; und er, Clesant – er blieb zurück, allein mit einem menschlichen Wesen, das sich irgendwie versündigt hatte und das ertappt worden war, und dieser andere stolperte im Dunkeln über die Möbel, stieß mit seinem schutzlosen Körper überall dagegen und flüsterte: »Versteck mich.«

Und wieder wurde Clesant von Mitleid ergriffen, und er lüpfte das Bettzeug, und sie versteckten sich.

Stimmen näherten sich, eine ganze Gesellschaft, Dr. Woolacott, der seine Armee anführte. Doch die beiden berührten einander, ihre Gliedmaßen verflochten sich, sie hielten einander fest, und sie vergingen

vor Entzücken, und dennoch wurde all dies von den dröhnenden Schritten jener Armee übertönt.
»Sie kommen.«
»Sie werden uns trennen.«
»Clesant, soll ich dich fortbringen von all diesem hier?«
»Verfügst du immer noch über die Macht dazu?«
»Ja, so lange, bis Woolacott mich erblickt.«
»Ach ja, wie heißt du eigentlich?«
»Ich habe keinen Namen.«
»Wo bist du zu Hause?«
»Woolacott nennt es das Grab.«
»Werde ich darin mit dir zusammensein?«
»Das verspreche ich dir. Wir werden für immer und ewig zusammensein, wir werden niemals krank sein und niemals alt werden.«
»Nimm mich.«
Sie umschlangen sich noch enger, ihre Lippen berührten sich, um sich niemals mehr zu trennen, und dann schlug ihm irgend etwas eine tiefe Wunde, dort, wo das Leben konzentriert war, und Dr. Woolacott kam zu spät und fand ihn tot auf dem Fußboden.
Der Arzt untersuchte das Zimmer sorgfältig. Es bot den üblichen Anblick, und dennoch erinnerte es ihn an einen anderen Ort. Von Frankreich her zog die vage Vision eines Krankensaals herauf, vage hörte er das Geräusch seiner eigenen Stimme, die zu einem verwundeten Rekruten sagte: »Ich werde Sie zusammenflicken, lassen Sie mich nur machen, ich will Sie nur eben zusammenflicken.«

Inhalt